少女の望まぬ英雄譚

賽目和七
イラスト／ハナモト

The girl's
memento mori

TOブックス

CONTENTS

[イラスト] ハナモト
[デザイン] AFTERGLOW

『プロローグ』

自分は頭のおかしい人間なのだろう、と随分前から理解していた。

誰もが普通のことだと口にすることが、感じることが、理解することが分からない。

綺麗と呼ばれる何かを見て、綺麗と感じたこともなかったし、人を傷付け殺しても、何かを感じることもなく。平気で人を殺してしまえる自分はきっと、それを悪いこととも思えない自分はきっと、どうしようもないほど頭がおかしい人間なのだろう、と。

けれど故郷の雪の上、弧を描いた月の下。

「……クリシェ様の選択が、正しいことか、悪いことか、わたしにだってわかりません」

目の前にいる赤毛の使用人は、そんな自分よりもずっと、頭がおかしい人なのかも知れない。

「けれどわたしはクリシェ様が誰より優しくて、純粋なお方だと信じておりますから。……そんなクリシェ様が真剣に悩み、そうして選びだす答えに間違いはないと思うのです」

そんなクリシェを間違っていないと言い張り、ただ信じるのだと言い張るのだから。

「……クリシェには、自信がないです」

良い子になりたいと思っても、自分には『良い子』に必要な要素がどうしようもないほど欠けていて、普通の人なら当たり前に分かるであろう、善悪でさえ分からない。

そんな自分が悩んだところで、正しい答えを出せるだなんて思えなかった。

けれど彼女は笑って告げる。

「言ったでしょう？　わたしにだって、正解なんてわかりません」

自信がないと、そう口にするクリシェの頬を、どこまでも優しく撫《な》でながら。

「ただ、そうして答えのない問題を真剣にクリシェ様が考えるということが、正しいことだと信じるだけ。……物事で大事なことは、いつだってその過程だと、わたしは思っていますから」

手で招かれ、雪の上に沈む彼女へ倒れ込む。

「罪だと思うなら、クリシェ様なりに罪を背負い、罰を受けるべきだと思うならば、クリシェ様なりに罰を受け。再び罪を犯さぬようにと反省し、誰かにとっての良いことができるようにと心がけ……考えることをやめず、逃げずに」

ぽふ、とどこか間の抜けた音が響いて、感じるものは温かさ。

「そうして努力を重ねることは良いことで、それはきっと、いつか正しさに繋がることだとわたしは思うのです。もちろん、とても大変なことでしょう。クリシェ様にとっては特に、難しいことなのかも知れません。……けれど、わたしはずっと、そうするクリシェ様の味方――」

凍り付くような雪の冷たさが、優しい声と、その体の感触を引き立たせた。

「世界中の誰もがクリシェ様を間違ってると言ったとしても、わたしだけは……そうするクリシェ様は間違っていないと胸を張って断言しましょう」

顔を見ずともいつものような、優しい笑みを浮かべているのは知っていた。

「……そう、自信を持って誓います」

それでは不足でしょうか、と告げる彼女は、世界で一番怖い人。

信じているのだと誰より優しい声音で言いながら、その言葉は脅迫だった。

この先クリシェが何かに間違えようと、彼女は必ず誓いの通りに口にするのだろう。

もしもそれで酷い目に遭って、傷付いたとしても、彼女は決して責めたりはしない。

絶対にクリシェが傷付けたくない相手が自分なのだと、分かった上で口にしているのだから。

クリシェがまともな人間じゃないから、だなんて逃げることさえ許してはくれない。

彼女はそんなクリシェを理解しながら、自分の全てを委ねるつもりで口にしているのだから。

呆然と、彼女が怖いと一言告げれば、楽しそうに彼女は笑う。

「だから言ったじゃありませんか。わたしはこう見えてしつこいですよって」

多分、彼女は頭のおかしい人だった。

自分さえ信じられないような頭のおかしな人間に、平然と全てを委ねてしまうくらいなのだから、
恐らくはきっと、世界で一番頭のおかしな人だった。

「……でも、クリシェ様がわたしを愛してくださるように、わたしの語るあやふやな幸せを信じてくださるように。わたしもクリシェ様を愛し、その全てを信じると決めておりますから」

けれどそんな彼女にそう告げられることが、どれほど誇らしくて、幸せなことだったのか。その気持ち全てを理解してもらえる日は恐らく、この先も永遠に来ることはないのだろう。

「だから嫌がらずにずっと、これからもお側に置いてくださいませ」

こんな頭のおかしな人間に、そんな言葉を口にしてしまうくらいなのだから。

『頭のおかしな少女』

人気のない森の中にあるのは、中年の男と美しい少女。

男はいつ洗ったのかもわからぬような不潔なシャツとズボンを身につけ、手入れのなされぬ髭《ひげ》と髪にはフケが絡み、体臭と呼気には酒精が混じる。野生の獣に近しい男であろう。

実に品のない笑みを浮かべながら、男は少女を見ていた。

「へ、クリシェちゃんから呼び出されるとはな。何だ、話ってのは」

十と少しの幼い少女は、不潔な男と対極にあった。

腰の辺りまで伸びた髪は銀に輝き、長い睫毛に縁取られた瞳は紫。すらりと通った鼻筋、桜色の唇。真白い肌は陶器のように滑らか。上からすっぽりと被った麻の長衣に装飾はなく、都市部から遠く離れたこの村では実にポピュラーなもので、素朴というより貧相なもの。

しかしそんなものでも彼女が着れば、みすぼらしさなど感じさせない。むしろ少女の無垢《むく》な美しさを際立たせる装飾となっていた。

ただあるだけで人の視線を引き寄せるような少女は、自分の前に立つ男を無表情に見上げる。

「……その、かあさまに纏《まと》わり付くの、やめてほしいのです。かあさま、おじさんのこと嫌がってますし……すごく迷惑に思っているので」

品のない顔で見つめる男に、少女クリシェはただ要求を告げる。

男――ブラロはその言葉に意外そうな顔をして、しかしなおも笑みを濃くする。少女がこちらを不快そうに見つめることはあったものの、こうして言葉にするのは初めてであったからだ。

「なんだ、ちょっとしたスキンシップじゃねぇか。話すくらい普通だろう？　おじさんはグレイスと仲良くしたいだけなんだ」

グレイスは彼女の義母であり、多くの男から懸想《けそう》された村一番の美女。

村を出たブラロが傭兵稼業を諦め、先日帰ってくるまでの間に狩人の嫁になっていたが、ブラロは構わず彼女を口説《くど》こうと毎日のように声を掛け、関係を迫っていた。

「……仲良く？」

「そう、仲良くだ。悪いことじゃないだろう？」

「それはそうかもですが……」

こて、と無表情に首を傾け、クリシェは考え込む。

人形か何かのように、どこか不気味にも見える仕草。

村の者にはそんな彼女を気味悪がる者も多くいるようだが、しかしブラロにはそれ以上に魅力的な存在として映っていた。

ブラロも特に少女を対象にした性的嗜好《しこう》を持っているわけではない。

女らしい体つきをした大人の女を好む、至って正常な男と言えるだろう。

だが森で拾われたらしいこの少女は、そんな男ですら蠱惑《こわく》する何かがあった。

透き通るような目はいかなるときも理知的で、笑顔もほんの少し頬を緩める程度。見た目の美麗さ以上に品のある仕草は慎《つつ》ましく、村では――街ですら見掛けることがないほど魅力的であった。その不思議な雰囲気は見る者の心を揺らし、様々な感情を掻き立てる。

特に近頃は背丈も伸び、女らしい丸みを帯びてきたこともあり、男の下劣な獣欲を刺激していた。

人気のないこの森の中、多少の悪戯《いたずら》は許されるだろうと男は口の端を持ち上げる。

「分かった分かった、クリシェちゃんの言う通りにしよう」

「本当ですか？」

「ああ。ただ、その代わり、クリシェちゃんにおじさんと仲良くしてほしくてよ」

そう言って体を寄せようとしてくる男から、クリシェは一歩、身を引いた。

視線を左右に滑らせ、耳を澄《す》ませる。

周囲の気配、地面の様子、風向き、立ち位置。

丁度良い、とクリシェは思う。

「大丈夫、怯えなくて良いからよ」

クリシェはゆっくりと迫る男から更に一歩、後ろに下がり、しゃがみ込む。

男が不思議そうな表情を浮かべ、上から迫って来るのを感じると、

「どうしっ、ぁ、が……っ？」

――その喉に練習用の木剣を突き立てた。

あらかじめ、落ち葉の下に隠しておいたものであった。

下から勢いよく突き上げるような、喉への一撃――男は何が起こったかも分からず、首を押さえながら蹲《うずくま》り、悶え苦しむが、クリシェはそれを無表情に眺めて木剣を振りかざす。

悪くない一撃であったが、加減しすぎたか少し浅い。

そのまま蹲った男の首の骨を目掛けて、容赦なく木剣を振り下ろした。鈍い音が響いたが折れてはおらず、眉を顰《ひそ》めると、今度は体重を乗せた踵《かかと》で勢いよく。足裏に感じた鈍い感触に今度こそ首の骨を砕いたことを感じ取ると、クリシェは満足げに頷き一息ついた。

「ん、これでよし、です」

男が奇妙に体を痙攣《けいれん》させる様を見ながら微笑《ほほえ》み、ずるずると男の服を掴んで引きずっていく。すぐ側にはあらかじめ、大人が立ってなお余裕のある大きな穴を掘ってあった。

これならば獣に嗅ぎつけられることもないだろう、と再度確認し、痙攣する男をそこへと放り捨て、スコップで土を盛りながらぴょんぴょんと、段階的に踏み固めていく。

それが終わると次いで自身の汚れを確認、木剣の切っ先を眺めた。

木剣の先端には少量の血。量はそれほど多くはないものの、自身にも付着している可能性はある。長衣を脱いで下着姿になると目を凝らして確認し、満足のいく結果によしよしと頷く。

この不愉快な男をどうやって始末するかは前々から考えていた。

殺すだけならどうとでも出来たが、誰かに気付かれてはいけないし、疑われる可能性はなるべく減らしておきたいところ。

刃物を使うと血が飛び散り、だからといって単に木剣で殴打するだけではやや弱い。クリシェの体は軽く、体重を乗せても木剣で即死させることは難しいだろう。槌や何かで頭蓋骨《ずがいこつ》を砕いたところで、即死させられずに悲鳴をあげられると面倒である。

大人を殺したことはなかったし、その体力は侮れない。

最終的には相手の体重を利用して喉を突くというのが最も効率的——悲鳴を上げさせることさえ防

げば後は確実、道具を盗む手間もないと考えたのだが、結果は上々。

素晴らしいことです、と満足しながらクリシェは口元を緩める。

彼女はそのように効率的であることを何より好んだ。

ナイフで血のついた木剣の先端を軽く削り、削った部分を土で汚して馴染ませる。

人を殺したことに対する罪悪感も恐れもない。

ただ、母に纏わり付く不愉快な男を始末できたという達成感だけがあった。

段取り通りに事が運ぶことは実に楽しいこと。

これで日常の些細《ささい》な不愉快が解消され、生活はもっと楽しいものになるだろう。

部屋が汚れれば掃除をする。

不愉快であれば殺してしまう。

「むぅ……全然起きてこないせいでカボチャを買い損ねてしまいました」

彼女にとっての殺人とはその程度のものであり、それ以上のことでもなかった。


——狩猟と農業、岩塩の採掘を生業《なりわい》とするカルカの村は、地方集落の一つである。

特に岩塩は良質なもので、主要な交易品となっており、この村が他より恵まれている点だろう。作物はいくらか実りが悪いが、山はそれを補う程度に食物を提供する。

村の男の半分は岩塩の採掘場へ、半分は狩人に。

そして女は畑を耕し、洗濯などの雑事をこなして子育てを。

三歳ほどの捨て子であった少女は、そんな村の狩人に拾われた。

台所もない寒々しい家の中。その中央の囲炉裏《いろり》につるされぐつぐつと煮えるのは芋と豆の煮込みスープ。申し訳程度の干し肉の欠片が入った簡素なものであった。

銀色の髪をした少女――クリシェはその側にぺたりと座り込み、木製のおたまでそれをすくってはふーふーと、熱を冷まして味見しながら満足そうに何度も頷く。

「……うん、素晴らしい出来です」

スープに入った猪肉が良い味を出していた。拾われたのが狩人の家で良かったと思う瞬間はいつもこの時。毎日申し訳程度であっても肉が使えるというのは実に贅沢《ぜいたく》である。

芋や豆に塩を足しただけでは味気がなく、旨みが少ない。やはりスープには肉が必要なのだとおたまにすくったスープを啜《すす》り、その幸福を噛みしめながら頬を緩め、香りを確かめる。

ブラロを殺したついでに、森で拾ってきた香草。

そのおかげで肉の臭みはある程度柔らかいものとなっていた。

臭みが取れた肉に残るのは凝縮された旨み――満足のいく結果に微笑みながら、クリシェは何度も味見と称して胃袋を満たす。

元よりこの味見のため、スープはいつも少し多いくらいの量を作っていた。

クリシェは理性的であることを好み、当然食欲などという動物的欲求に振り回されることは彼女にとって恥じるべきこと。しかし残念なことにクリシェの食に対する欲求は人一倍強く、つまみ食いが我慢出来ないという悪癖を持っていた。

湯に塩を入れて、具材を放り込むだけ。

塩漬け肉も塩抜きと称してただただ茹でて、旨味と共にスープを捨てる。

切っ掛けはそんな、育ての母の料理とも言えない壊滅的な調理法だろう。

そのあまりの不味さに小さな頃から進んで料理の手伝いをするようになったのだが、今ではすっかりとその魅力にはまり込んでしまっていた。何故ならば味見という大義名分があれば、自分好みの味付けで、スープを飲み放題という特典までついてくるからである。

すぐに腹を空かせてしまう彼女にとって『味見』という概念はまさに天からの贈り物と言え、今では家での料理は全てクリシェが行うようになっていた。

味付けに無頓着だった両親もすっかりクリシェの料理にはまり込み、流石は我が娘であると大絶賛。

そのおかげかクリシェは家庭的な娘であると評判も高い。

料理は良いことずくめであるとクリシェは一人頷く。

好きな料理を食べられて、味見で小腹を満たせ、周囲からの評価も上がる。

クリシェにとって今や料理は、自分の生活と切っても切り離せぬものとなっていた。

「んー、でも、やっぱりちょっと……カボチャのスープにしたかったのですが」

スープを口にしながら、クリシェは不満げに呟いた。

昨日は行商人が村へ訪れており、彼らは大抵一日を村で過ごし、翌日の朝には出立する。

いつもならば昨日の内にカボチャを買っているはずだったのだが、行商人が来て人の目が集まっている間に男を埋めるための穴を掘る必要があった。そのため今朝、男の始末を終えた後にカボチャを買いに行こうと思っていたのだが、男は昼前まで起きて来ず、カボチャを買い損ねる始末。

スープはいつも通り美味であったが、しかし『カボチャのお口』になっているクリシェとしては少し物足りず、むぅ、と唇を尖らせる。

——せめてもうちょっとお肉があれば。いえ、だめです。残りは明日の分なんですから。

味見と称して何度もスープを口にして。

小腹を満たしながらそんなことを考えこんでいると、ガラガラと戸が開き、現れたのは一人の女。

長い黒髪を大雑把に後ろで束ね、顔には少しそばかすが浮いているものの整った顔立ち。

「おかえりなさい、かあさま」

クリシェはぺたりと座り込んだまま、帰ってきた義母、グレイスに声を掛けた。

「ただいまクリシェ。ちょっと荷物を取りに……もう夕飯の仕度をしてるの？」

「はい。今日は少し暑かったので塩を多めにしてみたのですが、どうでしょうか？」

おたまに少しスープをすくうと、彼女はそのままグレイスに差し出す。

クリシェの育ての母は料理中——ということになっているクリシェを見つめ苦笑し、それに口を付けた。腹を空かせたクリシェが味見と称してスープを飲み続けていたのだろうと理解してはいたが、そのことにはあえて触れない。

気付かれていないと思っているらしいクリシェの食いしん坊な様子は、彼女からすれば実に愛らしいもの。何事も人並み以上にこなし、真面目で素直で働き者——そんなクリシェの子供らしい部分であり、彼女のそんな部分をグレイスは微笑ましく見ていた。

「うん、とっても美味しいわクリシェ」

「本当ですか？」

「ふふ、こんなことで嘘を吐いてどうするのよ」

村一番の美女グレイスが、腕のいい若狩人ゴルカと結ばれたことは村の誰もが喜び、祝福したが、不幸にも二人は子に恵まれず、ようやく授かった子も死産。

悲しみに打ちひしがれていたそんな折、夫ゴルカが見つけた捨て子がクリシェ。

二人はクリシェを神が授けて下さった娘なのだと育てることに決め、彼女を本当の我が子のように可愛がり、そしてクリシェもそんな両親の期待を超えて育った。

今では村一番の働き者と呼ばれるクリシェに、グレイスは一切の不満を覚えていない。

他人の感情を読み解くのが苦手な少し変わった娘であることは理解していたが、その愛情は変わらない。むしろそうした部分を導いてやるのが親の役目だろうと様々なことを根気よく彼女に教え――少なくともクリシェがこうして普通の生活を送れているのは彼女の努力の賜物《たまもの》であり、そんな両親に不満がないのはクリシェもまた同じく。

やや過保護気味であることを除けばグレイスとゴルカは理想の保護者と言え、クリシェもそんな二人に対しては見た目通りの少女のように甘える姿を見せた。

「……本当クリシェは料理が上手ね」

「えへへ……」

頭を撫でられクリシェは微笑む。

そしてグレイスに擦り寄ると抱きつき、その乳房に頬を押しつけた。

先ほど人を殺したことなどは既に頭から消えている。

クリシェは自分に不利益をもたらす人間を殺すことに一切の抵抗を感じていなかったし、殺人がこの共同体のルールでいけないことだとされているから隠すだけ。

それを手段として用いることに関して、何一つ疑問を覚えない。

不愉快な相手はいるだけで不愉快である。

人を殺しても自分は痛くも痒くもない。

なら殺しておけばすっきりするし、二度と会わないで済む――そんな、どこまでも短絡的で自分本位な思考回路と、優れた知性を持ちながら、共感性の欠如した心。

それこそがクリシェの持つ大きな欠陥であった。

とはいえ、快楽殺人者という訳でもなかったし、その思考が独特で、そうした倫理感が人と異なることを除きさえすればクリシェの感覚は他の人間とそう変わらない。

色々な村の決まり事を教え導き、自分を娘として扱い保護する両親に対しては愛情に近しいものを感じてもいたし、そうした相手には労力を惜しまなかった。

「かあさま、他にお手伝いすることありますか？」

――利益と不利益。

彼女は常に損得の勘定で物事を考え、単純に捉えた。

自分にとって良いことをしてくれる相手にはその『お返し』をするのは当然と考え、自身を保護し養う両親に対してはその希望を叶えることに力を尽くす。

そうして彼女は自分の中で、その利益と不利益の帳尻を合わせた。

その感覚は子が親に向ける愛情とさして変わることなく、彼女は愛情を向けられれば素直で純粋、好意に近しい反応を示す。期待に応えることを当然と考え、そのための労苦を厭《いと》わない彼女はむしろ普通の子供よりも働き者で、理想的な子供に見えた。

「ええと……お掃除も……お洗濯も終わってるものね……」

そんな彼女に尋ねられて、グレイスは困ったように部屋を見渡す。

荷物は片付けられ、空気は入れ換えられている。部屋は随分と綺麗なもので、埃《ほこり》も汚れもなく、衣服や手拭いもしっかりと外につるされていた。

「はぁ……全く。本当手が掛からなさすぎて、逆にわたしが面倒を見てもらってるみたいね。どうしてこんなに良い子なのかしら」

グレイスは苦笑しクリシェの頭を再び撫でた。

頬を緩めて目を細め、クリシェは体を押しつける。

「もう少し遊んでてもいいのよ？」

その感触を味わいながら、頬を擦りつけ微笑む様は愛らしく。

「ん……じゃあ、かあさまのお仕事、お手伝いしに行ってもいいですか？」

「あのね……まぁいいけど。ふふ、じゃあ行きましょうか」

「はいっ」

少女は明らかに歪であり、けれど見た目通りの少女でもあった。


女達の仕事はその時々に応じて。皆で畑を耕し、収穫することもあれば、狩人の獲物が多い日には総出でその解体をしたりする。普段は向き不向きに合わせ、ある程度役割が決められていた。

グレイスは多くから好かれる人格者だが、壊滅的に不器用で気が弱い。獲物の解体などは大の苦手で、畑仕事がほとんど。当然ながら、それを手伝うクリシェの仕事もそれに同じくであった。

「おばさん、お水運んで来ました」

当て布をして、左肩には天秤棒《てんびん》。大きめの桶二つに水を汲み、畑まで運んで来たクリシェを見ると、恰幅《かっぷく》の良い女丈夫は鍬《くわ》を放って苦笑する。

「無理をしないでいいっていつも言ってるのに」

「別に無理は……」

「クリシェちゃんみたいな細っこい体で、良くもまぁそんなに持てるもんだ」

女丈夫――ガーラは近づくと、少女の肩から天秤棒をそのまま受け取り地面に下ろす。ガーラのような大人でもずっしりと来る重さで、小柄で華奢な目の前の少女が持つにはあまりに重い。桶には少し傾けただけでも零《こぼ》してしまいそうな量の水がなみなみと。良く零さず運べるもんだと感心する。

「本当、クリシェちゃんは力持ちだねぇ」

頭を撫でられたクリシェは笑みを浮かべて首を振る。

「クリシェはおばさん達と違って、ふよふよを使ってるので……」

「魔力かなんかを使えるんだって聞いちゃいるけど、そんなに担いだら肩が痛いだろう？」

体の隅々に滞りなく流れる魔力。

ふよふよとしたもの、と認識するその力を用い、クリシェはその手足を操り人形のように動かした。筋肉の収縮ではなく、魔力による肉体操作を日常的に行う彼女には純粋な力仕事での疲労は無縁。見た目に反して、大人以上の力を行使することが出来た。

ただ、それでカバー出来るのは力だけ。肉体そのものは見た目通りであり、その骨格はそうした無理に耐えられるようには出来ていないし、重量物を持てば痛みもある。

彼女の肩の当て布を取り、撫でてやると、ぴく、と痛みに反応し、ガーラは苦笑した。

「まだまだ体が出来上がってないんだから、そういう力仕事はおばさん達に任せな」

「で、でも、前と比べてそんなに痛くは……」

「働き者なことは良いことだけど、働き者過ぎておばさん達は心配なんだ。クリシェちゃんは子供なんだから、無理に大人と同じ仕事をしないでいいんだよ。今でも十分助かってるんだから」

頭を撫でられ、恥ずかしそうに頬を染めるクリシェを、優しい目でガーラは見つめた。

クリシェは平気な顔ですぐに無理をしてしまう。頑張り屋であることは良いことであったが度が過ぎていて、彼女達が時々不安になるほどであった。

「そんなこと言いながら前も体調崩しただろう？　もっと大きくなるまで待ちな」

「はい……」

「もう、クリシェ。いないと思ったらやっぱり……水はわたしが汲んでくるって言ったのに」

畑の方から近寄って来たグレイスが肩をすくめて嘆息する。

「その……かあさま大変そうでしたし、お水が空になってて……」

「……全く。グレイス、鍬に夢中ですっかり水のことなんて忘れてただろう」

「う……」

グレイスは何とも言えず視線を逸らす。

「昔っから本当、目の前のことしか見えない子だね。少しはクリシェちゃんを見習ったらどうだい」

「お、おばさん、かあさまはその、芋の蔓《つた》と格闘したりで大変だったので……」

「や、やめてクリシェ……もっと情けなくなるから」

肩を落とすグレイスを見つめて慌てる様子のクリシェに、ガーラは笑って頭を撫でた。

「くく、本当グレイスは優しい子を娘にしたもんだ。足を向けては寝れないね」

「……本当にね。最近は本当、わたしが心配掛けてばっかりで」

はぁ、と再び肩を落とすグレイスに、ガーラが思い出したように告げる。

「心配と言えば……今日はブラロの奴来てないね」

「そう言えば、確かにそうね」

「今日という今日はいい加減とっちめてやろうかと思ったんだが……外でまともに食って行けずに出戻って来たと思えば、来る日も来る日も働きもせず、人妻を口説こうと纏わり付いて」

苛立《いらだ》たしげに告げるガーラを見て、グレイスは困ったように告げる。

「乱暴なのは駄目よ、ガーラ。傭兵をしてたって話だし……それに、外で色々あって、自暴自棄なのかも。昔はあんな人じゃなかったもの」

「あんたはちょっと優しすぎるんだ。もう少し気をつけないと……クリシェちゃんもいるんだから」

水を向けられたクリシェは少し考え、微笑む。

「クリシェは剣の稽古《けいこ》してるので平気です。かあさまのことも、ちゃんとクリシェが守りますから」

それからグレイスの腕を取ると、グレイスは嬉しそうに。それを見たガーラも苦笑する。

「まぁ、男連中も歯が立たないって話だし、そうなのかも知れないけど……でも、何かあっても戦おうとしちゃ駄目だよ。稽古と実戦は違うんだ。何かあれば大人を呼んで任せな」

「……えへへ、はい」

母を困らせた男はもう二度と母を悩ませることはないし、姿を見せることもないだろう。

そんなことを考えながら、クリシェが上機嫌に頷いていると、

「クリシェねーちゃん！」

遠くから木剣を持った少年が一人、走って近づいて来る。

「よーやく見つけた。この前俺に稽古つけてくれるって言ってただろ」

「……全く、そんな話をしてたら、だねぇ」

ガーラが笑い、困った様子でクリシェを見つめた。

「クリシェ、ペルがもっと大きくなったら、って言ったと思うのですが」

「大きくって、クリシェねーちゃんも身長変わらないだろ」

クリシェはその言葉に眉を顰めると、ずい、と彼を睨み付けた。

「な、何だよ……？」

「ペル、気をつけです」

「はぁ……？」

「気をつけ、です」

ペルと呼ばれた少年が首を傾げながら背筋を正すと、クリシェはおもむろに体を近づける。

「ちょ、クリシェねーちゃん……？」

近づいて来たクリシェの美貌に頬を染めるペルであったが、しかしクリシェは気にした様子もなく、自分の頭に手を当て、身長を比べると頷く。

「やっぱり。クリシェの方が指一本分背が高いですね。ペルは間違ってます。身長が変わらない、と

いうことはありませんよ」

うんうんと腕を組んで告げるクリシェに、呆れた様子でペルは言った。

「……あのさ、クリシェねーちゃんって本当、融通利かねえよな」

「……？」

不思議そうなクリシェを見て、ペルは嘆息し、ガーラは噴き出すように笑う。

そして恥ずかしそうにグレイスが肩を落としたのを見て、クリシェはますます首を傾げた。

頭が良く、器用で真面目な働き者。容姿も含めて一見非の打ち所がない少女であったが、言葉を言葉通りに受け取りすぎるというのは多くが知る彼女の欠点。

「クリシェ……」

「大体一緒なんだから、わざわざ測らなくてもいいだろ」

「大体……でも、ペルは今、身長が変わらない、と言いましたから」

「あのさ……いや、もういい。わかった、俺が悪かったよ」

肩を落としてペルは言った。

彼女を前に、大体などという曖昧な表現も禁句である。こちらの意図をきちんと伝えようとすると膨大な労力を要するのが常であり、二つ年下のペルでさえ疲れるだけだと諦めていた。

「その謝られ方は何だか納得が行かないのですが……」

「はっはっは、まぁまぁクリシェちゃん、許してやんな。こっちは大丈夫だし、ペルと遊んでやったらどうだい。グレイスも構わないだろ？」

「ええ。わたしも最初から遊んできたら、って言ってはいたんだけど……でも剣のお稽古ね。自警団の所に行くの？」

「ううん。あそこのおっさん達、クリシェねーちゃんに手も足も出ないからって陰口ばっかり言ってるし、そこら辺でやろうかなって」

「おっさんだなんて、そういうことは言っちゃだめよ」

グレイスが叱るように告げると、う、とペルは仰《の》け反り目を泳がせる。

「まぁペルの気持ちはわかるがね、大の大人が情けない」

ガーラ、と窘めるようにグレイスが口にするが、彼女は不愉快そうに続ける。

「事実だろうに。あんたの良いところだけど、はっきり言ってやらないとあいう連中は付け上がるだけだよ。確かにクリシェちゃんは変わってるかも知れないが、だからって子供相手に気味が悪いだの何だの陰口叩くあいつらは何なんだい、全く」

「それはそうだけど……」

「ぁ、あの、おばさん、クリシェは気にしてないですし……それにクリシェも良くないことをしましたから、嫌われちゃったのは仕方ないです」

ガーラはクリシェの言葉に肩を落として怒気を吐き出し、それから優しい目で頭を撫でる。

「はぁ……クリシェちゃんは本当、母親に似て優しい子だね」

あの連中も少しは見習ってくれりゃいいんだけどね、と続けた。


そうして二人、稽古に適当な場所を探して歩いていると、ペルは言う。

「……クリシェねーちゃんって本当性格良いのな。ケイル兄達に嫌がらせされてるときもそうだったけど、怒ったりしねーの？」

「……？　まぁ、ペルみたいに怒ったりはしないでしょうか……」

こて、と考え込むように首を傾げると、銀色の長い髪がさらさらと揺れた。

「んー、ほら、家の中が汚れてたら嫌でしょう？」

「ああ……？　まぁ、うん」

「そんな感じです。もちろんクリシェもそれを嫌だとか不愉快だとか、そういうのを感じることはありますが、でも悪いのはお掃除が出来てない自分ですし、それで怒るのも変な話と言いますか……」

んー、んー、と悩ましげに唸った後、困ったように言った。

「クリシェ、ペルみたいにぷりぷり怒ったことがないので、聞かれても説明がちょっと難しいですね。怒ったりする前にやることは沢山ありますし」

どうしても我慢できないなら、二度と見ないで済むようにすれば良いだけ。

彼女の口にする言葉の真意を理解出来ないまま、ペルは呆れたように告げる。

「掃除と一緒にすんなよな……要するに全部自分のせいって言いたいのか？」

「そうですね。流石に全部クリシェが悪いということもないとは思いますが……でも、普段から気を付けていれば、そもそもそんなに汚れることもなかったはずで……そんな感じでしょうか」

指を立てるようにうんうんと続けた。

「かあさまみたいに村の人達みんなと仲良くできないクリシェも、やっぱり少し良くないのです。怒ったりする前に、自分のそういう悪いところを直さないといけません。かあさまは上手に村の人達みんなから好かれてますし、クリシェもなるべくそれを見習って頑張りたいですから」

大きな紫色を狭《せば》めるように、クリシェは静かに微笑んだ。

他人から評価されること。必要とされること。己はそうあるべきだと疑わず、自分の価値を高め、他人にそう評価されるためだけに彼女はその知性と才覚の全てを注いで過ごす。

生まれたばかりの雛のように、彼女はどこまでも幼稚な生き物であった。

祖父や両親達に褒めてもらいたかったし、必要とされることで安心感を得たかった。

彼女はそういう欲求を満たすためだけに生きていて、そのための労力を惜しまず、グレイスが自分に教え聞かせるような、『良い子』を目指して努力する。

それ以外のことは文字通り、あらゆるものがどうでも良く、何を言われようと興味もない。そうした自分の小さな世界が脅かされない限り、彼女はただただ善良な少女としてあることを望んでいた。

「クリシェねーちゃんは出来すぎって言うか何て言うか……損してると思うんだけど、色々」

「損……？」

「母ちゃんもクリシェねーちゃん見習えってうるさいんだよ、遊んでないで家のことやれだとか、仕事を手伝えとかさ……良くそんなんで嫌にならないよな」

「確かにペルはもうちょっとおばさん達のお手伝いをした方が良い気がしますが……剣は全然上手になりませんし、そっちを頑張った方が――」

「これから上達すんの！　ほら、この辺でいいだろ、稽古見てくれよ。前よりちょっとは剣の振り方も上手になったんだから」

剣を構えるペルを困ったように見ながら、視線はふと、その背後に。

「おじいさまっ」

少し遠くに老人の姿を認めたクリシェは小走りに、甘えるように抱きついた。

「クリシェ、剣の稽古か」

「はい。ペルが剣の稽古をしてほしいって」

「こ、こんにちは、ガーレン様！」

ペルは白髪を後ろに流した老人――ガーレンの姿を見ると、ぴたっと姿勢を正した。

かつては兵士達の頂点として、名高き百人隊長であった彼は村の英雄でもある。ガーレンは手を軽く振ってそれをやめさせると、普段は鋭い目を和らげ、好々爺《こうこうや》の顔でクリシェを撫でた。

そして彼の後ろからはもう一人、髭を生やした長身細身の男が現れる。

「とうさま、お仕事は終わりですか？」

「ああ、今日は獲物と会えず仕舞いでな」

苦笑して父――ゴルカは答えた。ガーレンは神懸かり的な狩人であったし、ゴルカはその弟子。若手では一番の狩人であった。二人一組で森へ入る狩人達の中でも、最も多く獲物を持ち帰って来る一組であったが、いくら腕が良いからと言ってもそういう日はある。

「仕方ないと早めに切り上げて、ブラロに一言文句を言ってやろうと思ったんだが、見当たらなくてな。こっちに来ているかと思ったんだが……クリシェは見てないか？」

「はい。今日はかあさまのところにも来てないみたいですね。ペルはどうですか？」

事が露見することはないと確信しているクリシェは平然と答え、近づいてきたペルに振る。

「俺も見てないけど……村外れの訓練場にも今日は来てなかったみたいっすね」

「そうか……俺達も行ったんだが、同じことを言われた。家にもどこにもいないんだ」

家におらず、村にもいない。ここは森の奥にある村で、隣村に出かける程度であってもそれなりの荷物がいる。その準備をしていれば村の誰かは知っているはずであったし、狩人でもないブラロが森へ入って遭難というのも考えにくい。

不真面目なブラロであるから酒を飲んで家で寝ているのは良くあることだが、どこにも見当たらないのはどうにも不自然であった。村の人間は子供の頃から森の怖さは教えられていたし、村から人が消えるというのは狩人の遭難を除けばあまりあることではない。

「ケイル兄達のときみたいっすね……またクリシェねーちゃんが変なこと言われないといいけど」

ペルは不機嫌そうに言って、クリシェを見た。ゴルカは渋面を作り、頷く。

「……そう、だな」

人が消えることは稀なこと。ただ、二年ほど前には、同じ年に三人が消えた。

クリシェと同年代の子供が二人、崖の下から死体となり、猪と共に見つかったのだ。

猪から逃げている内に崖から落ちてしまったのだろうと多くの者は考えたが、その母親の一人は狂を発し、クリシェが殺したのだと叫んだ。

クリシェは二人から日常的に嫌がらせを受けていたし、そして彼女は普通の子供ではない。剣を覚えてたった一ヶ月で、大人でさえ歯が立たなくなるような子供。まともじゃない、気味が悪いと口にするものは多くいて、同じように考える者は何人かいた。

クリシェを人殺しと呼んだその母親もまた、ある日突然村から消え、そして噂は噂を呼ぶ。多くのものはそれを自殺と考えたが、クリシェがやったのだと、陰で語る者は更に増えた。

そして、今度はブラロ――やはりクリシェと無関係ではない。

グレイスに付き纏っていたあの男をクリシェが冷ややかに見つめていることは知っていた。無機質に暗く輝く、冷たい紫色の視線は、かつて二人の子供に送ったものと同じ視線であった。

二人の子供が死んでしばらく、不思議と上機嫌であったクリシェ。そして今もクリシェは随分と機嫌が良さそうで、奇妙な一致に薄ら寒いものを感じてしまう。

彼女を愛し、育て、誰より近くで見てきたからこそ働く直感のようなものが訴えるようで。

「まぁ、どこかで行き違っただけかも知れん。仕方ない、ゴルカ、日を改めよう」

「ぁ、ああ……そうだな、そうしよう」

そして答えるゴルカの不自然な様子を不思議そうに見ながら、クリシェは尋ねる。

「おじいさま、とうさま、何かお手伝いすることはありますか？」

「いや。わしもゴルカも今日は終わりだ。お前もあまり暗くならない内に帰りなさい」

「はい」

悪いことをすれば祖父や両親はクリシェに失望するだろう。ただ、それが露見しなければ何もなかったことと同じであり、そうして嘘を吐くことに彼女は罪悪感を覚えない。むしろこちらに不利益をもたらしていたブラロを始末すること自体は『良いこと』であるとさえ思っていた。

今朝一人、人を殺したにもかかわらず、無邪気な微笑を浮かべるクリシェの姿はいつも通りの愛らしい愛娘にしか見えず、僅かな疑念を恥じ入るようにゴルカは首を振る。

「ガーレン様っ、時間があるなら俺に剣、教えてほしいんですが……」

「ペル、おじいさまは剣が好きじゃないんですから駄目ですよ。迷惑です」

「ええ……でも折角だし……」

「剣ならクリシェが教えてあげますから、それで我慢を――」

そうしてクリシェが言いかけたところで、

「おーい、商人が来たぞーっ！」

広場の方から聞こえた声に、彼女は肩を跳ねさせた。

途端にそわそわもじもじと、恥ずかしそうに見上げるクリシェにガーレンは苦笑すると、腰袋から小さな銅貨をいくつか取り、手渡す。

「わしが剣を教えるから、気にせず行ってくるといい。お前にはそちらの方が重要だろう」

「うぅ……はい……」

恥ずかしそうに頷くと、小銭を握り締めてゴルカに告げる。

「とうさま、クリシェは広場に行ってきますね」

「ん、あぁ……」

「ペルも、おじいさまに迷惑かけないように」

そしてそう告げるや否や、礼儀正しく全員に向け深々と一礼し、クリシェはとてとてと小走りに広場へ駆け出して行く。あっという間に見えなくなったクリシェの姿にゴルカは苦笑し、商人が持ってくる食材に目を輝かせる愛娘の姿を想像する。

先ほど抱いた疑念を笑うように目を閉じて、再び静かに首を振った。


村の中央には共用の大井戸があった。

森の沢から水をくみ上げる家も多いが、森から離れた中心部の人間は基本的にここから生活用水をくみ上げる。そのため基本的にこの区画は周囲にものを置かないよう決まり事があり、雑多な村の中にあって、ここは随分と拓けた場所となっていた。

決まり事の例外は外からの訪問者があった場合や、重要な催《もよお》しがある場合。

行商や吟遊詩人、芸人などの訪問は前者であり、日暮れに訪れた行商人は広場の一角に荷物を解き、品物を並べ始めていた。

娯楽の少ない村において、外界と接する唯一の機会である。

こうした訪問者は村のものにとって何よりの娯楽で、既に周囲は人だかりが出来ており、幼い上に小柄なクリシェは背伸びをしてもその内側を覗くことが出来なかった。

まさか人を押しのけ、あるいは飛び越えて行くなどという不作法も出来ない。

唇を尖らせながら適当な樽に腰掛け、耳を澄ませる。

天候によって多少のズレはあるが、行商人は決まって一定の間隔で訪れる。特にここは二人の行商人が固定で回っており、おおよそ間隔は七日に一度。昨日出て行った行商人と入れ違いでやってきたのは中々の僥倖《ぎょうこう》である。買い損ねたカボチャが手に入るかも知れないと頬を緩めた。

聞こえてくる商人の声は訛りが少し異なり、いつも来ている行商人達とは違う。仮にカボチャを持ってなくとも新しい食材があるかも知れない。いつも回っている行商人が持ってくる食材は決まっているため、むしろクリシェにはこういう想定外の客が楽しみであった。

早く人だかりが消えないものか、とクリシェは樽に腰掛け両足をぱたぱたと揺らす。

頭の中では初めて見る食材があるのではないかという期待だけが膨らんでおり、そして食に関することで客観性を失う頭は自身のそうした不作法な仕草に気付かない。

「ふふ、やっぱり来てた。お行儀が悪いわよ、クリシェ」

声に振り向くと、グレイスが笑いながら指を突き出し、少し膨らんだクリシェの頬をつついた。

ぷひゅー、と間の抜けた声と共に空気が漏れて、その様にグレイスの後ろにいた女達がくすくすと笑う。クリシェはそこでようやく自身を省みて、頬を染めた。

「もう、入れないからってそんなに拗ねた顔しちゃ駄目よ。折角の可愛い顔が台無しだわ」

「かあさま……」

樽から飛び降り、クリシェは恥ずかしそうにグレイスと女達に頭を下げる。

女達は一層笑い声を強めてクリシェに近づき、もみくちゃにするように頭を撫でた。

「あっはっは、本当にクリシェちゃんは可愛いねぇ。商人が来る度待ちきれないって顔して」

「ほんとね。そんなに食いしん坊なのに、どうしてそんなに細いのか教えてほしいわ」

新しい食材に目がない食いしん坊。少女がここにいる意図を理解している女達は笑い、クリシェはますます頬を赤らめる。

ここにいる女達はグレイスと仲が良く、クリシェのことはよく知っていた。

大人しく、けれど思いやり溢れる優しい少女。

遊びたい盛りにかかわらず、自分達の手伝いを進んで行うクリシェは、見目麗しく気遣いが出来る働き者。女達の考える美点を全て兼ね備えた愛らしい娘であり、そんな彼女に悪感情を向けるものは多くなかった。彼女達の中ではクリシェの『ちょっとした異常性』に関する噂話も、愛らしい彼女に叩きのめされた馬鹿な男連中の戯れ言だと笑って流されている。

「よぉし、おばさんが連れて行ってあげようか」

「え？　わ……っ」

恰幅の良い女丈夫、ガーラがクリシェを肩に担ぎ上げると、群衆を押しのけるように人垣の中へ。

「ほら、村一番の美人と美少女のお通りだよ。どきなどきな」

力強く張りのある声に人垣が崩れ、ガーラはクリシェを担いだまま悠々と商人の露店へと近づいて行く。そしてクリシェは並べられた商品と男達を見て、ふと違和感を覚えた。

「おやおや……これはまた」

気のよさそうな顔をした主人と丁稚《でっち》。その護衛らしき強面の男が四人。見覚えのない顔であるが、嗅ぎ覚えのある匂いが鼻を刺す。

——血の匂い。気付いたことを表情に出さないまま、ぼんやりとその意味を考える。

獣か人か——獣特有の匂いはしない。人かも知れない。昼に嗅いだ。

どうしてその匂いがするのか——人を殺したからだろう。

賊に襲われたのか——それにしては誰も怪我をしていない。

むしろ、この男達が殺した側なのではなかろうか。

クリシェは並べられた商品を眺める。

馬車は全く別物、並べられた商品も見覚えのないものがほとんどであったが、馬車の荷台、布の隙間から覗くカボチャは間違いなく今朝見たものだった。傷の位置が寸分違わず同じものがある。

自然に、今朝帰った行商人をこの男達が殺したのだ、という発想に行き着いた。

恐らく、馬車に山と積んである食材は村人に見せるためのものでしかないのだろう。クリシェはガーラの肩から降ろされながら、そうして男達を観察する。全員にこやかであったが、ギラついたような何かが自分に向けられているような気がした。

「妖精のようなお嬢さん、どうだい、気にいったものはあるかな？」

「あら、あたしにゃ水妖のような、とは言ってくれないのかい？」

周囲から笑い声が広がり、男たちも苦笑する。そんな会話を耳にしながら、この男たちの目的は何だろうかと首を傾げつつ、ひとまず欲しいものを手に入れることに決めて声を掛ける。

「そっちのカボチャ、見せて頂けますか？」

「カボチャ？　ああ……」

丁稚の男が布を取り払い、小山を作るカボチャを見せる。

昨日は我慢しようとしたものの、クリシェは無性にカボチャが食べたい気分なのである。

ずっしりと実の詰まった一つを手に取り満足げに微笑むと、これが欲しいですと告げ、商人はクリシェに随分安い価格を提示した。

「いいんですか？」

「ああ。カボチャが欲しいだなんて随分親孝行な娘さんだ。ついでにこれもあげよう」

言って男が小さな袋包みを開くと、中には茶色い玉のようなものが入っている。

「舐めてご覧」

言われるまま、一つ摘まんで口の中へと放り込む。

「……おいしいです」

「キャンディだ。初めて食べたかい？」

酸味がありながらも甘いキャンディの味。

それを口の中で転がしながら頷き、ありがとうございますと頭を下げる。

口の中に広がる甘さはクリシェにとっては初めての味で、すぐに行商人が殺されたであろうことはどうでもよくなった。行商人はクリシェにとっては単なるシステム。来る度に顔を合わせていたし、よく覚えてもいるが、それが死んだところであまり興味もない。

人殺しのようだが良い人なのかも知れない、と評価しつつ頭を下げていると、

「あら……すみません、そんなものを。ありがとうございます」

いつの間にか現れたグレイスがクリシェの頭に手を乗せ礼を言う。

村一番の美人と称されるだけあって、グレイスは魅力的——頭を下げたグレイスに男達の視線が集まるのを、クリシェは幸せになった頭で感じ取る。

「ああ、奥さんもお美しい。どうです、良ければサービス致しますよ」

「あら、嬉しいですね。クリシェ、他に欲しいものはある？」

尋ねられて少し考え、首を振る。クリシェはいつも必要最低限、無駄遣いはしない。

他の野菜は予備があり、特に今欲しいというものもなかった。

強いて言うならばカボチャがもう一つあってもよかったが、それは贅沢だと我慢する。

「クリシェ、カボチャが食べたかっただけですから」

「そう。じゃあ、そうね……んー、思いついたらまた、明日の朝ということでも構いませんか？」

「ええ、構いませんよ。美しい女性の頼みとあれば断れません」

「ふふ、お上手ですね。じゃ、クリシェ、行きましょうか」

クリシェはカボチャを抱え、キャンディを舐めながら頷いた。その様子にグレイスは苦笑を漏らして、クリシェの持つカボチャを取って小脇に抱え、手を繋ぐ。

温かい感触。クリシェは頬を緩め、グレイスに手を引かれるまま広場から背を向けた。

「美しい女性の頼みとあればってことはあたしもいいってわけだね、商人さん？」

女丈夫ガーラは堂々とそう告げ、それに乗っかるように女達が真似をして。

そんな声を聞きながら、クリシェはカボチャをどう料理するかに思いを馳せた。


岩塩こそふんだんに取れるものの、砂糖や蜜はこの村においては随分な貴重品。

木の実を砕いたクッキーや果物で多少の甘味は得ることも出来るが、やはり食事の大半は塩味主体。

そんなこの村での生活において、甘みあるカボチャは非常に魅力的な食材だった。

出来上がっていた鍋の中へぶつ切りのカボチャを投入。

煮崩れしないように注意しながら優しく煮込み、その合間に小麦粉とバターを練って伸ばしては重ね、パイ生地を作り、ペースト状にしたカボチャを入れる。そして近所にあるガーラの家でオーブンを借り、焼き上げる時間をじっとそれを見つめながら、クリシェは知らず鼻歌を口ずさんでいた。

「ふふ、随分とご機嫌だねぇ。そんなにご馳走作って」

「はい。クリシェ、カボチャをすっごく食べたい気分だったんです。……えへへ、オーブン、ありがとうございます」

「あはは、いつでも借りに来ていいんだよ。貸したお礼にクリシェちゃんの手料理が食べられると思えば安いもんさ」

ガーラは楽しげに笑う。夫に先立たれ、子供を転落事故で亡くした今となっては、彼女にとってクリシェだけが日々の癒やしとなっており、息子の代わりとして彼女に深い愛情を注いでいた。

「……あの子にも、一口でいいから食べさせたかったもんだね」

「……？」

「クリシェちゃんには申し訳なく思っているよ。あの馬鹿息子、クリシェちゃんに謝らないまま逝っちまったんだから」

クリシェは一瞬誰のことかと首を傾げ、馬鹿息子、という言葉に思い出す。

今ではすっかり『どうでも良いもののリスト』に入っていたが、過去に面倒な嫌がらせをしてきた迷惑な二人組――クリシェが殺した子供の片割れ、ケイルのことだろう。

最初はスカートめくりや侮辱程度。しかし一度剣の稽古で叩きのめしてからは、飼われていた鶏が死んだのはクリシェが殺したせいであるだとか、兎のはらわたを取り出して食べていただとか、そんな悪評を広めたり、洗濯物を汚したりということをしてきた不愉快な子供。

猪をけしかけ森の奥へ追い詰めて、崖の下に落とした時には非常にすっきりであった。

すっかり忘れていたクリシェの沈黙を別な意味で捉えたガーラは、すまないね、と苦笑する。

「……歳を取ると感傷的になっちまう。許しておくれ」

「いえ。クリシェは気にしてませんから」

言葉通りクリシェは気にしていなかった。既に終わったことであったし、クリシェは死人に興味はなく、この先彼らが自分を不愉快にすることも、顔を見せることもない。

「……大丈夫ですか？」

気に掛かるとすれば一つだけ。それを気にするガーラのことであった。

「ああ……代わりにクリシェちゃんがいてくれるからね」

近所でオーブンを持っていたのはガーラの家くらい。

迷惑な子供を殺してクリシェは満足であったが、普段明るいガーラは子供を失ってから、一時期は自殺してしまうのではないか、という話すら出るほど悲しんだ。

オーブンを使うにも一苦労。たまたまその時期は特にオーブンを使った料理に凝っていたこともあって、しばらくガーラをなだめながらオーブンを使う日々を送る事になり——それが客観的には、一人になってしまったガーラの様子を毎日見に行く甲斐甲斐しい娘だと捉えられた。

クリシェとガーラについて語られる、村の美談の一つ。誰よりガーラ自身がその美談を実体験として信じ込んでおり、そんなクリシェのことを溺愛している。

とはいえ、クリシェに『村の美談』で語られるような意図があった訳ではなかった。

当初はガーラが自殺してオーブンを使えなくなると困ると考えていたくらいで、重要なのはガーラよりもオーブン。適当に話に付き合いオーブンを使わせてもらっていただけで、特に彼女を慰《なぐさ》めているつもりもなかったし、罪悪感やそこから来る憐憫《れんびん》の情があった訳でもない。

そもそもクリシェには、罪悪感というものが存在しなかった。

彼女の理屈では、彼女に多大な不利益をもたらしたガーラの子供は死んで当然の存在であったし、殺したことで日常はより平穏に、不愉快がなくなったのだから後悔もない。

けれど今もその死を悲しむガーラを眺めると、小さな感情は蠢《うごめ》いた。

彼女の中にあるのは利益と不利益、そして歪な善良さ。

ガーラの子供を邪魔に感じて殺したことは仕方のないことであったが、彼女を悲しませるのはクリシェの本意ではない。彼女には自分に良くしてくれた分の『お返し』をしてあげたいと考えていたし、両親や祖父に向けるような感情を今では抱いていた。

その子供を殺した挙げ句、悪びれもなく平然と彼女に甘えながらも、自分に良くしてくれたガーラが悲しむ姿は見たくはない。

自分がどれほどおかしなことを考えているかも気付かず、歪んだ善意を彼女に向ける。

悲しげな彼女の顔を見上げ、その頬を優しく撫でて、

「大丈夫だよ。……ありがとう」

その微笑みを見て、クリシェも安堵したように微笑む。

――少女は他人が理解できなかった。

人が何に喜び、何に怒り、何に悲しみ、何を怖いと思うのか。

拾い育ててくれた両親は、彼女に名前を与え、実の娘のように可愛がってくれた。

人とズレた彼女に対して真剣に向き合い、多くのことを教えてくれたものの、両親が『普通のこと』さえ理解できない自分のことで今も悩んでいることも知っている。

少なくとも自分は普通でないのだろう、とは漠然と理解していたが、理解したところでその問題が解決するわけでもない。

共感性の欠如した彼女は、彼女達の常識も、その感情も理解できず、その表情や態度、行動で全てを定義するしかなく、そしてその歪みに気付くこともなく。

だから今日も何食わぬ顔で『美談の少女』のように、ガーラへ心からの笑顔を向ける。

「おばさんが良ければクリシェの家で一緒に食べませんか？」

「そりゃ嬉しいが……グレイス達が迷惑だろう」

「かあさまはおばさんが良ければお誘いしなさいって。クリシェも熱々をみんなで食べてもらった方

が嬉しいですし」

やはり食べてもらうなら感想程度は聞きたいが、夜は冷え込む。

ガーラにパイを切り分け、感想まで聞くとなると流石に少し冷めてしまうため、食事は纏めて取る方がクリシェにとっても都合が良かった。ガーラも食事に誘うと喜ぶし、クリシェも同様。美味しいと褒められながら食事するのがお気に入りであった。

先ほどの話は終わりとばかり。全くもっていつも通り、自分本位な理由から来るクリシェの誘いであるが、彼女の善良さを信じるガーラも都合良く解釈する。

「……本当、クリシェちゃんは良い子だね。そういうことならご一緒させてもらうよ」

「はい、抱っこのお礼もありますし」

「はは、そう言われちゃ商人が来る度おばさんの肩に乗せてやらないとね」

クリシェはその言葉に微笑み、焼き上がりを待つ。

ガーラはそんなクリシェを優しい目で見守り、焼き上がったパイをまるで宝石でも扱うように取り出した。そして冷めないように厚手の布を被せて持つとクリシェの家へ。

家には既に両親と祖父、三人が揃い、二人を温かく迎え入れる。既に日は落ち外は夜闇に包まれていたが、ぐつぐつと中央で鍋を温める炎が壁で覆《おお》われた室内を明るく照らしていた。

「かあさま、ちょっと火が強いです……」

「ご、ごめんなさい……加減がちょっと」

スープは少し温めるだけで食べ頃なのだが、母グレイスは不器用であった。

カボチャのスープは沸騰しぼこぼこと音を立て、クリシェはそわそわと心配そうに火を調整するグレイスを見つめるとパイの切り分け作業を中断。

火ばさみを渡してほしいと言わんばかりに手を差し出す。

「あ、あの、クリシェがやりますから……パイを切り分けてもらってもいいですか？」

「はい……」

情けないグレイスの声に他の三人が笑い声を上げ、ガーレンは言った。

「全く、お前の不器用さは母親譲りだな」

「お、お父さん……もう。クリシェが出来すぎなのよ」

「そう言って、いつもクリシェに頼っているからいつまでも上達せんのだ」

「だ、だってクリシェが手を出すなって言うんだもの……」

「そんなこと……か、かあさまはいつもお仕事で疲れてますから、クリシェが他のことは任せてほしいって言っただけで……ほら、かあさまもパイを切り分けるのは上手です」

「……クリシェ、気遣いは嬉しいけどやめて」

恥ずかしそうなグレイスにまた笑い声が響き、よく分からないままクリシェは首を傾げ、楽しそうな様子を眺めると、よく分からないままに微笑んだ。

カボチャのパイは湯気を放ち、黄金の光沢。

スープにはカボチャが加わり、濃厚な甘い香りを漂わせたクリシェの自信作。

想像するだけで口の中に唾液が滲《にじ》む素晴らしいご馳走を見て、今日はなんて良い日なのだろうかと改めてその幸福に笑みを深め、甘い香りのするスープを優しくかき混ぜる。

とろけるカボチャはクリシェにとって、宝石よりも輝いて見えた。

少し冷え込む夜であったが、五人も集まり鍋を囲めば小さな家は明るく、温かく。

クリシェにこれから訪れるものは何より幸せなひととき――食事の時間。

楽しげな四人の顔を眺めて微笑み、そろそろスープも頃合い。ほどよく煮えたスープを器に盛ろうと考えたところで、

「……？」

――襲撃だ！　賊が来たぞっ!!

辺りに悲鳴のような声が響いた。

「っ!!」

瞬時に反応したのは元軍人のガーレン。立ち上がると鍋を叩くようにひっくり返し、真下で煌々《こうこう》と部屋を照らしていた炎を消した。次いでゴルカが壁に立て掛けてあった小剣と弓を取る。

グレイスとガーラも身を強ばらせ、四人の顔は笑顔から一転、真剣な色を帯び――

「あ、あれ……クリシェのスープ、が……」

ばしゃん、じゅー。

期待を膨らませていたカボチャのスープ。

それを火消し水にされたクリシェは固まっていた。

目の前にあったはずの幸福を台無しにされたクリシェは、呆然とカボチャのスープであったものを見つめ、言葉を失う。

「グレイス、ガーラ。お前達は隠れていろ。……いいな？」

ガーレンが低い声で有無を言わさぬ調子で言った。

「グレイスとクリシェちゃんは任せときな、ガーレン」

ガーラは応じて硬直していたクリシェを抱き寄せ。

「お父さん……」

グレイスもまたガーラに遅れてクリシェを抱きしめ、震える声で父に声を掛ける。

「わしは軽く様子を見ながら自分の得物を取りに行く。ゴルカ、三人を頼むぞ」

「ああ、わかった。……気を付けてくれ。グレイスやクリシェの泣く顔を見たくはない」

「分かっておる、これでも戦場をくぐり抜けた体だ。軟弱には出来ておらん」

ガーレンは音も無く引き戸に近づき、ゆっくりと開く。

そして周囲を確認した後、静かにその体を夜闇へ滑らせる。

ゴルカはすぐに戸に近づき、隙間から外を眺めた。

「カボチャ……クリシェのスープが、ばしゃん、って……」

「だ、大丈夫だよクリシェちゃん。まだカボチャは半分残ってるし、なんなら次に商人が来た時におばさんがたくさん買ってあげるよ。大丈夫だから、大丈夫……」

少し早口になりながらも、クリシェを落ち着かせるような声音でガーラは告げる。

実に良い出来映えだと思っていただけに、クリシェのショックは大きく、まだ立ち直れていなかった。じっとスープの残骸を見つめるクリシェの様子を見たガーラは、彼女がこの状況に混乱しているだけと考え、頭を何度も撫でさすり大丈夫だと繰り返す。

「そ、そうですね、また……また作れば……、作れば」

クリシェは呆然としながらも、その感触に身を委ねることでショックから目を逸らそうと試みる。

「グレイス、床下の保管庫は一杯？」

「え？　ぁ……そんなには、ないわよね、クリシェ」

カボチャが、クリシェのカボチャが――

クリシェの頭の中ではひっくり返るスープの映像が繰り返されていた。

その映像から目を逸らそうとクリシェは必死に努力し、ガーラの言葉に意識を傾ける。

「え、と……はい。でも、全員は隠れられないと思います」

そして混乱する母の代わりに、ガーラの聞きたいことに答えた。

「ゴルカ、いざとなったらあたしをあんたの妻ってことにしなさい。グレイスもクリシェちゃんもこんなに綺麗なんだ。捕まったら何をされるか分かったもんじゃない」

一瞬の沈黙が降り、ゴルカがわかった、と頷く。

「すまない、ガーラ」

「いいんだよ、ゴルカ。……グレイス、クリシェちゃんと一緒に下に」

促すようにガーラは、グレイスとクリシェを床下に誘導する。

演技が上手く行くならば悪くないだろう。

クリシェはぼんやりとそう考えながらも、無手では怖いと部屋の包丁を二本掴んだ。

「……クリシェちゃん。心意気はいいけど、絶対、何があっても馬鹿なことは考えちゃだめだよ。あたし達に何があっても、あたし達がいいって言うまで開けちゃ駄目。それは最終手段、分かった？」

クリシェが頷くとガーラは笑い、大丈夫だから、と家の下に作られた食料保管庫に二人を押し込め扉を閉めると絨毯で隠す。

「クリシェ、大丈夫、大丈夫だから……」

そこで震えるグレイスの声を聞きながら、クリシェは音に耳を澄ませる。

地下に潜れば馬の足音がより伝わってきた。

方角からすれば広場の方だろう。森の近くにあるこの家に近づいている様子はない。

しばらくしてガーレンが戻ってくる。

賊がこちらに来るならば、家の中で迎え撃つよりはガーレンが森に潜み、挟み撃ちにするほうが良いと話がついたらしく、ガーレンはまたすぐに家を出て行く。

震えるグレイスの振動は非常に迷惑であったため、馬の足音は遠いので大丈夫です、と彼女をなだめつつ、クリシェは空腹を我慢し、時間が過ぎるのを待つ。

本当ならばお腹の中に収まっていたはずのカボチャはもういない。

ばしゃん、じゅー、と火消し水へ変えられたのだった。

クリシェのカボチャスープが一体何をしたというのだろうか。

そんな疑問だけが頭にあり、空腹が一線を越えると、今度は眠気。何度も欠伸を噛み殺しながらグレイスの胸に顔を押しつけ、唇をむにむにと動かす。

狭くぎゅっと抱きしめられているせいか、非常にぬくぬくとした快適空間。

寝るには最高の条件が整っていたが、この状況で流石にそれは許されない。

カボチャと睡魔に理性を戦わせて二刻ほど。

もう大丈夫だと声が聞こえたのはしばらくしたあとのことだった。

村の男がやってきて、賊の撃退を知らせたのだ。

ガーラは上に置いたらしい荷物をどけ、扉を開けて二人を引き上げると、泣きながらクリシェとグレイスに抱きつく。

クリシェは一人無感動に、そこで眠気との戦いを諦め、空腹を忘れるように熟睡した。


そうして朝食は冷めたカボチャパイ。

完璧であったはずのパイは冷えて固まり、もそもそとした食感になっていた。そのことで突発性の鬱《うつ》を患《わずら》っていたクリシェは、グレイスやガーラに慰められながらそれを消化する。

ゴルカとガーレンはおらず、村にもいつもの賑やかさはなかった。

――賊を撃退できた。

あくまで撃退。敵の首領を討ち取ったわけでも壊滅させたわけでもない。となれば二度目の夜襲を掛けてくることは容易に予想が出来、村は厳戒態勢。

クリシェは日課となっている川での水浴びを二人に止められ泣く泣く断念し、水桶の水で体を拭ってもらうと、生活用水を持ってくるため手桶を手に広場へ来ていた。いつもは川から水浴びついでに持ってくるのであるが、川に行けないとなれば最寄りの井戸はそことなる。

広場には自警団を中心に男達が集まり、どうにも村の防衛について話しているらしい。

そこには商人と護衛の四人も混ざっていたが、丁稚の男は姿が見えなかった。

商人は真剣な話し合いの最中クリシェを見つけ、大丈夫だったか、と笑顔を浮かべる。

「……おはようございます。今日発つのですか?」

「ははは、悪い冗談だ。近くに賊がいるのにのうのうと街道に出る事なんて出来ないよ。……君の家は森の方か」

答えない。他人の気持ちが分からず、鈍感なクリシェであっても、流石にこの男が今回の賊をけしかけた張本人だろうということくらいは察している。カボチャのスープを台無しにされたクリシェとしては今すぐ殺してやりたい相手であったが、周囲に人目があるのが問題であった。

自然にどこかへ連れ出すにしろ、森の中には仲間がいるのだろう。

何度か茂みから人の視線を感じたため、邪魔が入る公算も高く、騒がれては面倒。

殺すのは容易いとはいえ、複数人相手となると多少手間取る上、堂々と殺人を犯せばその後のクリシェの評価に関わってくる。

クリシェは仕方なく諦めると口を開いた。

「折角カボチャでスープとパイを作ったのに、おかげで食べ損ねてしまいました」

「くく、賊が来たというのに、随分気丈なお嬢さんだ」

商人は楽しそうに笑い、懐から袋を取り出しクリシェに手渡す。

「それは残念だった……代わりにこれを持って行くといい」

中には昨日のキャンディがいくつか入っているらしい。

いいんですか、とクリシェが尋ねると、商人は笑って頷いた。

失われたカボチャとキャンディを頭の中で天秤に掛けたが、しかしややカボチャが重い。

あのカボチャのスープとパイは傑作だったのである。

それを台無しにした罪は重く——とはいえこのキャンディも中々のもの。殺すときはなるべく痛くないようにしてやろうと考え直しながら、視線を周囲に向ける。

ゴルカとガーレンは自警団との話し合いに参加しているため、今は話せそうになかった。

「……しかし、男衆はこれだけか。塩の採掘で出払っている人達が戻ってくるまでには時間が掛かるという話……今日の晩は我々だけとなると少し苦しいな」

「商人さんも戦うんですか？」

「私は自衛程度だが……あそこにいる護衛達は頼りになる。安心してくれていい、腕利きだからね」

護衛の四人も、話し合いの主体となっていた。

従軍経験者はともかく、ほとんどは狩人と職人だけ。戦いについてよく知る傭兵は頼りになる存在として扱われているらしく、そこでようやく諸々のことが繋がる。

「そう言えば、お付きの人が見えないですけれど……」

「ああ……混乱して昨晩、逃げだしてしまったんだ。上手く生き延びていれば良いが」

あの丁稚が連絡係。恐らくは村の配置や構造を仲間に説明しているのだろう。

護衛の男は村の防衛に口を出し、こちらの動きを誘導する。男たちは上手くやっているようで、都合良く現れた手練れの四人を村人達は受け入れているように見えた。

採掘に出払っている男達――恐らくは彼らという村の戦力が戻ってくるまでに、村のものを根こそぎ奪って片をつけたいと考えているのだろう。そう考えるのは妥当で、今晩本格的な夜襲を掛けてくることはまず間違いない。

となれば今日またカボチャのスープを作っても台無しにされる可能性があった。

――クリシェはすごく、カボチャが食べたい気分なのに。

不愉快極まりないと、不満が心中でくるくると渦巻く。

「ああ、すまないね。お使いの途中か。貸してご覧、私が汲もう」

クリシェから桶を受け取り井戸の滑車を回す男を見ながら、どうしたものかと考えた。


昼に襲撃が来る可能性もあるため、貴重なカボチャは使えない。

クリシェは仕方なく残ったカボチャの半分を温存することに決め、棚の上に大事に飾る。

そして、いつものように食べ慣れた塩漬け肉と芋のスープを作り、パンとスープを口にしながら、帰ってきたゴルカとガーレンの話を聞く。

殺されたのは十七人。攫われた女が二人。殺した賊の数は三人ほど。

このカルカには三百人程が住んでいるが、戦える男の半数が採掘でいない。そのためこちらの戦力は戦う気概のある女子供も含めてせいぜい六十人。

昨晩の夜襲の際は少なくとも二十人程度の賊が確認出来たらしく、見たものの話では大して物を取ることもなく、仲間が殺されたことで慌てて逃げだしたとのこと。

様子見だろうと自警団長は考え、四十程度はいるのではないかと語っていたそうだ。

分断され各個撃破されるのは拙《まず》いと商人の傭兵が言い、自警団員達もまたそれに頷いて、他の者達も同調した。結果として女子供は集落中央の倉庫に集まり、男達はそこを中心とした防御網を敷くという形で話がついたらしい。

日常的に弓を使う狩人の技量は高い。狩人出身者は軍に行けば即弓兵として歓迎されるくらいで、軍に入って一月足らずで指導役になったという話などは比較的よく聞くこと。

事前の心構えさえあれば、狩人の弓は十分に賊へ対抗する武器となり得る。

彼等を最大限活かした防衛戦術という意味では、聞く限り実に真っ当であった。

とはいえそれは賊の狙い通りだろう、とクリシェは考える。

売り物となる女達を倉庫に集めるのは後で取りこぼしなく回収するためだろう。

四人の男と商人は機を見て賊へと変貌し、村人達を混乱に陥れるだろうことは想像出来、統制の利かなくなった素人集団と賊であれば、軍配があがるのは間違いなく賊の方。

話を聞き終え、食事にある程度満足したクリシェはぬるめの白湯を啜って一息をつき、それからゴルカとガーレンを見て口を開いた。

「とうさま、おじいさま」

「どうした？　クリシェ」

「クリシェ、あの商人さんと護衛の人達は信用できないと思います」

クリシェの言葉に空気が固まる。ガーレンとゴルカは少し考える風で、ガーラとグレイスは驚いたようにクリシェを見た。

「クリシェちゃん、もしかして何かされたのかい……？」

「いいえ。ただ……」

クリシェは同じ傷のついたカボチャについて語る。

その時はあまり気にしなかったものの、今となってはあれが怪しい。

もしかするといつも来ている商人を手に掛け、商人の皮を被ってこの村に紛れ込んだのではないか。

クリシェが語ったのはそういう内容である。

子供のクリシェがあの会議で大っぴらにそれを伝えても、その意見が素直に取り入れられるかどうかは怪しかった。クリシェは村の男衆には気味悪がられていたし、混乱を招く恐れもある。

そう考えた結果、話を聞いてくれそうな二人にだけ伝えることにしたのだった。

クリシェが話し終えると、ゴルカが真剣な目で尋ねる。

「クリシェ。本当に、同じものを見たというのは確かか？」

「はい。偶然そっくりなカボチャがあったというのでなければ。でも、そんな偶然に悪い人達が来るという偶然が重なるのも不思議議です」

「……そう、か」

ガーレンとゴルカは顔を見合わせた。あまりに話が上手く行きすぎているとガーレンは疑念を覚え、ゴルカと信用できる数人に伝えていた。だからこそクリシェのそうした言葉は重い。

「わしらも少し出来すぎているとは怪しんでおった。ありがとうクリシェ」

「……いえ。どうするのですか？」

「信頼出来る者だけに伝え、監視する。どうあれお前達を一ヶ所に固めるというのは悪くない案だ。……大丈夫、なんとしてもわしらが守るから安心なさい」

「はい、おじいさま」

クリシェは頷き、棚に飾られたカボチャを見る。その味を想像すれば、カボチャはきらきらと光り輝くようであった。早く終わらせて昨日食べ損ねたスープとパイを食べたい。

クリシェの頭にあるのはそれくらいである。

「昨日はクリシェ、カボチャのスープ食べ損ねてしまいました。パイも冷えてしまって……全部終わったら、また作ってもいいですか？」

「ああ、もちろんだとも。これは死ねなくなったぞゴルカ」

ゴルカは頷きながら、クリシェを見つめ、悪かった、と一言告げる。

「……？」

恐らく、ブラロは賊と何らかの関わりがあったのだろう。

このタイミングであの男が姿を消した理由を考えれば、それしかなかった。

一瞬とは言え、愛娘を疑った自分を恥じ、決意に拳を固める。

「……ガーラ、クリシェとグレイスを頼めるか？」

「もちろん、任せな」

そう言ってクリシェを撫でた。

「おばさんもその時は招待してもらっていいかい？」

「はい、おばさんの感想も聞きたいですから。オーブンまたお借りしてもいいですか？」

「いいとも。……グレイス、何泣いてんだい」

「ご、ごめ、なさい……ちょっと」

グレイスは目もとを拭い、クリシェに抱きついた。

「……終わったら……ちゃんと、みんなで食べましょ」

「はい、かあさま」

更にゴルカが上からクリシェとグレイスを抱きしめ、むぎゅ、と押し潰されたクリシェは苦しげに
うぅ、と唸り、それを見たゴルカが笑う。

「安心しろ。必ず、俺たちが守る」

そして力強くそう言った。

集まった倉庫の中は思っていたほど退屈ではない。

いるのは女と子供、老人達。女子供には人気が高いクリシェは退屈どころかむしろ忙しかった。

「はい、ちゃんと分けてくださいね」

クリシェは倉庫にあった果物をてきぱきと切り分け子供達に配っていく。

倉庫には多くの食料。肉の類は別の場所に保管されているが、農作物の類はここに置かれ、多少日持ちのする果物などもここに保存されている。

入ってすぐに、なんとかしてこの果物を食べられないものかとクリシェは考えた。

素直に言えば食べさせてくれるだろうが、しかしクリシェの美意識がその邪魔をする。

自分が誰より先に果物が食べたいなどと口にして、食いしん坊扱いされてしまうなど沽券《こけん》に関わる問題である。自分からそれを言い出すことが出来ず、どうやって食べれば良いものかと頭を捻る。

そうして考えている内に、閉じ込められていることに子供達が愚図りだし——天啓を得たクリシェはそれを大義名分に果物を食べることを提案。女達も同意見であったらしく、浪費しても大きな問題にならない倉庫の果物を子供達に与えることになった。

周囲の果実はよりどりみどりである。

しかしクリシェはすぐに腹が減る割に、胃袋はそれほど大きくない。

どれもこれも食べるとすぐに腹が膨れてしまうことを懸念したクリシェは更なる天啓を得た結果、率先して自分が果物を切り分け子供に配るという手段に出た。

面倒見が良い子供達のお姉さんとして評価も上がる。様々な果実が食べられる。うるさい子供も静かになる。一矢三鳥を射貫くが如くの名案にクリシェは頬を緩めた。

「もう、取り合いしちゃ駄目ですよ。順番です。ちゃんとルールを守らない悪い子には果物を食べさせてあげませんからね」

そうしてクリシェは彼らにそそくさと果物を切り分け配り、そして切り分けたうちの一部をこっそり自分で食べる算段であったが、予想外な点が一つ。

腹を空かせた雛鳥の如き子供の群れ。彼等の消費する量に皮剥きが追いつかないのだった。

「ねーちゃん俺も、まだ一個しかもらってない」

「キッダはもう二つ食べたでしょ！　クリシェおねーさん、次わたしの番！」

「え、えと……ちょっと待ってくださいね」

美人で普段から面倒見も良いクリシェは、子供達にとって憧れの綺麗なお姉さん。他の者よりクリシェから果物をもらいたがった。

せっせと皮を剥いていきながらも目論見外れ、しばらく果物を口に出来ないクリシェ。容易に果物にありつけると考えていたクリシェの胃袋は空腹を訴え、皮を剥きながら目を泳がせ、

「ふふ、大人気ねぇ。クリシェちゃん、ほら、あーん」

「あ……えへへ」

それを見かねた周囲の女が苦笑しながらクリシェの口に切り分けた果実を与えていく。

彼女が意外に食いしん坊であることはガーラやグレイスによって知れ渡っている。クリシェの中では完璧な建前など、彼女らにとってはあってないようなものであった。

女達はくすくすと笑いながらクリシェに餌付けを行ない、自分への供給が満たされたクリシェは上機嫌に、そうして皮を剥く機械へと変化する。

いつも通りのクリシェに暗い顔だった女達も笑顔になり、色々な話に花を咲かせ始める。

話題の中心にクリシェがあり、彼女はそうと気付かないまま女たちの中心にいた。

「クリシェちゃんは好きな相手はいないのかね？　どうなんだい？」

そうして話題を振られることもしばしばで、それにクリシェは一々答える。用がなければ人に話しかけることはないクリシェだが、聞かれたことには律儀であった。

「好き……」

首を傾げて、少し考え込む。

好意とは何かというのはクリシェにとって実に悩ましい命題であった。

クリシェの根本にあるものは利益と不利益という経済的な感覚でしかないからだ。

不利益よりも利益をもたらす人間が他人から好かれる。

相手の利益のために多少の苦労を進んでしてくれる人間が好意を持たれ、逆に利益を受け取るばかりで苦労をしない人間が嫌われる。

クリシェの認識する好悪とはそういうもの。そのように物事を考えるクリシェにとって、こうした質問は範囲が広すぎて要点が分かりにくいのだった。

「えーと、おばさんたちのことはとても好きですよ」

「ああ、そういうんじゃなくて……男だよ、男」

「男……あ、クリシェはとうさまとおじいさまもとても好きです」

聞いた女は呆れたように頭を抱え、周囲の女達は呵々大笑《かかたいしょう》。

グレイスは少し恥ずかしそうにしながら、クリシェの体を抱きしめる。

「もうっ、あんまりこの子をからかわないでください。……クリシェにはまだまだそういうのは早いんですから……」

「そういうお前はクリシェくらいの歳にはもう、ゴルカに纏わり付いてただろうに」

「わ、わたしをからかうのもだめですっ！」

笑い合う女達を見ながら、満足がしたのかと首を傾げ、クリシェは再び皮むき作業に戻る。そんなクリシェの口に切り分けた果実を押し込みながら、ガーラは楽しげに笑った。

「ほんと、クリシェちゃんの旦那はどんな相手になるのか。あたしゃクリシェちゃんを独り占めにしようって野郎が出てきたら殴っちまいそうだよ」

また笑いが起き、クリシェは気にせぬまま与えられたリンゴを咀嚼。

酸味と甘みが口の中で広がり、クリシェにとって実に幸福な時間。

賊が来るまでそうしてクリシェ達は時間を過ごし――夜襲は日が落ちてからしばらくしてのことであった。

恐怖と緊張を明るい笑い話でかき消す倉庫の中とは違い、外は静か。

消え入りそうな月が夜空に浮かび、村のあちこちで篝火《かがりび》が焚かれている。

賊が篝火から火を手にして、家を燃やすだろうことは予想できたが、弓を使う以上は灯りが無ければ話にならない。いくら一流の射手とは言え、灯りもない暗がりで動き回る相手を仕留められるものなどそうはいないからだ。

中央広場、倉庫の側で全体指揮を執るのは自警団長ザール。ゴルカは村の南東、ガーレンは村の北西でそれぞれ弓隊のリーダーとして屋根に陣取る形となっていた。

南東部は街道に伸びる村の正面玄関、対する北西部は畑が広がる。見通しが利くガーレンの北西側に狩人を多く配置し、弓を主体に広く背後を守り、そして南東のゴルカ達は正面の敵にのみ集中、ザールと共に剣を手に戦う者達を援護する。

襲撃を示す鐘が鳴り響き、ゴルカは屋根からクリシェ達がいる倉庫へと目を向け、一瞬目を閉じ拳を握る。そして隣を見た。

「サルバ、いいか?」

「当たり前だ」

同じ屋根には信頼できる親友サルバと、二人の裏手にはもう一人。

「ガド、お前はどうだ」

「誰に聞いてやがるゴルカ。俺がヘマするとでも思ってるのか?」

「いいや。お前の腕は昔からよく知っているからな。裏手の警戒は任せるぞ」

酒癖の悪い乱暴者だが、軍務経験もある腕の良い狩人——ガドが陣取る。

「上手く行ったら、今度酒を奢るよ」

「は。お前にしちゃ珍しいじゃねぇか。仕事次第じゃグレイスの胸くらいは揉ませてくれそうだな」

「馬鹿を言うな、全く。お前が言うと冗談にも聞こえん」

苦笑すると続ける。

「それほど多くは無いと思うが、そっちに回ってくるようなら声を掛けてくれ」

「ああ。俺より自分の心配をしろよ。鐘が鳴ってる、賊が来てるぞ」

「わかってる」

答えて前に集中すると、ゴルカは弓を構えた。

ガーレンの側に比べ射手の数は少ないが、その分熟練の狩人、腕利きが揃っている。下で剣を構える男達はこちらの方が数が多く、戦力のバランスは良かった。

想定通り賊は四十を超えていたが、他の屋根に乗る仲間に指示を送りながら自らも弓を取ることで、彼らは賊を仕留めていく。

ここに布陣するのは皆一流の狩人達。走り回る獣を相手とする彼等にとって、人を殺すことへの忌《き》避《ひ》感さえどうにかすれば、人間を射抜くことはそれほど難しいことではない。

幸い彼等は肉を貫く感触を直接味わうことがなかったし、村と家族を守るため、そういう気持ちがあればその忌避感も押し込めることが出来る。

身を晒し、剣を持って賊に挑まねばならない者がいることを考えれば、怖いから、などという理由で矢を放たぬなどあってはならないことであった。

下で命を賭けるのは彼等のよく知る知人や友人。そんな村社会だからこそ、素人集団であってもいくらかの統制が取れた行動を取ることが出来ていた。

指示に声を張り上げ続け、緊張で口の中は渇き、張り付くよう。獣ではなく人を射抜くことへの強いストレスに晒されながら、それでもゴルカは懸命に全体の指揮を執る。

戦いが始まってしばらく、声を掛けたのはサルバだった。

「……ゴルカ、やはりおかしい」

傭兵の男と商人は二人と三人で別れ、商人を含めた三人が倉庫から南東に位置するこの場所の一区画を担当する。だが他の区画は多くの被害が出始めているにもかかわらず、彼等だけは大した戦闘を行なっていなかった。

剣を打ち合うことはあっても、賊の方から逃げていくのだった。

「間違いなくクロだ。……やろう」

現状は優勢であるが、あの男達が裏切れば途端に状況はひっくり返る。

サルバの言葉に半ば同意しながらも、やはり躊躇《ちゅうちょ》があった。

賊であればこそ、ゴルカ達はその矢を放つことが出来る。

しかし、もしそうでなかったならば――迷いは一瞬だった。

「……分かった。サルバ、お前は左の傭兵をやれ」

別れ際のクリシェの言葉を思い出し、覚悟を決める。

「お前はどうする？」

「俺は商人に扮した奴を狙う。賊であるならば、恐らくそいつがリーダーだ」

サルバは了解、と笑い、ゴルカはしくじるなよ、と一言告げる。

「ああ、鹿を狙うよりゃやりやす――、う、ぐっ⁉」

「っ……⁉」

くぐもった声に振り返る。左後ろにいたサルバの胸から、剣が突き出ていた。

何が、と思う間もなく、ゴルカの胸――その筋肉の内側に冷たいものが入ってくる。

「が、ぁど……な、ぜ……？」

「おっと、喋れるのか、へへ……」

体ごとぶつかるように、ゴルカに短刀を突き刺したガドはにやけた声で告げる。

「実はこっそり話を持ちかけられてよ。この村のしみったれた生活には嫌気がさしてたから……まぁ、渡りに船ってこった」

「が、ど……」

「安心しろ、酒は奢ってもらわなくて結構だが、てめぇのグレイスはたっぷり俺が可愛がってやるよ。あんなそそる女、街にだってそうはいねぇからな……気味の悪いあのガキも見てくれはそうはお目に掛からねぇ上玉だ、きっと高く売れるぜ」

「っ、ぁ――っ⁉」

声にならない声を吐き出し、憎悪のまま拳を振るおうとしたゴルカを、まるで屠殺《とさつ》でもするように短刀をひねってトドメを刺す。

そして持っていた石で、商人――賊の頭領へ合図を送った。


「……妙だ」

それからしばらくして、ガーレンが目にしたのはゴルカの守る南東の混乱であった。

ゴルカがしくじったか。しかし中々考えにくいことだった。ゴルカの腕はガーレンもよく知る。でなければ最愛の娘を嫁がせようなどと思わない。

この男ならばと娘を預けた男なのだ。

そのゴルカがいながら、あちらには異変が起きている。あるいは、ゴルカでも対応出来ない別の事態が起きたか——それは戦場に身を置いた者の直感というべきものだった。

ガーレンは咄嗟《とっさ》に体を捻り、背後の気配に振り返る。

そして剣を構えた裏切り者のみぞおちに、鍛えられた拳を叩きこんだ。

生き死にの境を何度もくぐり抜け、並ならぬ手柄を挙げ、百人隊長の中の百人隊長として戦場では英雄の一人に数えられた。

その体は老いてなお戦場の緊張を忘れない。

カエルの潰れたような声と共に男が蹲り、そういうことかとガーレンは唇を噛んだ。

——であれば、間違いなくクロだ。

敵の少なさで傭兵が敵か味方か、判断を迷っていたガーレンは冷えた思考で決めつけた。

話を聞く余裕はない。短刀を蹲る男の背に突き立てた。

同じ村の住人であり、何度か酒を飲み交わしたこともある。

しかし、ガーレンは地獄のような戦場に長く身を置いた者。身につけた非情さを剥き出しにすると、短刀をひねり男を完全な死体に変え、弓を掴みなおす。

矢を番《つが》えて引き絞り、そこに躊躇はなかった。

下にいる傭兵の背に矢を放つと同時、屋根から飛び降り腰の剣を引き抜く。

老いた体は衝撃に軋んだが、無視した。

矢を受け倒れ、苦しみ悶える傭兵——狙いはそれを見て混乱したもう一人。男を捉えると目を細め、相手が混乱から立ち直る前に素早く間合いを詰める。

袈裟《けさ》に振り下ろすは荒々しい戦場の剣。

その一撃は賊の片割れの肩から骨を断ち割り、容易く物言わぬ死体へと変える。そして、矢が突き立ち倒れ悶える男の心臓へと正確に剣を突き立て、トドメを刺した。

ガーレンの顔には炎が如き憤怒と、氷のような冷酷さが入り混じっていた。

周囲の屋根にいた男たちが何事かとガーレンを見る。

「商人達は賊と通じているぞ!! 村のものにも裏切り者が出た! 恐らくゴルカ達の方はそれで混乱しておる、お前達はここを固守しろ。わしはあちらへ向かう! アラン、ディック、お前達は来い!」

呼ばれた二人が降り立ち、ガーレンに追従する。

裏切り者が多いとは思えない。とはいえ、不安を抱えたまま戦うよりは信頼できるものだけを伴ったほうが良い。数の不安はあったものの、これが最善だろう。

事前に話を通していた二人を見て頷くと、ガーレンは駆けだす。

しかし崩壊した南東側から押し寄せた賊の集団は、ガーレンよりも早く倉庫の前にまで流れ込んでいた。元より彼等が知るのは手慰み程度の剣。従軍経験があるものであればいざ知らず、訓練を受けたとはいえ大半は単なる村人なのだ。

崩壊し、統制が取れなくなれば烏合の衆へと成り下がる。

「……ゴルカが」

「ええ、ゴルカさんが」

中央で指揮を執っていた老兵——自警団長ザールはゴルカが殺されたという言葉に衝撃を受け、立て直すためにはどうするべきか、その老いた体で唯一衰えのない頭脳を回転させる。

——防御正面を更に縮小するほかない。

戦を知らず人を殺し慣れない村人の士気を維持するためには、団結が必要だった。

男たちを集めるため声を張り上げようとし、

「安心しな。爺さんも諦めて、一緒に休んでおくといい」

しかし口から漏れたのは、空気の漏れるような音。

逃げて来た一人――商人の皮を剥ぎ取った男の顔に浮かぶは悪意に満ちた笑み。

周囲の男たちも一瞬、何が起きたか理解が出来なかった。

味方だと思っていた男が、自分達のリーダーの脇腹にナイフを突き立てていたのだから。

老兵は膝から崩れ落ち、そして周囲の男たちも傭兵たちと裏切り者の刃に絶命する。

ようやく仲間の裏切り、ゴルカの死という混乱から逃げ延びた男たちはその光景に悲鳴を上げ、自分達に逃げ場がないことを知る。

統制が利かなくなった男たちは一人一人殺され、辺りは一瞬で血に染まった。

「よぉし、こんなもんか。右手はまだ生きてるぞ、警戒は怠るな」

「へへ、お頭、お楽しみの時間ですか……？」

「どんなに早くても採掘の男連中が帰ってくるのは明日の日暮れだって話だ。ある程度落ち着けば、今夜はお楽しみだな……おい、開けろ」

ハンマーを持って来た男に商人――賊の頭領は告げる。

内側には物が積み上げられていたものの、こうなっては時間の問題だった。

元々単なる倉庫である。扉は頑丈な造りであったが、所詮は倉庫の扉。

ハンマーが振り抜かれる度その扉に穴が空き、ひしゃげ――その度に女と子供の悲鳴が響いた。

最後の一振りで扉が完全に崩れ落ちると、飛び出したのは数名の女。

恐怖のあまり逃げだそうとした女は残らず捕らえられ、見せしめとばかりに剣で貫かれ、あるいは頭蓋をハンマーで砕かれ絶命する。

――ただ悲鳴があった。

「大人しくしろ、わかるな？　大人しくいい子にしてるなら殺しはしない。だが抵抗するなら――」

「ひ、ぎぃあぁ……ッ!?」

賊の頭領は短刀で捕らえた女の指を切り落とす。

倉庫の中にいた者達は耳を塞ぎ、目を閉じた。

「抵抗した分だけ、痛めつけて殺してやる」

頬を吊り上げ、男の顔に浮かぶのはけだものの笑みだった。

「ゆっくり前に出るんだ。おかしな動きはするなよ」

怯えた子供が限界を迎えて逃げだし、殺される。

どこまでも冷酷だった。女子供も関係なく、命令に反したものを容赦なく男達は殺していく。

選択肢などなかった。

全員が外に出されて、広場の中央、井戸の前へと進んでいく。

そしてその中に一人の少女を見つけた賊の頭領は、笑いながら呼びかけた。

「おー、いたな。嬢ちゃん、こっちにきな」

悲劇にあって、銀の髪をした少女は無表情。

紫の大きな瞳で周囲を観察するように眺めながら、ゆっくりと男に目をやった。

『悲劇の少女』

朝日も昇らぬ夜明け前。

温かさを感じながら少女は目覚め、口を開いた。

「……かあさま？」

クリシェはいつもグレイスに抱きついて眠る。

だからこそ、その感触をグレイスだと勘違いし、目の前にいるのがガーラであると気付くことに遅れた。ガーラの目元には涙の痕があり、疲れからかすっかりと寝入っている。

「かあさま……？」

ほんの少し身を起こし、きょろきょろと左右に目を。

よくよく見ればここは自分の家ではない。

ガーラの家であることに気付いて、母の姿を探し、いないことに首を傾げる。

それから少しの間が空いて、

――ああ、そうでした。

と、ようやく昨日のことを思い出した。

「おー、いたな。嬢ちゃん、こっちにきな」

この絶望にあって、少女の美しい顔には怯えも恐怖もなかった。超然とした様子で死体を数え、賊の数を勘定し、そして声を掛けた男を見る。

——随分と殺されちゃいました。

どうしたものかと考えながら、クリシェは言われるがまま男のほうへと足を踏み出す。

まさかここまで悪化するとは。

任せきりは良くなかっただろうか、と少し反省し、それで彼女の後悔は終わり。賊にも見知った死体にも、少女はなんの感情も見せはしない。

呼ばれるまま歩き出そうとした少女を止めたのは、体格の良い女丈夫であった。

「行っちゃだめだ、あ、あたしがなんとか……っ」

ガーラは震えながらも少女を抱きしめ、何度も首を振る。

クリシェは困ったように彼女を見上げて口を開き、

「でも、行かないと多分、おばさん達が殺されちゃいます」

どこまでも冷静に一言告げた。

剣もないのだ。ひとまず状況的に従う選択肢しかない。

クリシェはガーラを押しのけるように前に出て、大丈夫ですよと微笑んだ。

ガーラに暴れられて死なれてしまうと、彼女の家のオーブンが使えなくなってしまう。

どこまでも場違いで自己中心的な考えからクリシェは言って、ガーラはそんな彼女の言葉に血が滲むほどに唇を噛んで、拳を握る。

気丈な嬢ちゃんだ、と男が笑うと、更に別の女がクリシェを庇うように前へ。

「わ、わた……わたしが、なんでもしますから……お願いですから、この子だけは」

母のグレイスであった。美しい女の言葉に周囲から囃し立てるような下品な声が響く。

そんな声を聞きながら、青ざめた顔で、震えた声で、それでもグレイスは前に立ち、少女は驚いたように母を見上げる。言葉の意味を考えて、怯えた様子を見て取って。

「……かあさま。クリシェは大丈夫ですから」

困ったような愛娘の言葉に、母はただ首を振る。クリシェを庇うように立ちながら。

ガーラのように気が強いわけでもなく、力があるわけでもなく。むしろ不器用で臆病。けれどそんな母は、ただただ必死に繰り返した。

「お願いです……お願いですからこの子にだけは」

男はいやらしい笑みを浮かべ、その女らしい体を舐めるように視線を這わす。

「いいね、そういうのはそそるなぁ……娘の前で突っ込んでやるっていうのはいつだって最高だからな。特にあんたみたいな上玉なら尚更だ」

母は震えながらも、好きにして下さい、と男に言った。

お願いです。お願いですから――そう壊れたように、悪意に満ちた男の慈悲にすがるように繰り返す母の姿を、じっと少女は見つめていた。

目の前の男が到底約束を守るとは思えない。

けれどきっと、それを分かった上で、グレイスはそう告げているのだ。微かにでもクリシェに対し、慈悲を掛けてくれることを願って。

クリシェは自分の胸をぎゅっと押さえるようにして、小首を傾げた。

ふわふわと浮かぶような、震えるような――そんな不思議な心地であった。

全てを投げ出してまで自分に尽くそうとしている母の姿。

利益、不利益で考えるならばどこまでも不可解なことで、母の行動は全くその帳尻が合わないもので、無意味なものにも思えた。

けれどグレイスは自分のために、命だって捧げようと考えているのだろう。

自分にとって一番大事なものを、クリシェのために使おうとしているのだ。

――こういうときには、何をお返ししてあげれば良いのでしょうか。

胸の内が火照《ほて》るような感覚を味わいながら、そんなことを考える。

「まぁ、お楽しみはあとだ。大丈夫、嬢ちゃんには何もしねぇから、一緒にこっちにきな」

「……ん、はい」

考えごとの邪魔をされ、僅かに不愉快を覚えながらもクリシェは近づく。

ゆっくりと、普段通りの足取りで――ここでは少し、距離が遠いのが問題であった。

グレイスはそんなクリシェを庇うように急ぎ足で前に出て、その手を掴み、その感触にクリシェはほんの少し目を細め、頬を僅かに緩めた。

そんな少女を眺める男は、たまらねぇな、と顔をにやつかせる。

「しかし見れば見るほど……こんな村にはもったいない、とんでもない上玉だな、嬢ちゃんは。こりゃいくら値がつくかわかんねぇぜ」

「こ、この子には……」

「ああ、分かってる分かってる。大丈夫だ」

男の手が無遠慮に、グレイスの胸に伸びた。

けれどグレイスは目を閉じ、抵抗もしなかった。

「別に酷い所に売ろうってわけじゃねぇ、買うのはどこぞの貴族か商人だからな。こんな辺鄙な村で暮らすよりゃ、よっぽど美味いもんも食えて、良い暮らしも出来るぜ」

乳房の感触を確かめるように、にやつきながら。

グレイスは屈辱と不快に口を引き結び、けれども抵抗はせずされるがままに。

「俺の相手はあんたがしてくれるらしいしな。こういうガキを好む趣味の野郎もいるが、なに、安心しな。この娘にゃ絶対手出しさせないからよ」

「は、い……」

恩着せがましい言葉に、グレイスは頷くほかない。

悔しげに涙を浮かべ、目を伏せたグレイスを見たクリシェは、静かに眉間に皺を寄せる。

そして、それが引き金だった。

村の決まり事もここに至ってはもはや気にする必要もないだろう。

今後の生活に支障が出る可能性を考えるとあまり良くはなかったが、状況は随分と悪く転がりもはや手遅れ――他に手段はないのだから、やはり仕方ない。

握られた手の暖かい感触があった。

少なくとも、母は今後も自分の生活を保障してくれるのだろう。

これからどうなろうと、母は自分の側にいてくれる。それだけで十分であった。

クリシェが望むのは以前と変わらぬ、そんな日常であったから。

グレイスから手を離すと、賊の頭らしき男に近づく。

「ん？」

そして、その腰に提げていた曲剣をするりと引き抜いた。

刀身は一尺ほど。鉈のように前に反《そ》った、刃先に重みのある片手持ちの曲剣。

使いやすそうだ、と少女は無造作。

鞭のように腕を振るって――

「ぁ、っ……？」

――男の無防備な首を、その先端で引き裂いた。

夜の闇、村を焼く炎に照らされて。

賊の頭領――その首からは噴水のように鮮血が噴き出し、少女を汚す。

少女はそれに構わず、くるくると手の内で曲剣を弄《もてあそ》ぶ。

曲剣の感触は良く手に馴染んだ。崩れ落ちる男に興味を示さず、クリシェは剣の具合を確かめるように二、三度振って、微笑み頷く。

誰もが言葉を失っていた。

空気は凍り付き、全ての視線が血の雨を浴びる一人の少女を捉える。

何が起きたのかは誰もが認識していた。しかし突如見せた美しき少女の反抗。それがあまりに自然に行なわれたせいで、理解が追いつかないのだ。

誰もが予想出来ない事態に、言葉一つ吐き出せない。

静寂の中、クリシェだけがいつも通りの無表情で、きょろきょろと周囲を見渡す。

賊の数は二十二人。少女にとって大した数でないことは確か。

どういう順番で殺していこうかと、賊の顔を見ながら算段をつける。

時間が止まったような世界の中で、彼女だけが普段通りであった。

「……さて、次です」

どこか甘く、幼い声は軽やかに。

そんな音の響きと同じく、クリシェが踏み込んだのは近くにいた賊の前。

一歩の跳躍で間合いを詰めると、全身をしならすように曲剣を振るう。

首の肉がそげ落ちたことに気付かぬまま、斬られた男は地に伏せる。

次いで、隣にいた男の首も。

――これで三人。

体に纏わり付く魔力を用い、仮想の筋肉を構築し、細い手足を意のままに操る。

力みはなく恐れもなく、肉体はただ目的を果たすための道具である。鋭く、速く、効率的に。子供とは思えぬ――いや、彼女が大人であったとしても目を疑う俊敏《しゅんびん》さであった。

振るわれた曲剣は更に一人の男の首を削ぐ。

崩れ落ちる死体を見ることもなく、獣の如き速度で新たな獲物の下へ。

クリシェに迷いは無かった。

小麦でも刈り取るような自然さで、賊が動き出す前に更に一人の首を削ぐ。

「っ、何してやがる！　ガキを止めろ！」

次の瞬間、賊の悲鳴と怒声が響いて、金縛りが解けるように彼等の時間が動き出し。

「――数ではこちらが上だ！　全員で飛びかかれ！」

だが、その内の三人に矢が突き刺さる。

賊の声に被せられたのはガーレンのしわがれた――しかし力強い声。

村人の犠牲を覚悟で耐え、物陰で機を見計らっていたのだった。その声にガーラをはじめ、女達の中でも気の強い何人かが動きだす。

周囲にいた賊の脚を掴み、転倒させ、のし掛かるように動きを止める。

連動するように縛られていた男達も動き出し、体を賊へと叩きつけた。

絶望は混沌に。

一転窮地に追い込まれた賊は混乱から立ち直れないまま拘束され、あるいは殺されていく。

その中でもやはり目を引くのは、風に踊る銀の髪。

賊に近づき首を刈り取る。肉が弾けるように裂ける、小気味の良い音。その感触。

少女が行なうのは戦いではなく作業であった。

血しぶきの中で舞うように、少女の足取りはどこまでも軽やかに。

地を這う蛇の如く、あるいはゆらりと擦り寄る猫の如く、相手の意識の外から間合いを詰めた。鞭のようにしなやかな体から放たれる剣閃は頸骨《けいこつ》を避け、正確にその柔らかい肉だけを刈り取り、肉を弾いて削ぎ落とす。

腰を捻ってくるくると――それはさながら剣舞のように。

浴びた大量の血液は衣服に染みこみ、髪を汚し、踊る度に緋色の花を咲かせて散らす。

絶望の淵にあった状況は一瞬にして反転し、単なる狩りへと変化していた。

多勢に無勢。

賊の作った精神的優位は消失し、突如訪れた混乱。

今や彼等が絶望の淵にあった。

そうなれば賊の首を刈り取る少女にも余裕が生じる。

十の首を刎ね、十一人目の男の首をサンダルの踵で蹴り込みながら、頭の中は終わった後のご褒美、食べ損ねたカボチャのことについて思案する。

パイはやっぱり欠かせない。しかしスープはどうするべきか。

肉を断つその感触を味わいながら、命を奪う感触を味わいながら、少女の頭で踊るはカボチャ。目の前で失われていく命になど、欠片の興味も抱いていなかった。

快楽も覚えず、作業的に、事務的に――必要であれば無限に死体を量産する。

彼女はもはや、人と言うより概念で、

「う、動くな！　こいつがどうなってもいいのか⁉」

そんな少女の動きを止めたのは一人の男の声。

見えたのは刃を突きつけられている女の姿であった。

それが他の誰かであったなら、少女は構わなかっただろう。

けれど、その相手は少女の母であり、

「……かあさま」

刃を突きつけられたグレイスの姿に、淀みなく動いていた手と足が止まる。

少女はただ冷ややかに目を細め、グレイスを人質にとった男――ガドの顔は、得体の知れないものへの恐怖で歪んでいた。

そこにあるのは銀色の長い髪を血で赤く染めた、少女の姿。

美麗な——妖精の如き美貌を湛えながらまるで躊躇無く、無造作に首を刈り取る怪物。

気味の悪いガキ。ガドはクリシェという少女が普通でないことを知っていた。

剣を学んで二週間のクリシェに、呆気なく打ち負かされた時から。

人の皮を被っているが、この少女は獣よりもおぞましい何かで、明らかに普通の子供ではないと考えていた。こうして改めて見ればその異常さを疑う余地もない。

彼女は正真正銘の化け物であった。

そして自身が決して、目の前の少女に剣で勝てないことを理解する。

このままいけば周囲の死体に自分が混ざることとなるだろう。

それは何より明白で、臨界を超えた恐怖にガドは、手近にいた女——グレイスを掴みその首に剣を突きつけて、クリシェとの間に距離を開く。

「動くな、動くなよ……！」

殺されては困る相手。

これが終わった後はこれまで通り、一緒に過ごしていく相手。

淀みなく動いていたクリシェは足を止めながら、次の手を探そうとした。

「っ、離し、て……！」

——それは不運が重なった結果と言えるだろう。

クリシェがガドを斬り殺すには、あまりに距離が離れすぎていた。

グレイスは自分が愛する娘の邪魔になってはならないと考えた。

ガドは極度の恐慌状態に陥っていた。

その結果——

「離し、クリシェ……っ」

「ひっ、このアマ——」

——目の前の恐怖から逃げ出したい。

そんな衝動に支配されていた男は、自分の命を繋ぎ止めているものがその人質であることも忘れ、暴れ出して自分の邪魔をしたグレイスの首に剣を引く。

鮮血が舞い、周囲から悲鳴が上がる。

グレイスの目が大きく開かれ、クリシェを映した。

「ぁ……」

一瞬の空白。

次の瞬間、クリシェは一気に踏み込み剣を払う。

即座にガドの首を両断し、絶命させる。

後に、クリシェが母親ごとガドを斬り殺したと証言するものが出るほどの早さだった。

ガドの体が崩れる前に蹴り飛ばし、倒れかけた母を抱えて、クリシェは周囲を見渡し、警戒すべき対象がいなくなったことを確認する。

そしてすぐさまグレイスを寝かせ、その首の傷を見た。

溢れ出すのは大量の血——手で押さえて圧迫するも、当然止まるものではない。

半ば無意味であることが分かっていながらも、クリシェは両手で傷口を押さえる。

医者もいない村に育ったクリシェに、医学知識の持ち合わせなどない。理解しているのは首からは血が出やすく、血が出すぎると生き物は死ぬということくらい。

「……血、止まらない」

「い、ぃの……」

グレイスはその手を辛うじてクリシェの頬に伸ばす。

クリシェはただただ、溢れる血を押しとどめようと必死で押さえる。

「かあさま、よくないです。血を、血を止めないと……」

小さく首を振ろうとしたように見えた。

しかし、ぴくり、と顔を動かしただけでグレイスは諦め、微笑む。

「ク、シェ……愛して、る、わ……」

ふっと、グレイスの力が抜けて。

グレイスの命が目の前で失われたことに呆然と、かあさま、とクリシェは呟いた。

——失態だった。

こんなことであれば、最初にグレイスを女達の所へ突き飛ばしておけば良かった。

あるいはもう一瞬早く、剣を投げつけることに気付いていたなら。

そんな後悔がクリシェの頭をぐるぐると回り、胸の内で不快感が首をもたげた。多くの者が言葉を失い、あるいは硬直し——その中でただ、ガーラだけが走り寄ってきた。

「そんな、こんな……嘘、嘘だよ……どうして……」

ガーラは涙を滲ませ、零し、血が滲むほどの勢いで拳を地面に叩きつけ、蹲る。
クリシェはただ呆然と、グレイスの死体を眺めていた。

――クリシェは毛布の下で昨日のことをぼんやりと思い出す。
何を感じるわけでもなく、ただそのことを考え、呆けたように結果を眺める。
ゴルカはもういない。死んだ。
グレイスも、もういない。助けられなかった。
今までずっと側にあったものは、なくなってしまった。
どうしようもない失敗だった。
後悔が渦を巻いて、けれどどうしようもない。
とても残念だった。だが、それだけ。どうしようもないことだった。
家に帰っても二人の顔を見ることはないのだろう。
抱きついて眠ることは出来ないのだろう。
理解は出来て、想像も出来る。
残念だった。けれど、終わったことは仕方ない。
「……お返し、できませんでした」
クリシェはそう呟いて、どこか落ち着かない気分のまま目を閉じた。
眠るガーラに抱きついて、何も考えないように再び眠る。
――再び目覚めたとき、クリシェは普段通りであった。

翌日の晩、村はずれで大々的な葬儀が行われる。

木組みの上に遺体を並べて置いて、盛大な火葬を行なった後、遺骨や位牌、遺品の一部をそれぞれが選んだ木の根元へ埋葬する。カルカの村で死は自然に返ることとされ、基本的にはささやかな宴で笑って見送るのが通例であったが、あれだけの悲劇の後。

酒を飲んでも笑う者は誰もおらず、誰もが沈痛な面持ちで炎を眺めた。

狂ったように泣き叫ぶ者がいた。何かに怒りをぶつけようと暴れ回る者がいた。愛する者を失った絶望に、抜け殻のようになる者もあった。

そこで涙を見せ、多くの子供達のように泣くことができたなら、そのようなことにはならなかっただろう。けれどその中にあって、クリシェは当然のように涙一つ零さず、淡々と葬儀をこなし、彼女を心配ずるガーレンやガーラ達を逆に気遣う姿すら見せた。

両親を失ったにもかかわらず、そんな姿を見せる彼女は立派と語ればそうだろう。

ただ、クリシェのその様子は多くの目にも不気味に映った。父親を失い、そして目の前で母親を殺されたはずの彼女は、あまりに平然としすぎていた。

何より、彼等の頭には賊の首を淡々と刎ねていった様が印象に強く残っている。

薄く笑みさえ浮かべて、躊躇なく賊の首を刎ねていく姿。

それによって救われたにもかかわらず、その時に生じた恐れは感情を見せないクリシェの姿と入り混じり、彼女について時折話される、化け物という噂が重なる。あの時、クリシェが母親ごとガドを殺したように見えたと語る者まで現れていた。

グレイスやクリシェと特に良好な関係にあった女達は、彼女のその様子が強いショックによるものであり、実感が湧かないだけだと擁護《ようご》するが、噂は噂を呼んだ。

そこにはもちろん、八つ当たりもあった。

行き場のない暗い感情をぶつけるために誰かを求め、行き着く先がクリシェであっただけ。しかし、彼女を取り巻いていた危うい均衡は崩れ、収拾がつかなくなった噂話は際限なく村に広がっていく。

グレイスが生きていたならまた違っただろう。

最愛の夫を失い悲しみに暮れる彼女がクリシェへの目眩ましになり、そしてクリシェとの仲睦まじい姿がかつての日常を思い起こさせたはずだった。クリシェが村の小さな英雄として祭り上げられる、そんな未来もありえたのかもしれない。

だがグレイスがいなくなった今、事はクリシェにとって悪い方向に転がっていくだけ。

そのせいで彼女の生活もこれまで通りとはいかず、それからのクリシェは随分と居心地の悪い思いをする羽目になった。

賊の襲撃から二週間が経ち、行商人が現れる。

広場には疎《まば》らな人の姿。クリシェを見ると皆距離を開き、小さく何事かを囁《ささや》きあっていたが、彼女はそれを気にも留めず、目的の行商人のところへ。壮年の商人は不憫そうに彼女を見つめた。

村で賊の襲撃があり、多くの犠牲が出たことは知っている。

そのため本来であれば先週訪れるはずだった予定を警戒もあって今日にずらし、その詫びとして普段より少し安く商品を卸していた。しかし、いつもならいの一番にやって来るクリシェの姿はそこになく、まさかと思い村人に尋ね、その結果、クリシェの現状を理解したのだった。

多くの村を回る行商の仕事――男にとっては見慣れた光景。

閉鎖的な村社会では、一度出回った噂話はすぐに広まり、事実として定着する。

そして一度定着してしまえば、取り返しも付かないのだ。

「……大丈夫かい？」

美しい容貌を持ちながら同性からも妬まれず、むしろ愛されてきた働き者の少女。

そんな彼女の現状に心を痛め、善良な彼は知らずそう尋ねていた。

「……？　ええと、はい」

クリシェは小首を傾げながらも、頷く。

他人の評価は気にしても、他人の視線は気にしない。

噂話でどのように言われても、居心地が悪く少し面倒だというくらいで、クリシェにはもうどうでも良いこと――そんなことで傷つくこともない。

だから彼女は、自分が商人に何を心配されているのかもよく分かっていなかった。

彼女が遅れた理由はガーレンに小遣いをもらいに行っていたためだ。いつも村の中にいたグレイスとは違い、普段狩りに出ていることの多いガーレンを待つのは少し時間が掛かる。

だが遅れた理由を勝手に察した行商人は、彼女がもう以前のようには振る舞いづらいのだろう、と一人納得し、目を伏せた。

「商人さん、カボチャ頂けますか？」

悲しげな顔をする行商人に、クリシェはむしろ微笑すら浮かべてそう言った。

夜襲の日、賊が確認のためか家を荒らしたせいでカボチャは棚から落ち、砕け散ってしまっていた。

葬儀のあとにでも食べようと考えていたクリシェにとって大きな誤算であり、しかもその上、先週商人が来なかったために更なるお預け。

クリシェの中で現在カボチャ熱は非常に高まっており、そして今日ようやく手に入るのは待ちに待ったカボチャである。そのため今日のクリシェは稀に見る上機嫌――しかし、いつも通りの愛らしい微笑を浮かべた彼女の様子が、憐れむ男にはどこか無理をしているように見えた。

「ああ……少し待ってくれ」

男は少し考え、カボチャの他、いくらかの野菜や芋、果実などを籠に取り、手渡す。

「あの……？　クリシェが欲しいのはカボチャだけ……」

「いいから。大変なことがあった後だからね。いつも買って行ってくれるクリシェちゃんに私からのサービスだ。お金はいらないよ」

「えと、でも――」

「いいんだ。籠も持って行きなさい」

無理矢理押しつけるとクリシェの頭に手を置き告げる。

「……今は辛いかも知れないけれど、君のような良い子なら、きっといつか幸せになれる。軽々しくは言えないけれど……頑張りなさい」

「はい……？」

今晩は念願のカボチャのスープとパイである。どちらかと言わずとも幸せな気分であったクリシェにとっては疑問の言葉であったが、ひとまず分からないまま頷いた。

その様子に行商は笑い、何度か軽くクリシェの頭を撫でる。

「これからもまた来るよ。クリシェちゃんは私にとって良いお客さんだからね。また買いに来てくれるのを楽しみにしているよ」

「はいっ、ありがとうございますっ」

クリシェは深々と頭を下げ、背を向ける。

何やら良くわからないものの、ただで沢山もらえたのだ。

即物的なクリシェは上機嫌に、とてとてと家に向かって小走りに帰って行く。

その後ろ姿に行商は目を細め、彼女の未来に神への祈りを捧げた。


彼がどうしてこんなに親切にしてくれたのか、などという疑問はすぐに消え、家に帰ったクリシェは早速鼻歌交じりにスープを作り、パイ生地を練っていく。

自分本位な彼女は、どんな時も自分にとって都合の良い方向へと物事を考える。

グレイスもゴルカもいなくなった。それはとても残念なことであったが、考えようによっては二人分たっぷりとカボチャを味わえるということだ。

二度も阻まれ、二週間もお預けを食らった後。念願のカボチャ尽くしな夕食だけあって、空腹を我慢し昼食を抜いたクリシェは一人で三人前を食べる気でいた。

一枚一枚丁寧に生地を重ね、出来上がりを想像しながらペーストにしたカボチャを配置。ふんふんと鼻歌を歌いながらパイ生地の形を整えたクリシェは満足のいく出来映えに頬を緩めた。スープの味見をしばらく繰り返した後火を弱め、ちょっとだけ、と更に味見を七度繰り返し、舌鼓を打つ。

そうして満足するまでスープを味わった後、足取り軽やかにガーラの家に向かう。

手に持つは丁寧に作り上げた完璧なカボチャパイ。先日作ったものなど、これの足元にも及ぶまい。その出来上がりを想像しながら微笑を浮かべてガーラの家に向かい、

「……？」

――そしてそこで怒鳴り合う二人の声を聞いた。

「だからってそんなことっ、あんたはあの子を一人でほっぽり出すって言うのかい⁉」

「違う！　信頼できる友人に預けると言っているんだ。この村で腫れ物扱いされたまま、あの子に一生を過ごせというのか！　それがクリシェのためだと⁉」

中で話されているのはどうにも、クリシェの話である。

首を傾げながらもドアをノックする。

誰だい、と怒りを抑えたガーラの声が響き、クリシェです、と普段通りに名を告げる。すぐに戸は開いたが、中にいたガーレンとガーラはどうにもぴりぴりとした様子である。

クリシェはそれを見て硬直した。

「クリシェ、どうしたんだ――ああ」

「そ、その……クリシェ、カボチャのパイ、焼きに来て……」

――またもカボチャのパイを食べ損ないかけている。

留まることを知らぬカボチャ熱はもはや限界であった。これで三度目なのである。

「だ、駄目そうなら、その……」

クリシェはあまりのタイミングの悪さに涙さえ滲ませ、ガーラはその様子に慌てたようにクリシェを招き入れ、ガーレンを睨む。

ガーレンもまた、内に残る怒気を吐き出すように嘆息し、頷いた。

「びっくりさせてごめんよ。ちょっと口論になっちゃっただけだ。喧嘩をしてるわけじゃないんだよ。ガーレン、そうだね？」

「あ、ああ……すまない。随分と驚かせてしまった」

「いえ……」

「ちょっと待ってな」

ガーラはクリシェの頭を撫で、オーブンへと誘導する。

クリシェはオーブンが使えることにほっとしながら、パイを中央に設置し、いくつか焼けた炭を拝借し、オーブンの中へ並べていった。

「……随分と大きいね」

「その……食べ損ねちゃいましたから」

クリシェが告げると、ガーラは目頭を指で押さえ、そうだね、と言った。

「落ち着いたら、みんなで……クリシェちゃんのパイを食べるって約束だったね」

「はい。随分遅くなっちゃいました」

クリシェは微笑を浮かべ、しかし思い出して目を伏せる。

「……クリシェは、終わったらすぐ作ろうって思ってたのですけれど」

カボチャは粉砕していたのだ。

クリシェが家に帰ったら、カボチャは見事に粉砕していたのだ。

家を荒らした賊は、果たしてクリシェのカボチャに何の恨みがあったのか。恐らく仇は取ったものの、クリシェとしては実に納得がいかない。そのことを思い出すと実に不愉快——仮に生きていたならあのカボチャのように、両手足を砕いてやりたい気分だった。

そんなクリシェの内心とは裏腹に、ガーラは五人前のパイを見て、涙を流すのを堪えていた。

皆を助けるため幼い手を血で汚し、目の前で母親を殺され、父親も失った。

息子を『不慮の事故』で亡くしたガーラは自分と重ね、涙も流さずいつも通り、淡々と日々を重ねていくクリシェの危うさを思う。

実感もまだ湧いていないのかもしれない。

どうあれ、この小さな少女が受け止めるには、あまりに深い傷であるように思えた。

こうしてあの日のパイをあの日のまま再現するクリシェの姿は、どこか壊れそうに見え、それを感じるほどに、無遠慮でくだらない噂話を繰り返す連中へ殺意すら覚えた。聡いクリシェが、周囲でどのように自分が噂されているか知らないはずもない。

グレイスに抱かれ、歳相応に甘える姿を何度もガーラは目にした。しかし、今ではクリシェがグレイスを手に掛けたのだと、そんな噂までもが流れている。

何もかもが許せなかった。

本来であれば村の英雄として祭り上げられて然るべき、そんな少女の不遇と理不尽。

ガーラの胸は張り裂けんばかりの怒りと悲しみで満ちていた。

「おばさんも、夕飯にご招待してもらってもいいかい？」

「はい。流石におばさんにも食べてもらわないと、クリシェも食べきれません」

「そうだね。こんなに大きなパイだ。……おばさんも二人の代わりに、沢山食べなきゃね」

「え……？」

言われた言葉に一瞬、呆然とする。

余分な二人前はクリシェの分なのだ。そのために昼食も抜いたのだった。クリシェは自分の失言を悟り、降って湧いた理不尽に目を泳がせ言葉を探る。

「ぁ、あの、おばさん、これは……クリシェの分、で……」

「あ……」

クリシェの反応に、ガーラは口を押さえる。ここのところ不自然なほど、クリシェはグレイスとゴルカのことについて口にすることがなかった。

——きっと、考えないようにしていたのだろう。

自分の間抜けさを悔やむと、ガーラはクリシェの小さな体を抱きしめた。

「……ごめんよ、クリシェちゃん。でも、それでいいんだ」

良くないです。クリシェは反論したかった。しかしそれより先にガーラの腕に力が込められ、むぎゅ、と乳房にその顔と口が封じられる。

「理不尽だって、思うかい？」

クリシェは迷い、こくこくと小さく頷く。実に理不尽である。

「でも、受け止めるしかないんだ。いつかはそういう理不尽も受け入れていかなきゃいかない。……そのためには泣いたって、喚いたっていい」

「むぐ……」

「あたしが息子を亡くして、それを受け止めきれなかったとき……クリシェちゃんがあたしの所へ来てくれて、何度も励ましてくれた。すごく嬉しかったよ。それからあたしは、クリシェちゃんが悲しむことがあったら、きっと同じことをしようって誓ったんだ」

自分のカボチャパイを奪おうとし、悲しませておきながら励ます。

クリシェにはその思考回路がよく分からなかったが、黙って見ているガーレンも何も言わない。それどころか深く頷いており、納得している祖父の様子を見て、困惑を強める。

クリシェには分からない論理であるが、どうにもそれが正常であるらしい。

そこでクリシェも、ガーラの息子を殺しておきながら、悲しむガーラを励ましオーブンを借りていたことを思い出した。

妙に納得が行き、要するにガーラはパイがとても食べたいのだと短絡的に理解する。

息子を殺したことをきちんと隠したクリシェと比べ、やり方がとても強引で下手であるものの、行為自体はクリシェ的に真っ当である。

それにガーラには随分恩があった。

その『お返し』にパイを求めるというならば、クリシェもやはり断れない。

クリシェは仕方ないことだと判断し、諦めるとガーラに身を任せる。ガーラは涙を滲ませながらその頭を優しく撫でた。

「……悲しいのを我慢しなくていい。少なくともおばさんの前では、素直な感情を出していいんだ。おばさんはクリシェちゃんが悲しくなくなるまで、ずっとこうしてるからさ」

うぅ、とクリシェは理不尽を呑み込みつつ。

その頭の中では先ほど作ったパイをどのように切り分ければ一番カボチャを多く食べられるかと、

そんなことを考える。

——そうしてパイが焼き終わり、クリシェの家に。

焼き上がったパイを前に、しばしの躊躇のあと、考えに考え抜いた手法でパイを五等分に切り分けたクリシェは、その内の二枚をガーラに献上する。

当然のように自分も二枚、そしてガーレンは一枚——大きさは均等ながら、己のパイには最も多くのカボチャが配される、精緻かつ芸術的な切り分けであった。

そして切り分ける際のサクサクとした感触。

パイはこれまでに無い最上の出来と言え、とろけたカボチャが生地へと染みこみ、甘い匂いを漂わせる。サクサクとした食感と甘くとろけたカボチャのハーモニーは食べる前からクリシェの幸福感を掻き立て、まるでその舌を誘うようだった。

カボチャのスープの出来映えも良い。一度冷まして取り分けておいたカボチャと、弱火でじっくりとトロトロに煮込んだカボチャを最後に合わせたのだった。

スープに溶け出したカボチャの甘みと、カボチャそのものの味わいを同時に味わえる贅沢なこのスープは、クリシェのカボチャ料理史上最高の一品と言える。

カボチャを立てればスープが立たず。

スープを立てればカボチャが立たず。

二週間カボチャのことだけを考えてきたクリシェはカボチャをふんだんに使い、まさに恐るべきカボチャの欲張りセットというべき食事を完成させていた。

配膳を終えたクリシェはカボチャ尽くしのスープとパイを見つめ、ある種の感動を覚えながら、期待に満ちた目でガーレンを見る。

食事前に祈りを捧げるわけではないが、食事の開始はガーレンかゴルカが宣言する。クリシェは待ち遠しさに堪えきれなくなりそうな気持ちになりながら、じっと待つ。

しかしクリシェの苦難はそこで終わらなかった。

ガーレンはぼんやりとカボチャの欲張りセットを見つめ、目頭を押さえた。

そして、俯き、静かに告げる。

「……クリシェ、話がある」

「話、ですか?」

クリシェは今や、餌を鼻先にぶら下げられた犬のような気分であった。

倫理感が人と異なり、極めて自分本位であることを除けば、クリシェは実に礼儀正しく従順。

共同体のルールを人前で破る事は無いし、破らざるを得ない場合は必ず、そのルールの監視者がいないところで行う。上位者に対しては敬い、挨拶や礼、作法をきっちりと守るというのは、グレイスからしっかりと学んだ処世術である。そしてそんなクリシェであればこそ、ガーレンに『待て』と言われれば待たざるを得ない。

彼女に犬の耳が生えていたなら、その耳はくにゃりと折れていただろう。

クリシェはそわそわと、パイとガーレンを交互に見つめる。

「……ガーレン」

「お前も本当は分かっているだろう、ガーラ」

「……でも」

雲行きが怪しくなってきたことにクリシェは戸惑っていた。

そんな、まさか、とは思いながらも時間は無情に過ぎていく。

とはいえ、クリシェにはまだ余裕があった。

なぜならば――クリシェは極めて猫舌なのである。

どちらにせよ少し冷まさないと食べられないのだから、少しくらいは大丈夫。問題はない。クリシェはそう判断する。クリシェとしては熱々の食事にふーふーと息を吹きかけ冷ます食べ方が非常に気に入っているのだが、この際それは必須では無い。

要は好みの温度で口に入れられればいいのだと、クリシェは自分を納得させる。

「ガーラの家でわしらが話していたこと、聞いただろう?」

「はい。聞こえたので……少しだけ」

「お前の、今後の話をしていたんだ」

重々しくガーレンは口にし、昼食抜きの空腹感に苛《さいな》まれていたクリシェは、何故このタイミングでよく分からない話をするのだろうと困惑していた。

空腹は彼女の知性を著しく鈍らせる。

「……辛くはないか?」

「え、と……」

「素直に言ってくれて構わない。今、お前がどう感じているのか」

ガーラに続きガーレンまで。自分がカボチャパイを満喫しようとすると邪魔するのは、知らない間に決まった新しいルールか何かなのだろうか。

「……辛いです」

空腹の体の前に極上の餌が並べられている現状である。辛くないはずがなかった。

「そう、か……」

ガーレンはガーラに目配せし、ガーラは諦めたように頷く。

「街に、軍人時代の友人がおる。その男から先日、わしの無事を確認する文が届いた。中には、自分に協力できることがあるならと。……迷ったが、お前のことを書いて送った」

「クリシェのことを……？」

「ああ。……クリシェ、街に行ってみる気はないか？」

何故クリシェのカボチャパイの話からそんな話に飛んだのか。

唐突な言葉にクリシェの頭に無数の疑問符が浮かび、

「……今日、クリシェが良いなら一度、連れてきてほしいと返信がきた」

続く言葉にますますクリシェは困惑を強める。

クリシェはとりあえず食事を進めたいのだった。突如始まった——とクリシェは考える——重大な話にクリシェの理解は追いついていない。

「……おじいさまが行けと仰るなら、クリシェは行きます」

「そうじゃない。……自棄にならないでくれ。決してお前が嫌いになったわけでもない。お前を愛しているからこそ、選択肢を与えたいのだ」

「……？　え、と……」

「その知人は信頼できる男だ。寝食を共にし、死地で命を助け合った、そんな仲だ。……クリシェ、わしと一度その男に会い、これからどうしたいかを決めてほしい。無論、それでもこの村に残りたいと言えば、これまで以上にわしもガーラもお前を支えるつもりだ」

そう言い切った後、ガーレンは黙り込んだ。クリシェの言葉を待っているのだった。

対するクリシェの目は悲しげに伏せられ、そわそわとパイを見つめた。

胸に抱いた手を握っては閉じ、しばらく。

「ぁ……あの、その……」

恐る恐るといった調子で、クリシェは口を開いた。

「……ぱ、パイが、冷めて……しまう、ので……」

クリシェにとって、食事の許可をねだるのは辛く苦しい決断であった。

真剣な様子のガーレンとの会話の途中で自分の欲求をさらけ出し、食事開始をおねだりするという行為はクリシェの独特な感性においても実にはしたないことである。

――しかし早く食べたい。

二週間のお預けの後なのである。とはいえ勝手に手をつけるわけにもいかない。

その理性的かつ理知的な頭脳はぐるぐると、いかに自身の美意識を損ねることなくはしたない欲求を叶えるかという問題に取り組むも、目の前で刻一刻とパイが冷めていく姿に限界を覚えたクリシェは消え入りそうな声でそう告げた。

人前では礼儀正しく品行方正を心がけてきたクリシェにとって前代未聞の出来事である。

クリシェはあまりの羞恥と情けなさに身を焦し、目を潤ませ――それを見たガーレンは静かに唸り、ガーラが両手を打ち鳴らす。

「そうだね。折角クリシェちゃんが美味しい料理を作ってくれたんだ、冷めないうちに食べないと。……ガーレン、それでいいね？」

「あぁ……すまない。そうだな。ひとまず食事にしよう」


ガーラは話題を切り替えるように、クリシェのパイとスープを絶賛する。

ガーレンも言葉こそ少なかったがそれに追従した。

またもや突発的な鬱を患っていたクリシェは、食事が美味であると認識しながらも満喫できずにいたが、そうしたガーラ達の努力の甲斐あって、徐々に食事を楽しむゆとりを取り戻していく。

小さな口で大量のパイを味わい、その食感と甘みに裏切られ続けた欲求が満たされるのを感じたクリシェは、食事を終えるころには随分と上機嫌になっていた。

ガーレンはガーラに目配せし、今日は自分の家に戻ると告げる。食事前にした話は持ち出さず、いつも通りにおやすみを言ってガーレンは去り、クリシェはガーラと二人、軽い談笑をしながら食器の後片付けをし、寝るための毛布を準備する。

ガーラが泊まっていくことをクリシェは素直に喜んだ。この辺りは時期を問わず夜が冷え込むため、寒がりなクリシェは暖かい抱き枕が欲しいのだった。

火を消し布団に入った後、ガーラが口にするのは昔のクリシェのこと。

年の頃は三歳程度。

そんな幼い少女が街道側の森で倒れていたところをゴルカが見つけ、村へ連れて来たときには大きな騒ぎになった。クリシェは三日寝込み、その看病はグレイスやゴルカが中心となって行なっていたものの、クリシェの容姿は子供の頃から人目を引く。

特に美しい銀の髪はこの辺りでは随分珍しい。顔立ちも愛らしく、身につけている服も絹を使った上質なものとなれば、貴族の娘なのではないか、と当然そのように考えられた。

貴族のお家騒動というのはこうした田舎村でも吟遊詩人を通じて伝えられ、一般的な認識になっている。クリシェはそうした身分の家から森へ捨てられたのではないか、匿うと面倒なことになるのではないかと何度も話し合いが行なわれたが、かと言って殺すことなど出来るはずもない。

一時的に預かり、もし引き取り手が現れるならば素直に渡すことを決め、子供に恵まれなかったゴルカとグレイスの下へ、クリシェは預けられることとなった。

クリシェの口にする言葉はいつも短く、丁寧な口調。

年齢に比べ彼女が聡い娘であることはわかったが、家の外にはほとんど出ず、慣れない環境に緊張している様子が見えた。周囲の人間をただじっと眺めるクリシェは子供らしさをほとんど見せなかったし、物事に消極的。グレイスはそんな彼女の手を引いては外へ連れだし、村に慣れさせることに決め、グレイスの後ろをちょこちょことついて回るクリシェの姿はしばらく、村の名物となっていたのだとガーラは懐かしむように笑って語る。

彼女はそうして一時的な預かり手から親代わりとなり、母となり、クリシェに様々なことを教え、我が子として可愛がった。

次第にその聡明さを見せていくクリシェの姿はそんな彼女の期待に応えるものであり、子供を願っていたグレイスとゴルカは、クリシェと出会ったことは運命だと考えていたのだと。

そんな昔話を思い出すように、一つ一つ、ガーラは懐かしむように語った。

クリシェのことを話し終えると、次はグレイスとゴルカのことも含め。

グレイスは昔から明るく気立ての良い娘であったこと。

若い頃はゴルカに惚れていたガーラであるが、妹分のグレイスに取られて一時期一方的に敵視していたこと。グレイスの裏表ない優しさに、自分を改め祝福したこと。

そんな自身を好いてくれる男がいて、そんな男と結ばれたこと。そんな夫を早くに失い、そしてすぐに子供をも失い、失意の中をクリシェとグレイスに助けられたこと。

ガーラも当初はクリシェを引き取ることをよしとしなかったものの、今では何よりも良かったと心の底から思っていること。

「もしこの村に残りたいってクリシェちゃんが言うなら、おばさんは、グレイス達の代わりにクリシェちゃんを守る気でいる。うちの娘だ、ってね」

クリシェが子供の仇であるなどと、そんな真実を知らないまま、彼女を愛してしまったガーラはただ、純粋な愛情だけをクリシェに向けて、口にする。

「おばさんはそうしてほしいと思うし、本当は……街に行かせるなんて反対だ」

どれほど滑稽であっても、彼女の中でクリシェへの愛情は確かなもの。

彼女を不幸にしたのもクリシェならば、彼女をその暗闇から救い、この世界につなぎ止めたのもまた、クリシェであった。仮にクリシェが自身の罪を正直に伝えたところで、彼女にとって都合の良い解釈をし、それを不幸の重なった事故だと受け止めるだろう。

――仕返しの結果事故が起き、殺してしまったことを悔いているのだ、と。

ガーラはそれほどまでにクリシェという少女を愛してしまっていた。

変わり者だが誰より働き者で、面倒見が良く子供達から慕われ、賢く努力家。かと思えば甘えん坊で食いしん坊で、ほんの少し恥ずかしがり屋で意地っ張り。そんな彼女に笑顔を向けられ、おばさんと呼ばれて甘えられる日々が、彼女の中に愛を育んだ。

どこまでも愚かで、しかし、それに気付かぬまま、その思い出をまるで幸福の証のように。

ただただ純粋にガーラは、心の底から彼女の幸福だけを願っていた。

「……でも、それはクリシェちゃんのためにならないとも思うんだ。クリシェちゃんは頭がいいし、学べる環境があれば、色んな未来が拓けるだろう」

「色んな未来……」

「そう。きっとどれも、クリシェちゃんにとって幸せな未来だ」

ぬくぬくとガーラの熱を奪いながら、ぼんやりとクリシェは考える。

いつも過分に思えるほど、多くの利益を彼女達はクリシェに与え、クリシェのために言葉を尽くし、クリシェのために何かをしようとする。

身を挺して自分を助けようとした母もそう。

彼女達の考える利益と不利益からすれば、その帳尻はいつも合わず、いつもクリシェにとって過分であった。クリシェが与える以上に、いつも彼女達はクリシェに与える。

どうしてガーラ達は、これほど自分に良くしてくれるのだろうか。

クリシェの内面に浮かぶのは、いつも通りの僅かな疑問。その後クリシェの人間性に大きな影響を与えるような、そんな疑問。

とはいえ、そのときはごく些細なものであった。

「クリシェちゃんはどうして、グレイスがクリシェって名付けたか、知ってるかい？」

「……ええと、はい。一応……」

ガーラは満足げに頷き、苦笑する。

「自分がプロポーズされて一番幸せだった夜の、月の形にちなんで。馬鹿っぽい理由だって思うかもしれないが、でも、そんなグレイスの幸せが全部、クリシェちゃんの名前には詰まってるんだ。クリシェちゃんにもいつか、おんなじ幸せが訪れるように、ってね」

「……来るでしょうか？」

すぐに泣いたり笑ったり、小さな事でも大袈裟に驚いて、喜んで。クリシェとは対極だろう。けれどいつも幸せそうだったグレイスを思い出し――自分がああなる姿は想像出来なかった。

「来るとも、きっと。クリシェちゃんなら絶対だって、そう言い切ったっていい」

困ったように首を傾げるクリシェの目を見つめ、ガーラは力強くそう告げる。

「今の村で、ずっと生活をしていくよりも、色々なものを見て、感じて、そうした方がクリシェちゃんのためになる。そこでならここよりもっと、幸せになれるだろう。……街はずっと煌びやかで、クリシェちゃんが見たこともないようなものが沢山あるからね」

「見たこともない……？」

「そう、お洋服にしたって家にしたって、食べ物も何もかもだ」

――食べ物。

クリシェの頭に犬の耳があったならば、ぴくりと立ち上がっていたに違いない。その言葉に強く反応し、クリシェは想像を膨らませた。街がどんなものなのか、クリシェには今一つ分からなかったが、とりあえず大きい村のようなものなのだろう。

問題があるとすれば――

「……でも、おばさんにオーブン、借りられなくなっちゃいます」

家からとっても近いのに。

ガーラは呆気に取られた顔になり、くしゃ、と顔を歪めた。

クリシェをぎゅっと抱きしめ、首を横に振る。

「お、おばさん……？」

「っ……大丈夫だよ、街の中でも随分立派なお家らしいから、オーブンくらいおばさんの家より立派な奴があるだろうさ」

なるほど、と思いながらも、ぎゅう、と締め付けてくるガーラに告げる。

「くるし、です……っ」

「あ、ああ……ごめんよ」

震えた声で言って、緩め、クリシェの頭を撫でた。

「……心配しなくていいんだ。クリシェちゃんなら、どこでだってやっていける。グレイスやゴルカ……あたしにとっても、クリシェちゃんは自慢の娘なんだから。今まで通りやっていけば、クリシェはきっと向こうでだって受け入れられる。……あたしは、そう思うよ」

涙を滲ませた震えた声で、しかし、しっかりと。ガーラはそれから何も口にすることはなく、クリシェもまた、何も言わず体をガーラに押しつけた。

話の終わりを感じ取って、寝るための準備に入ったのだった。

彼女はすぐに寝息を立て始め、

「……おやすみ、クリシェちゃん」

そんなクリシェを、ガーラはただただ抱きしめ続けた。


街までは遠い。

クリシェとガーレンは街へ行く馬車へ同乗させてもらうこととなっていた。

村での特産は岩塩と毛皮。行商人に一部を売ることもあるが、大半は他の村と街の商人へ直接売りに出る。そのため村からは街までの馬車が定期的に往復しており、二人はそれに乗せてもらうことになったのだ。

それなりに距離のある行程であり、街道も安心とは言えない。村の腕自慢が護衛に四人ほどつくのがいつもの流れであったのだが、多くが死んだために人手が足りない。護衛も兼ねて二人が乗る事に関し、運搬役の男達は表面上好意的であった。

先日見たクリシェの姿を思い出せば恐怖に背筋がぞっとする。

だが反面、護衛として見ればクリシェほどの存在は村にいないし、ガーレン自身の剣の腕は皆の知るところ――二人の同行はむしろ心強い。

見送りに来たのはクリシェと特に仲の良い女達と子供達であった。

クリシェに怯えた子供も中にはいたものの、彼等の幼い頭の中で一番に思い浮かぶのは『大人達も勝てない悪い賊をこらしめた英雄』である。

クリシェの面倒見が良かったこともあって、彼等は未だ懐いたまま、あるものは泣き、あるものはそれを堪えながら拳を握り、クリシェを見送る。

女達の顔に浮かぶのは彼女を守ってやれなかったことへの罪悪感。

自分達がクリシェを守ってやれば、こうして村を出ることもなかったのだ。クリシェはどう言い繕っても、両親を亡くした挙げ句に村を放り出される哀れな娘でしかない。

彼女へ強い愛情を向けていただけに、その後悔も強かった。

一人一人クリシェに別れを告げ、餞別にと色々なものを渡す。寒がりなクリシェに毛皮に織物、日持ちのする甘味などが大半。クリシェが一人で持ちきれないほどになってしまい、ガーレンが代わりに受け取り馬車へ荷物と共に詰め込んでいく。

「クリシェねーちゃん、俺も大人になったら街、行くから。寂しくないからな」

「んー、ペルは来なくていいですから、村のお手伝いを頑張った方が良いと思うのですが……」

クリシェは困ったように微笑みながら、贈り物をいくつも受け取り、最後の挨拶に応じた。女達はそんなクリシェを見て、決して自分達も涙を見せまいと歯を食いしばる。

「……クリシェちゃん。本当に、辛くなったらいつでも帰って来ていいんだからね。迷惑だなんてクリシェちゃんは考えなくていいんだ、思い詰めちゃ駄目だよ」

「はい、おばさん」

首にマフラーを巻いてやり、最後の抱擁《ほうよう》。

それを見た女の中には必死に堪えていた涙を零してしまうものもあり、二人の関係を知っているもののほど切なさは強かった。

「……ガーレンさん、そろそろ」

「ああ。クリシェ」

「はい」

御者の男が言い、クリシェはガーレンに頷く。

そして一度だけ皆の方に深々と頭を下げ、

「クリシェによくして頂いてありがとうございました。……お世話になりました」

そう言い切ると微笑み、とてとてと馬車に乗り込む。

しばらくして馬車が走り出し、次第に遠くなっていくと、しっかりと座っていたクリシェの頭がどんどんと俯いていくのが見えた。

それを見た女達はようやく隠すことなく泣き始め、子らも大きく喚くように泣いた。

『セレネとベリー』


――とても、痛い。

馬車に乗ってみたい、というちょっとした憧れは乗り始めてからすぐに霧散し、尻を突き上げるようなガタゴトという揺れの痛みとクリシェは戦う。

平静を保とうとするものの、痛いものは痛い。知らず知らずのうちに重心を移動させ、クリシェはやや前傾姿勢になっていく。

尻の下には当然ちょっとしたクッションが置かれていたが、元々肉の少ないクリシェには衝撃を和らげるものがなかった。

ガーレンが隣で平然としているところを見るに、この痛みは耐えられて当然。

他者より優れた存在であることを自分に誓うクリシェはそう思い込み、必死で堪え、顔を見られないようにフードを深く被って顔を隠す。

ガーレンは愛する孫娘の姿に頭を撫でてやり、軽く抱き寄せた。

頭が良く、才能溢れ、肝も据わり――普通ではない娘であることは確か。それでもガーレンは、人並みの感性がクリシェにも備わっていると信じていた。

泣いている姿を見せないことはゴルカやグレイスを通じて知っている。

とはいえ流石に堪えたのだろう、そうガーレンは考えた。前に座っていた御者や周囲にいる馬に乗った護衛の男達も、そんなクリシェに同情的な目を向け、顔を見合わせる。

彼女の異常性は特に男たちの中で広まっていたし、彼等も当然ながら、あまりクリシェに対して好印象を持っていなかった。

訓練場で無表情に大人を叩きのめすクリシェの姿は目に残っているし、そうした者達にとってはクリシェがいつぞやの二人の子供を殺したのではないかと証拠もない疑念を抱くものもいる。

特に同行している二人の護衛役は先日の光景を見ており、彼女が化け物だと称されることに同意を示し、噂の広まりに一役を買った者達であった。

だが、こうしてフードをすっぽりと被って俯き、ガーレンに肩を抱かれている姿を見れば、胸の内に生じるのは罪悪感。自分達がこのような立場に彼女を追い込んでしまったのだ、という感覚があった。別れ際の女達や子供達の姿を見れば、彼女がとても慕われていたことが理解できる。

果たして自身が同じ立場にあったならば、あれほど見送りの姿があるだろうか。

そう思えばやはり自分達のやったことへの疑問が強まる。

ただでさえ容姿に優れるクリシェであるから、人の目を引き話題を集め、些細なことでも悪目立ちするのは当然だろうし、あらを探せば人間誰だって多少は出てくるものだろう。

彼女が普通でないことは確かであったが、彼女がやったことと言えば、自ら剣を取って村の危機を救っただけ。彼女は真実、村を救い、それに彼等は助けられたのだ。

何一つ、彼女は責められるようなことはしていない。

両親を失い、祖父以外に身寄りのなくなった彼女に対して、その扱いは酷かった。無力だった自分達から目を逸らすように、彼女は異常者なのだと口々に語った。

行き場のない怒りや虚しさの捌け口として。

そして実際に今、彼女は村を追い出されて馬車に乗せられている。

男達は大して関わりもない彼女を八つ当たりのような噂話や思い込みで、これほどまでに傷つけてしまったのだ。たかだか十を過ぎた程度の年頃の、幼い少女に。

そんな姿を見て、自分達のやったことを改めて省みると、やはり自分たちが正しかったなどとは口が裂けても言えはしない。

クリシェは休息が入った時には率先して動き、馬や食事の世話を進んで行った。

尻が痛いから動きたい、が本音であったが、クリシェのそうした真面目さや勤勉さを目にすると、彼らの内側でより、そうした思いは強まる。

旅は普段以上に疲れるものだ。

しかしそうした疲れを見せず、不満も言わずにせっせと働くその姿は非常に立派なもので、グレイスやゴルカ、女達が伝えていた彼女の『良い噂』そのものであった。

自分がされた仕打ちを気にする様子もなく、街まで送ってもらうことへの『お返し』なのだと口にして、場合によれば二度と会うこともない彼らのために働く姿。

男達は自然と恥じ入るようになり、誰とも言わずそんな彼女に休むように告げるが、尻の痛みを忘れたいクリシェは遠慮をしながら勤勉な姿を見せた。

数日後、街につく頃には彼女に対する男達の意識は完全に軟化しきり、

「……ガーラさんも言っていたが、本当に辛いと思ったら私に言ってくれ。月に一度はここに来るから、その時に君を連れて帰ろう」

「はい、ありがとうございます」

「頑張りなさい。……君ならきっと、どこでも上手くやっていけるよ」

男達は謝罪こそ出来なかったが、そのようなことを口々に告げる。

何を言ったところで彼女にとっては今更なのだ。村へ戻った際には彼女に対する噂を改めさせようと心に誓い、男たちは各々クリシェと別れを告げる。

「……本当のクリシェを知っていれば、あのような噂が広まることなどないのにな」

「……?」

離れていった男達を見ながらガーレンは告げる。

「噂というのは、良いものも悪いものもすぐに広まってしまう。人の口から語られる間に、それは大きくなるのが普通だ。聞いた話を伝える間に一のことが二になり、五になって、今回の事はそういう不幸が重なった結果。……彼等は噂を信じていたが、実際にお前と接することで噂が噂でしかないと気がついたのだろう」

「はぁ……」

「クリシェ、お前もああした噂には惑わされぬように。そして誰かの話をする時はそういうことが起こらないよう、よく考えてから口にしなさい」

今回の反省点をクリシェに教えているのだろう。わかりました、とクリシェは頷き、ガーレンの言葉を頭の中の重要ボックスにしまい込む。

そしてガーレンの手を握って、そのまま並んで歩きながら街の景色を眺めた。

ここはガーゲイン――王国北部の中央都市。

村では一部の小屋にしか使われない煉瓦と、灰を固めて作る白い錬成岩で出来た家屋が大通りの先まで続いている。道には石畳が敷かれ、道の左右には所狭しと家屋や商店が並んでおり、見たこともないような食材に何とも興味をくすぐられたが、ひとまずは屋敷。

後ろ髪を引かれる心地でついて行き、街の南側――庭付きの屋敷が並ぶ通りに向かう。

そのうちの一つ、一際大きな二階建て屋敷が目的のものであったようだ。村にあったどんな建物よりも大きく、石造りの頑強な塀と建屋はちょっとした城のようだった。

庭の前には鉄格子の門――その向こう側は石畳が両開きの玄関まで続き、左右には果樹園が。そこに実った、何とも魅力的に見える果実にクリシェは目を奪われる。

「申し訳ありません、ガーレン様。入れ違いだったようですね」

声は背後から。籠を片手にエプロンドレスに身を包む、小柄な女性であった。

肩まで伸ばされた赤味の強い髪と、大きな薄茶の瞳。一見クリシェとそれほど変わらぬ歳のように見え、けれど豊かな胸元の膨らみや曲線――十の半ばか、どうあれ少し年上だろう。

「こちらこそ悪いことをした。朝一番に入るはずだったのだが、馬車の車輪が外れてね」

「なるほど、そういうことでしたか。……そちらの可愛らしい方が」

ガーレンは頷き、クリシェの肩に手を置き女性の前へ。クリシェが顔を上げて顔を見せると、彼女は驚きを浮かべたように、まぁ、と漏らした。

「ガーレン様からお話は耳にしておりましたが、本当にお綺麗な方ですね。……初めまして、使用人のベリー＝アルガンと申します」

エプロンドレスの女性、ベリーが手を差し出すと、首を傾げつつクリシェはその手を握る。

「初めまして、クリシェです。……使用人？」

「家事や雑事のため雇われる者を使用人と。お手伝いさんと言えば良いでしょうか……」

「お手伝いさん……」

納得がいったようないっていないような、曖昧な表情のクリシェを見て、ベリーは苦笑する。

「ふふ、その辺りは追々でしょうか。……どうぞこちらへ。ご案内致します」

果樹園を横目に眺めながら彼女に続いて門の中へ。

左右対称の屋敷の中央、大きな両開きの扉を開けば、入った正面には大きな階段。その脇を進んでドアをくぐると、大きなソファとテーブルの置かれた応接間が現れる。

壁の棚には煌びやかな調度品が置かれ、暖炉の上には肖像画。

随分明るい、とガラスで出来た窓を見て首を傾げ、光の発信源となっている天井を見上げた。そこには丸く光る玉がいくつか配置されている。

その様子に気付いたベリーがくすりと笑い、説明する。

「あれは常魔灯……火を使わずに魔力の力で周囲を照らしてくれるものです」

「じょーまとう……」

「村では見慣れないもののようですね。太陽の光を取り入れられないお部屋がこういうお屋敷だと多いですから、灯りとしてこうしたものを使うんです。ほら、家も密集してますし、普通の家でも蝋燭代わりに使っているところが多いのですよ」

「そうなんですね、初めて見ました……」

「ふふ、では、今日は初めて尽くしをご覧に入れることが出来そうですね」

ベリーは魔法の加熱器を使い、湯をポットに注いでクリシェ達に紅茶を淹れる。

クリシェは周囲のあちこちから魔力の波を感じ取り、興味を覚えつつも、しかし尋ねることはせず、目の前の紅茶をじっと見つめる。香りは実にクリシェの好みで、中に蜂蜜を注がれたそれが甘い飲物だと察することは出来たが、湯気立ちのぼるとあってはなかなか手が出せない。

クリシェは極度の猫舌なのである。

「紅茶でございます。さ、どうぞ」

「こーちゃ……」

紅茶をじっと見つめ、カップに指で触れ、温度を確かめるクリシェ。ベリーはそれに気付いた様子で苦笑して、少し失礼を、とミルクを注いだ。

「そのまま飲むのも良いですが、ミルクを入れて楽しむこともできます。その方が少し冷めて、クリシェさまのお口にも合うかも知れませんね」

ベリーは紅茶を軽くかき混ぜながら、さ、どうぞ、と差し出した。

猫舌という弱味を早速見抜かれたクリシェは頬を赤らめ、口付けて――口に広がるは仄かな酸味と甘み、蜂蜜と茶葉の香りに、そしてミルクのまろやかさに目を見開く。

クリシェはほどよく温んだ紅茶の味に笑みを浮かべ、とってもおいしいです、と口にし、ベリーはくすくすと笑いながら、お気に召したようで何より、と答える。

「ふふ、クリシェ様はお綺麗な方ですが、笑うと一層、素敵ですね」

「え、えと……」

「どんな方がいらっしゃるのかと楽しみにしておりましたが、クリシェ様のような方であれば喜びも二倍になるというもの。これからは仲良くしてくださいませ」

「……はい」

紅茶に目をきらきらとさせながら告げるクリシェを見ながら、ベリーも笑みを。

それから棚の上、布を被せた籠の中からクッキーを取り出すと、皿に盛り付けクリシェの前に。

「よろしければこちらもどうぞ。手慰み程度のものですけれど」

クリシェは期待に満ちた顔でそれを手に取り、眺めた。甘い木の実や蜂蜜を使う焼き菓子は村にもあったものの、出されたそれはこれまで口にした代物とは明らかに違う。

半分口にすると、さくっとした食感。僅かな塩気と、口の中にじゅわりと広がる蜂蜜の甘み。

これまであった、クリシェの美味という概念を覆《くつがえ》す代物――その味に持つ手が震えるほどの衝撃を受け、完全に固まっていた。

そんな彼女の様子に、ベリーは申し訳なさそうな表情で尋ねる。

「その、もしかしてお口に――」

「すっごくおいしいですっ、これ、どうやって作ったんですか？」

机を叩いて立ち上がらんばかりの勢いにベリーは目を丸くし、クリシェはすぐさま自分の不作法に気付いて頬を紅潮させていく。

「ぁ……そ、その、すみません……」

それからしゅんとした様子で顔を伏せるクリシェを見て、ベリーはくすくすと笑って告げる。

「お気になさらず。……お菓子作りに興味が？」

「え、えぇと……はい、家でも、作ってました」

蚊の鳴きそうな声で告げるクリシェに、やりとりを見守っていたガーレンが笑って続けた。

「……昔からこの子は料理が好きでね。そういう意味じゃ君とは仲良く出来そうだが」

「ええ、ええ。お嬢さまはそちらの方にはあまり興味がないご様子ですので、とても嬉しいです。気になることがあればいつでもわたしに聞いてください」

「はい……っ」

そうして話をしていると、応接間の扉が開かれ、現れたのは体格のいい壮年の男。

僅かに白髪の交じりだした金の髪を後ろに撫で付け、口の周りを覆うように髭を生やし、身につけるのは白のシャツに黒のベストとスラックス。左の胸元に金で鷹と雷の紋章をあしらったシンプルなものであるが、その筋肉質な体が何よりの装飾となっている。

無数の傷と皺の刻まれた顔には迫力があり、その鋭い目をガーレンに向けて柔和に細めながら、隣のクリシェを見る。

普通の少女であれば一目で怯えてしまうような凶相だろう。けれどクリシェは平然とその視線を受け止め、普段通り――ガーレンが立ち上がるのに倣って立ち上がり、深々と頭を下げる。

「……初めまして、クリシェと言います」

「ああ、初めまして。私はボーガン＝クリシュタンド……昔、君のお爺さんに世話になったものだ。まぁ、寛いで座ってくれ」

「はい」

もういいのだろうか、とガーレンをちらりと見て、祖父が頷くのを確認して着席する。

ボーガンは意外そうに言った。

「子供には怯えられる方なのですが、聞いていたとおりのようですね。礼儀もしっかりしている」

「……頼みを聞き入れてもらえて、感謝する」

頭を下げるガーレンを見て、ボーガンは首を振って肩に手を置き、頭を上げてくださいと言った。

「隊長に頭を下げられては立つ瀬もありません。私としては昔の恩義にせめて少しでも報いたいと、そう思っただけですよ」

「恩義など。……しかし、そう言ってもらえることを何よりの名誉と思う」

ボーガンは頷き、対面の席に座り、ガーレンもまた同じように着席した。

「とはいえ、こんなにも美しいお孫さんだとは。それに随分と利発そうだ」

「……二人も自慢の娘夫婦であったが、それにしても出来すぎた子だよ。それだけに今回の事は残念でならないが」

「……お悔やみを申し上げます。お気持ちが分かるとは言えませんが、私も妻の時には辛いものですね、とボーガンは注がれた紅茶に口付ける。

クリシェはその間、ちらちらとクッキーや紅茶に目をやり、食べたり飲んだりしても良いのだろうかと様子を窺い、ベリーに視線を。

ベリーはボーガンが現れてからは一言も発さず、紅茶を淹れてからはただ、両手を前に姿勢よく立っていた。その様は楚々とした淑女という体で、クリシェの視線に気付くとベリーは悪戯っぽく笑みを浮かべ、口元で沈黙を示すように、人差し指を静かに立てる。

よく分からないながらも頷いていると、ボーガンが尋ねた。

「……クリシェというのか。君も大変だったね」

「いえ……特には。お爺さまやおばさん達も良くしてくれましたし」

そうした問いに、クリシェは平然と答える。

今となっては特に気にするほどのことではなかった。多少の後悔はあったものの、後悔したところで死んでしまったものは生き返らないし、砕けたカボチャも元には戻らないのである。

少なくともクリシェは、そう割り切ってしまえる少女であった。

「気丈な子だ。しかし……この子が、その、本当に賊を……？」

「ああ。剣に並ならぬ才能があるというのは知っておったが……わしもあれほどとは。天賦の才とはああいうものを言うのだろう。軍人崩れの賊を相手に……あれは恐らくお前達の言う肉体拡張によるものではないかと思ったのだが」

「……魔術を？」

ボーガンは目を細め、クリシェを見た。

彼女の体には薄く纏わり付くような青――その精緻な魔力の動きに驚きを浮かべたボーガンは眉を顰め、ベリーに目を向ける。

「多分、日常的に使っておられるのでしょう。先ほどお会いした時からお変わりなく」

「なるほど……いやしかし」

ボーガンは少し考え込むようにし、尋ねる。

「クリシェ、君はどこで肉体拡張の魔術を覚えたのかね？」

「……？　肉体拡張？」

「知らずにか。……そのように魔力で肉体を操作する術をそう言うんだ。今もそれを使っているのではないのかい？」

「ああ……はい。このふよふよのことですね」

尋ねられていることにようやく得心が行ったようで、自分の掌を眺めた。

体を筋力ではなく体の内側に漂う『ふよふよとしたもの』で操る術。

それを身につけてからというものクリシェはそれに頼り切りであり、使っているという自覚もないほど彼女にとっては当たり前のこと。反応に遅れたのはそういう理由であった。

慣れない頃こそ疲労を覚えたものの、慣れてしまえば筋力を使うこともないため、疲労はむしろ和らぎ、普通の人間が苦となる作業も苦にならない。働き者のクリシェが成り立つ理由は、そうした魔力による身体操作を覚えているおかげもある。

「……一目でそれと気付けないほど見事な肉体拡張だ。いつ頃からこれを？」

「今みたいに使い始めたのは……九年くらい前でしょうか？」

クリシェがぼんやりと記憶を手繰って告げると、ボーガンはますます驚きを強める。

十二と聞く彼女の年齢を考えれば当然だった。

魔力は子供にも操る事は出来るし、無意識に稚拙ながら、肉体拡張の術を覚えるものもいる。

とはいえ、洗練された肉体拡張は極めて理論的なものであり、誰の教えもなく独学でそれを極められるものなど、普通には考えられないことであった。

「なるほど。理解できました。……確かに知らぬものから見れば奇異に映るに違いない」

「わしもそれと確信したのは賊との戦いでな。お前達のような体質だということは理解していたつもりだが、普段は多少力持ちなくらいで子供相応……お前達の言う魔力が見えんわしには何とも判断が出来かねていた。……やはりそれほどのものなのかね？」

「ええ。私でもこれほど無駄のない肉体拡張は行なえませんし、これほどのものを見たことも。日常的に、幼い頃から当然のものとして運用して来たがゆえでしょう」

クリシェを眺めて目頭を揉み、ボーガンは続ける。

「孫娘を預けたいという文をもらった時には驚きましたが、納得が出来ます。確かに、村で眠らせるには惜しい才能でしょう。ここで暮らす方が良いと思いますし、是非とも私もそれを見てみたい」

ボーガンはそうガーレンに言った後、体ごとクリシェに向けた。

「……しかし君はいいのかね、クリシェ」

クリシェはその言葉に首を傾げる。

「私は君がここで生活したいと望むなら受け入れよう。私も君のお爺さんと同様、君はどちらにせよ、いずれ大人になれば街に出てくるべき人間だと考える」

だがそれは大人の勝手な考えだ、とボーガンは言った。

「……ここでの生活は君の生まれ育った村での生活とは違い、規則に縛られた厳しい生活に感じるかも知れない。それに……村にいた知人や友人達ともそう簡単には会えなくなるだろう」

彼女にとっての人生の岐路。重要なのは、彼女がどう考えるかであった。

「これは君の人生だ。迷いがあるなら急いで決めなくともいい。考える時間が必要だと君が言うなら、しばらくここで生活してみてから答えを出してもいいと私は思う」

ボーガンはただ大人として、彼女を真剣に見つめる。

「遠慮はいらない。どうしたいと思っているか、君の気持ちを聞かせてくれ」

「はい。クリシェはここで生活したいです」

迷いのない即答であった。ここはガーラが言っていたように、村などとは比べものにならない世界。美味しい紅茶に美味しいクッキー、その二点で既に考える余地などクリシェになかった。

ボーガンとベリーはそのあまりにはっきりとした返答に面食らったものの、しかし既に決意を固めてきたのだろうと好意的に解釈する。

親の死からすっかり立ち直り、先を見据えているのだ、と。

「わかった。……すぐに私を父親の代わりと見るのは難しかろうが、家族として、私はこれから君を娘のように扱おう。これからよろしく頼むよクリシェ」

「はい」

「それで、君の世話だが……」

言いながらボーガンはベリーに目をやった。

「はい。このベリーが誠心誠意、お世話をさせて頂きます、ご当主様」

ベリーが告げると、お世話、とまたもや少し疑問を浮かべつつクリシェが首を傾げた。

「彼女が君の身の回りのことを世話してくれる。……わからないことがあれば何でも聞きなさい」

「えと……はい、わかりました」

「では、ベリー、部屋に案内してやりなさい。私は隊長と少し話がある」

「畏まりました。……さ、クリシェ様」

隣に立って手を差し伸べると、クリシェはよほど気に入ってくれたのだろう。食べかけのクッキーに目をやりつつも、名残惜しそうに頷き立ち上がる。

ベリーがくすりと笑い、また後でお茶会と致しましょう、と囁くと、彼女は恥ずかしそうに頬を染めつつ、曖昧に頷いた。


そして二人が出て行くのを見送り、ボーガンは棚から一本のボトルを取り出した。

ガラスの椀を二つ掴んで、どうでしょう？　とガーレンに笑いかける。

「……最近は酒を控えていたんだが」

「たまには良いでしょう。お忘れですか？　私に酒の味を教えたのは隊長です」

「くく、流石にそこまでは耄碌《もうろく》しておらんさ」

「何よりです。……それに、時には酒で気を紛らわすのも悪くない」

注がれるのは褐色の液体。漂う酒精の香りに首を傾げた。

「見慣れないな」

「北国の酒ですよ、蒸留酒というらしい。まぁ、どうぞ」

ガーレンは言われるままに喉へと流し込み、咳き込みそうになるのを堪えた。

濃厚な独特の香りが鼻をつき、喉を灼《や》くような感触に胃までが火照る。

「なかなか悪くない。しかしキツいな」

「水で割って飲むのも良いらしいですが、私はそのままで飲むのが良いと。隊長ならこういうものが好みじゃないかと思ったのですが」

「ああ、違いない。……なかなか値が張りそうだ」

「ええ、まぁ。とはいえ、それほどのものではないですよ」

ボーガンもまたグラスを傾けた。荒い息を吐き出す。

「癖になるとこれがどうにも。本当、こればかりは隊長を恨まなくては」

「わしが教えんでも、お前は遅かれ早かれそうなっていたことだろうよ」

くく、とガーレンが笑い、ボーガンも笑みを浮かべた。

「……あなたの部下として戦っていた頃を思い出します。あの頃は良かった」

「暮らしぶりは違うだろう。……それに、お前には今の立場がよく似合っている」

「将軍……か。あの頃は憧れたものでありましたが、今はその責任の重さに押し潰されそうな思いですよ。出来ることならば、あなたの下でずっと戦っていたかった」

深く疲れを吐き出すように、ボーガンはソファに身を沈める。

「あるいは、あなたのように身を引き、のどかな暮らしを愛するか……」

「悪くない生活ではあった。……本当に、悪くない。しかし平穏というものは時に、一息の間に崩れ去るものだ……わしはそれを忘れていた」

「……隊長はこれから、どうされるおつもりですか？」

その言葉にガーレンは考え込み、酒をグラスの中で揺らす。

「私の副官として、もう一度轡《くつわ》を並べませんか？　私にもそれくらいの力はある。無論、隊長がそれを望むのであれば、ですが」

「再び、戦場にと？」

「あの時のようなことは、二度と無い。……今は、私が将軍です」

かつてのガーレンは北方軍に知らぬもののない英雄であった。

平民の狩人出身、百人隊という小集団を率いながらも数多の武功を立て、下級とは言え貴族であったボーガン達でさえ心酔する上官。多くのものから敬意を向けられていた。

ガーレンが軍人をやめたのは、その才を妬み、出世を阻んでいた上官が、敵の捕虜を匿った村を見せしめとして焼くようにと命じたのが切っ掛けであった。

ガーレンはせめて、処罰はそれに関わった人間にとどめるべきであると拒否し、ボーガンを含め部下達もそれに同調した。

あるいはそれがまずかったのだろう。

その男はガーレンや兵長であったボーガンのみならず、逆らえば兵士達を含めて抗命罪で処罰すると脅したのだった。兵士達のほとんどは、貧しい村から出稼ぎに出てきた者達であり、抗命罪は重い罪――拘留や軍籍剥奪どころか、場合によっては処刑となる。

――彼等と村。

二つを天秤に掛けたガーレンは最終的に命令に従い、そしてそれを最後に軍を除隊した。

「……嫌な、本当に嫌な記憶だ。あの悲鳴も泣き声も、未だに耳に残っている」

多くを逃がした。しかしそれでも、被害は出た。家を焼かれ、蔵を焼かれた彼等がその後どのように暮らしたかを想像するだけで胸が痛む。

「わしは弱かったんだよ、ボーガン」

「……隊長は強い方です。軍を辞めたのだって、私達に責が及ばないように身代わりとなってくれたのでしょう」

「責任を取るのは当然のことだ。しかし……それだけではない」

ガーレンは嘆息し、告げた。

「……此度のことも、思えばその時にしたことが巡り巡って訪れた必然だったのかもしれんな」

「隊長……」

ボーガンが首を振り、立ち上がる。そしてガーレンの肩を叩いた。

「彼女も一人では寂しいでしょう。軍へ戻ることは単に、一つの提案です。そうでなくても、ここに好きなだけ滞在して下さって構いません」

「……すまない。しばらく、考えさせてもらっても良いか？」

「ええ、いくらでも。明日は村へ？」

「ああ」

「では、今日はごゆるりと。いつもの部屋をお使いください」

「……ありがとう」

ガーレンは皺の刻まれた顔に微笑を浮かべた。


「わぁ……」

クリシェは目をきらきらとさせながら周囲を見渡す。

棚には鍋やフライパン、包丁やおたま。それらの調理道具自体は普段使うものであったが、一目でその質の良さと種類の豊富さが見て取れた。

キッチン自体が一つの部屋となっており、ここには調理に必要な全てが揃っている。

これは何、あれは何、とはしゃぐクリシェに一つ一つベリーは答えていく。

魔水晶と呼ばれる青い水晶を使って物を熱し、あるいは冷やし、熱や様々なものを操作する。ポンプと呼ばれる設備が井戸から水を吸い上げここまで導管を通して水を送り込み、食材は冷蔵庫と呼ばれる設備によって腐敗を遅らせているらしい。

魔力によって組み上げられたキッチン。

それは田舎娘であったクリシェの調理という概念を打ち壊すに足る代物である。

料理のためだけに一部屋全てを使うという、あまりの贅沢さにクリシェは衝撃を受けていた。

「まさか一番最初にキッチンに興味をもたれるだなんて。本当にお料理が好きなんですね」

「えっ、あ……はい、お料理、すっごく好きなので」

クリシェは自分のはしゃぎっぷりに気が付いて、もじもじと照れながら告げた。

銀色の美しい髪はそれに合わせて揺れ、その真白い肌が赤くなる。

長い睫毛に包まれた大きな瞳を左右に揺らす様はたとえようもなく愛らしいもので、ベリーは思わずぎゅう、とクリシェを抱きしめ頭を撫でた。

「わっ」

「ふふ、本当、クリシェ様は可愛らしい方ですね。聞きたいことがあれば何でもわたしに聞いて下さいませ。お答えします」

豊かな乳房に顔を埋めながら、クリシェはこくこくと頷いた。

「……街ではお料理のためにこんなお部屋まで作ったりするんですね」

「普通の家では流石に少ないでしょうが、こういう大きなお屋敷では十数人のお客様が来ることも珍しくはないですから、それが理由でしょうか」

くすりと笑って、彼女を撫でる。

「とはいえ、クリシュタンドではそんなことは滅多にあることではありませんし、これは半分わたしの趣味ですね。少しずつ揃えたもので……気に入って頂けて嬉しいです」

「はい。クリシェすっごくびっくりしちゃいました」

ベリーの袖を掴み、大きな紫の瞳を輝かせながら周囲を眺める。

カルカの村は岩塩の採掘所が近くあることもあって、村としては特に貧困という訳でもないと聞いてはいた。しかし仕切りのない小屋のような家に囲炉裏が一つ。寝起きも料理も食事もそこで行なっていたことを思い返せば、ここはもはや比較にもならない料理の楽園であった。

「そうですね。丁度、お部屋の案内が終わったらお食事の仕度をと考えていたのですが……クリシェ様もご一緒にいかがですか？」

「いいんですか……？」

「ええ。今日来たばかりのクリシェ様にお料理を手伝わせるというのはどうか、とも思いますけれど……クリシェ様がお望みになるのであれば否応もありません」

「……じゃ、じゃあ、クリシェもお料理、したいです」

「ふふ。今日はご当主様の許可もあって、普段より豪勢な夕食を作る予定でしたから、わたしも大助かりです。よろしくお願いしますね」

「はいっ」

クリシェは満面の笑みで頷いた。

一つ一つ、使い方を教えてもらいながらの作業となったが、普段から知らず魔力運用を行っていたクリシェにとって、簡単な熱源操作の魔水晶の操作を覚えるのはすぐのこと。

ベリーは感心しながらてきぱきと、下拵えなどをクリシェと行なう。本から学び環境にも恵まれたベリーの料理の腕は、クリシェが感動を覚えるほどのもの。

我流ながらも、クリシェは限られた食材を最大限活かして来たつもりであったが、しかしあくまでそれも無知なクリシェの経験則。それはこうです、これはこうしたほうが良いですとベリーが教えてくれる内容はどれも理論的、クリシェのそれよりも遥《はる》かに深い知見であった。

配置された棚も机は全てが全て考え抜かれており、それら全てを鮮やかに使いこなすベリーの姿は感動的で、豊富な知識に裏打ちされ、研究され尽くした所作には一切の無駄がない。

教え方も明瞭で理解しやすく、また食材の取り扱い、包丁捌き一つをとっても芸術的——己がこれまでどれほど稚拙なレベルで満足していたのかと恥ずかしくなるほどであった。

ベリーはベリーで目をきらきらとさせながら包丁を握るクリシェの姿にあっという間に心を奪われ、料理が出来上がる頃にはそんなクリシェを心の底から愛でていた。

「美味しいですか？」

「はい、美味しいです……っ」

エプロンを身につけ、おたまを手に持ち。

羊肉のシチューを味見していたクリシェが感動に満面の笑みを浮かべると、ベリーも頷きながら、これが下拵えの力です、と笑った。

「お肉もスープに入れるまえに外側をさーっと焼いてあげると、お肉の美味しいお汁がぎゅっと閉じ込められたまま。スープの出汁に使うかどうかでも少し変わりますが」

「なるほど……」

「こういう硬いお野菜もちょっと切れ目を入れてあげるだけでスープがよく染みこみますし、柔らかくなります。全然違うでしょう？」

「はい、すごいです……」

まるで恋する乙女のように、紫の瞳をキラキラと輝かせるクリシェ。そんな彼女に苦笑しながら、ハンカチを手に取り、ベリーは口元のちょっとした汚れを拭い取る。

「ふふ、お口が汚れてしまいましたね」

「あ……」

クリシェは恥じらうように頬を染め、ベリーは微笑み頭を撫でた。

その感触に身を寄せると抱きしめられ、頬を緩めながら出来上がった料理達に目を向ける。

子羊のローストには果実の酸味を効かせたソースが垂らされ、オーブンで焼いたのはチーズとトマトにベーコンを乗せたピザと、詰め物をした鶏の丸焼き。散らした香草から、仄かに薫る香りが鼻腔をくすぐり、琥珀《こはく》色に輝く鶏がクリシェの期待を煽る。

未だかつてない魅惑的な料理達。そして美味の追求という目的のために用意されたキッチンという名のアトリエ。優しく様々なことを教えてくれるベリーという先生。

ここはガーラから聞いた時には想像も出来なかった、クリシェの理想郷であった。

果たして、このような幸せが無償で与えられても良いものだろうか――その幸福を噛みしめていると、ぐぅ、とクリシェのお腹が鳴り響き、頬を赤らめる。

「あら、待ちきれないみたいですね」

うぅ、と唸るクリシェに微笑みかけるとベリーは告げる。

「大丈夫ですよ。いつもならもう少し遅いのですが、クリシェ様のお手伝いのおかげか早く終わってしまいました。冷める前にお食事といたしましょうか」

「はい……っ」

キッチンは左手最奥にあり、食堂はそこから二つ隣。調度品が整えられたその部屋には長テーブルが一つと八つの椅子が置いてあった。キッチンもそうであったが、食堂もまた当然のようにクリシェの家より大きく、クリシェは驚きに目を丸くする。

料理を運んで机に置くと、クリシェはベリーと共に食器を並べていき、

「食事の仕度が出来たと伝えてきます。そうですね、ここにお掛けになってお待ちを」

「はいっ」

そうして彼女が出て行くと行儀良く、姿勢正しく椅子に掛けて待つ。長方形のテーブル、奥の短辺には当主ボーガンが座るそうで、そこからガーレン用に更に一つを空けた席であった。

室内は暖かく、これならば料理がすぐに冷めてしまうということもないだろう。

クリシェは口の中に唾液が広がるのを感じながら、待てを言われた犬のように大人しく座り、そのうちに扉が開くと、現れたのは金色の髪の美しい少女。

猫のようにはっきりとしたどこか力強い瞳と、きり、とした眉。

鼻筋はすらりと通り、形の良い唇はきゅっと引き結ばれていた。

煌びやかな薄青のワンピースドレスを身につけ、長い髪を不機嫌そうに指で弄び、そしてクリシェを見ると露骨に眉を顰め、視線を逸らした。

「あの……初めまして、クリシェと言います」

「セレネよ」

そう一言言って、少女は席に着く。クリシェの真正面であった。

この娘がベリーの言っていた『お嬢さま』だろうか、とクリシェは考える。

先ほど聞いたところ、料理の類など家庭的なことはあまり好まず、剣を振り兵法の勉強をする男勝りのお嬢さまであるそうで、将来は父親の後を継ぐことを目標としているという。

年の頃はクリシェの一つ上で、今年十三。

そんな彼女は腕を組み、不機嫌そうにクリシェを見ていた。

「……お嬢さま」

彼女に続くようにして入って来たベリーの言葉も無視し、クリシェを睨む。

不機嫌そうに睨まれる理由が分からず、クリシェは首を傾げて自分の格好を見る。

もしかすると、このエプロンとやらは食事中につけるものではないのかも知れない。

なるほど、と得心が行ったクリシェは、ぽん、と手を叩き、立ち上がってエプロンを脱ぎ、どこに置けば良いかとベリーに視線を向ける。ベリーは曖昧な笑みを浮かべながら、それを受け取り、何とも鮮やかに畳みながら棚の上に。

「早速点数稼ぎかしら。よくできた子ね」

そこで再び、不機嫌そうな声が響く。

「……？　点数稼ぎ？」

「たかだか料理の手伝いをしたくらいでいい気にならないでちょうだい。田舎から出てきただけあって、したたかだこと」

「……お嬢さま。流石にそのお言葉は⁉︎」

「ベリーには随分気に入られたみたいだけれど、わたしはあなたみたいなのがここに住むのは反対だわ。それをよく理解しておいてちょうだい」

そう言い切ると少女、セレネは口を閉じた。猫のような瞳にあからさまな不快を滲ませ、会話を打ち切るようにクリシェから目を逸らす。

お嬢さま、と責めるようなベリーを無視し、黙り込むセレネの様子。自分の何が彼女を怒らせてしまったのだろうかと、クリシェは言葉の意味を考え、自身の立場を省みた。

クリシェは恐らくこれから先、ここで以前より楽しい生活を送るであろうことは確かである。立派なお屋敷で見たこともない食材を使って、ベリーに教えられながら料理をさせてもらえるのだ。

しかし、そのクリシェを養うのはボーガン。

彼に養われ、今までその恩恵を一身に受けていた彼女にとっては得られるパイの総量が減ってしまうことを意味するのだから、なるほど、喜ばしいことではあるまい。

食べる気でいた三人前のカボチャパイを一人前横取りされるようなもの――料理の手伝いをしたくらいで、というのは恐らく、クリシェの貢献の小ささを責めているのだろう。

料理を手伝ったことに対しては『よくできた子』と褒めているのだから、それ自体が悪いというわけではない。純粋に貢献が足りないと彼女は言いたいのだ。

――自身のパイを取られた分、それに見合う対価を彼女はクリシェに要求している。

そう理解したクリシェは、わかりました、と頷いた。

「ではクリシェ、お嬢さまに認めてもらえるよう頑張りますね」

「はぁ……？」

ほぼ直球な嫌味に対し、クリシェが浮かべるは微笑である。

思わずセレネは不機嫌顔を崩し、唖然とする。

自分よりも年下の少女に対し、みっともないくらいの嫌味を言ったにもかかわらず、言われた側は少しの不愉快も顔に浮かべはせず、ほんのり口元を緩めた笑みを見せているのだ。

予想外の反応に二の句が継げなくなり、ベリーも困惑を浮かべてクリシェを見つめ、クリシェはそんな二人の反応に首を傾げ、尋ねた。

「……？　えーと、お料理のお手伝いしたくらいで働いたつもりになるな、という意味かと思ったのですが……もしかして違うのでしょうか？」

考え込むようにクリシェは難しい顔でうーん、と唸り。

「お手伝い自体は褒めて頂いたので、その、もっとしっかり働けということかと……」

セレネはクリシェの言葉に呆れたように言った。

「……あの、嫌味って知ってるかしら？」

「嫌味……？」

ますます難解な問題に直面したと言わんばかりにクリシェは首を捻った。

「……もういい」

毒気を抜かれた様子でセレネは黙り込み、クリシェは困惑を浮かべてベリーへ視線を向けた。

何とも言えないやりとりを見せられていたベリーは、視線に気付くと、お気になさらずと曖昧に苦笑を浮かべ、セレネを見ると静かに告げる。

「お嬢さま。お気持ちは理解出来ますが、それは八つ当たりです。いくらご不満があろうと、そのような理不尽な真似は今後なさいませんよう」

セレネは何も言わず仏頂面で顔を背け、ベリーは嘆息した。

それからなおも不思議そうなクリシェの頭を撫で、大丈夫です、と微笑み――その内に扉が開かれ、ボーガンとガーレンが入室する。

「おや、今日は早いなセレネ。クリシェと話していたのかい？」

「ぇ、ええ、お父様。少しだけ……」

ややむすっとしたまま告げるセレネを見て、ボーガンはベリーに目をやる。

ベリーは黙って首を横に振り、特に変わりなさそうなクリシェの表情を眺め、頷く。

「そうか。クリシェ、セレネは少し気の強い娘だが、どうか仲良くしてやってくれ」

「はい、ご当主様」

「はは、そこまで畏まらないで良いよ」

ボーガンは楽しげに笑い、奥の上座に腰掛け、その斜め前――クリシェの右手にガーレンが座る。

そしてベリーがワインと水を各々の前に注ぎ終え、食事を取り分けてクリシェの左手に座る。

セレネはそれを見てまた不機嫌になるが、それに気付かぬままボーガンがグラスを持ち上げる。

「では、食事としよう。……私の敬愛する恩師と、その孫娘に」

全員がグラスをぐっと持ち上げるのにクリシェは気付いて、慌てて倣い、口に含んだ。

ワインの独特な苦みと酸味にクリシェはほんの少し、眉根を寄せる。露骨に表情に出すことはないものの、クリシェの舌はワインの複雑さを楽しめるほど苦みには強くなかった。

「申し訳ありません。そう言えば、村ではあまりワインを口にされないんでしたね」

その様子にベリーが苦笑し、ガーレンが答えた。

「ああ。とはいえ、こちらでは普通なのだし、慣れた方が良かろうが……」

「今日の所はジュースがよろしいでしょう。全く飲めないというのでは夕食に招かれた際、困ることもあるでしょうが……少しずつ慣れていけばよろしいかと」

言いながら別なグラスにジュースを注ぎ、恥ずかしそうなクリシェに手渡した。少し迷いながらもクリシェはそれに口を付け、

「っ……」

目を見開いた。これまで口にしたいかなるものよりも甘美な味わいである。

こんなものを当たり前のように飲ませてもらって良いのだろうかと不安さえ覚えてベリーを見るが、彼女は特に気にした様子もなく、クリシェと自分の前の皿に色々と食事を取り分けていく。

「さ、どうぞ」

「は、はい……」

恐る恐るとクリシェはピザに手を伸ばし、小さな口で頬張る。

さくりとした生地の感触。ふんだんにチーズを使ったピザは実に贅沢なもので、口の中いっぱいに広がる蕩けたチーズとトマトのハーモニー。

すぐさまその一切れを胃袋に入れると次いでスープ。その次はローストビーフ。鶏の丸焼き。一つ一つ味わいながら、味覚とお腹が満たされていく感覚にクリシェはこの上ない幸福感を覚えた。

文句なしに、クリシェが今まで口にしたどんな料理よりも美味である。

ベリーはちょっとした食事のマナーなどをクリシェに教えながら、幸せそうなクリシェの様子に微笑を深める。そして自らも少しずつ食事を進め——通常、使用人は食事を別に取るのが普通であるが、この家ではその辺りの決まり事をあまり気にしていなかった。

「おいしいですか？」

「……はいっ、その……すっごくおいしいですっ」

「ふふ、クリシェ様がお手伝いしてくださったおかげですよ。スープなんかはほとんどクリシェ様が作ったようなものですし」

「ほう？　彼女が？」

ボーガンが興味深そうに尋ねた。

「ええ、包丁の扱いも上手ですし、味付けや煮込み方も……わたしは作り方を教えたくらいです。初めて扱う魔水晶もあっという間に使いこなしてしまって」

「で、でも、作りながらクリシェが知らないことを、いっぱいベリーさんが教えてくれて……クリシェだけじゃこんな美味しいお料理、絶対作れなかったです」

我流ではあったが、クリシェは包丁の扱いや料理の基本をしっかりと理解していた。それに安心したベリーがしたのは料理の作り方を教え、手伝いをした程度。彼女としてはその言葉に嘘はなかったのだが、とはいえそれはクリシェには受け入れがたい。

これまで一人で試行錯誤し料理を作ってきたクリシェにとって、今回の料理はほとんどが未知の分野である。自分一人ではこの料理を生み出すまでに何年かかっただろう。そんな自分を導き、ここまでのものを仕上げさせたベリーはクリシェにとって非常に偉大な存在であった。

その手柄を奪うわけにはいかないとクリシェは慌てて否定し、そんな様を見たベリーがそんなことはありませんよと笑いかけた。

「単に知識の差ですよ、クリシェ様。わたしは環境に恵まれていましたから。もしもわたしとクリシェ様の立場が逆ならばこうはなりません。それにクリシェ様のこれまでがあったからこそ、こうしてお料理も美味しく出来上がったのですから、やはりクリシェ様のお力ですよ」

「その、でも……」

「ははは、ベリーがそう言うのだからそうなのだろう。料理には妥協をせぬベリーの言うことだ。褒め言葉は褒め言葉として受け取りなさい」

「……はい」

納得は行かなかったがひとまず頷き、再び食事へ戻れば一口一口に多幸感。脳髄を刺激する美味はクリシェの思考を麻痺《まひ》させるもので、すぐさまそうした話もどうでも良くなる。

微笑ましいものを見るように苦笑するベリーに、ボーガンは尋ねた
「しかし魔水晶もか。感覚が優れているのだろうが……全部かね？」

「ええ。扱《あつか》い方の難しいものもあったのですが、とても簡単そうに。……それぞれの術式の違いまで見ただけで気付かれたようですし」

「……なるほど。そうした才もあるのかもしれんな」

二人がそうした話をしていると――

「ごちそうさまっ！」

不意にセレネが机を叩きつけるように立ち上がった。

突然のことにクリシェが驚き彼女を見れば、セレネもまた、クリシェを睨み付けるように。

そして何も言わずにドアを乱暴に開けて出ていく。

「……はぁ、全く。すまないね、最近はいつもああなんだ」

ボーガンは呟く。

「あの子には随分と寂しい思いをさせてね。……同年代の君の存在が良い刺激になるかと考えている。出来れば、嫌がらずセレネの話し相手になってはくれないか？」

「えーと、はい、クリシェでよければ……」

「……ありがとう」

ガーレンは孫娘の言葉に微笑を浮かべて頷き、言葉を発さぬまま食事を進めた。

「さ、気を取り直して、ひとまず食事を続けよう。……ベリー、私が後で様子を見てくる」

「はい、ご当主様。では、紅茶を持っていきますね」

「ああ、頼んだ」


そうして食事を終えると浴室に案内され、入浴。家の中に水どころか湯が張られ、泡立つ石鹸で体を清められるという体験に何度目になるか分からないカルチャーショックを受けていたクリシェは、夢見心地で連れられるまま、クリシェに宛がわれた部屋のベッドに。

衣装ダンスに棚、調度品。ソファと大きな机、窓際にはテーブル。ベッドは天蓋付き。

ぬくぬくと柔らかいベッドに入りながらも、興奮で眠気は訪れない。あらゆるものが新鮮であり、ベッドに腰掛け頭を撫でるベリーにあれこれと尋ねた。

ベリーは嫌がる事なく楽しそうにそれに答え、そこでふと思い出したのは『お嬢さま』のこと。セレネの話し相手になるというのは、現在クリシェに命じられた最大の仕事であった。

これだけの歓迎を受けて、その『好意』に『お返し』もせずあぐらを掻くというのは、クリシェの理想とする『良い子像』から大きく逸脱した行ないである。

当然のようにこなして然るべき仕事であろうとベリーに尋ねた。

「……ベリーさん、お嬢さまはどんな人なのでしょう？」

クリシェのそんな言葉を聞いて、ベリーは嬉しそうに微笑んだ。

「お嬢さまは……一言で言うなら、頑張り屋さんでしょうか」

そして指先で唇をなぞりながら、言葉を考え、続ける。

「ご当主様は英雄と呼ばれるくらいにご立派な将軍ですから、その後を継ごうと一生懸命で……ただ、頑張るあまり、ご自分を追い詰めてしまって」

「追い詰める？」

「……そうですね、何と言うべきでしょうか」

ベリーは考え込むように目を伏せた。

「早くご当主様のお役に立てる大人になろうと必死なのです。年齢を考えれば今でも十分過ぎるくらい頑張っていらっしゃるのに、ご当主様のお役に立てない自分が許せないと思っていらっしゃるのでしょう。あと何年かすれば、自然にそうなれるはずなのですが」

クリシェは少し考え込み、なるほど、と頷く。

「……何となくわかったかもです。お嬢さまはご当主様に早くお返しがしたいんですね」

「お返し？」

「はい。良いことをしてもらったら、その分ちゃんとお返しをするのが良い子だって、クリシェはかあさまに教わりましたから。お嬢さまはとっても良い子なんですね」

微笑を浮かべてクリシェは告げる。

『かあさま、クリシェは良い子になりたいのですが……どういう子が良い子なんですか？』

『ふふ、簡単なようで難しい質問ね』

『簡単なようで難しい……』

『そうね……一つ目は、自分のために何かをしてくれる人に、ちゃんとお礼を言えて、お返し出来る子が良い子かしら。……わたしはクリシェに、そんな優しい子になってほしいわ』

グレイスの言葉を思い出して告げた言葉に、ベリーは苦笑する。

「ふふ、素敵なおかあさまですね。仰るとおり、お嬢さまはご当主様に色んなものをお返ししたいのでしょう。ただご当主様も、それで無理をし過ぎて体を悪くしてしまうのではないかと心配して……ご当主様がクリシェ様にお願いしたのもそれが理由です」

「お食事の時に言ってたお話ですか？」

「はい。お嬢さまが普段接するのは年上の方ばかりでございますから、同年代のクリシェ様と過ごして、少し肩の力が抜ければ良いと思ったのですが……」

ベリーはクリシェをじっと見つめて、首を振る。クリシェが首を傾げると、

「……とはいえ、あまり重く受け止めないで下さい。クリシェ様も故郷を離れてここに来たばかりで

すから。ひとまずはここの生活へ慣れて頂いて、それからゆっくりで良いのです」

「ん……はい。でも、クリシェも良くしてもらったお返し、ちゃんとしたいですから、頑張ります」

クリシェは続け、両親のことを思い出して告げる。

「かあさまもとうさまも、クリシェがちゃんとお返しする前に死んじゃいましたから」

全然お返し出来ませんでした、と僅かに目を細め、ベリーはそんな彼女の頬を撫でた。

「……寂しいですか？」

クリシェは少し考え込み、素直に首を横に振る。残念ではあったが、辛いだとか悲しいだとか、そういう感情とクリシェは無縁であった。

そんな彼女を憐れむように見つめ、ベリーは告げる。

「クリシェ様のお母様やお父様の代わりにはなれませんが……今日からはこのお屋敷が新しいクリシェ様の家で、わたし達は家族です。すぐには難しいかも知れませんけれど、少なくともわたしはそのつもりです。……ですから、辛くなったらいつでも言って下さい」

それから彼女の額に口付けて、微笑んだ。

クリシェもまた、その紫色の瞳でベリーをじっと見つめ、嬉しそうに微笑む。

「えへへ、ベリーさんはすごく良い人ですね。沢山お返ししないといけません」

「ふふ、クリシェ様は真面目な方ですね。……おやすみなさいませ、クリシェ様」

「はい。……おやすみなさい」

ベリーはもう一度頭を撫でると部屋を出て行き、残されたクリシェはぬくぬくの毛布にくるまり、幸せそうに微笑みながら目を閉じる。

今日は素晴らしい一日であった。

信じられないくらいに美味しいクッキーに美食の数々、湯を溜めて浸かる風呂の習慣。街は村とは全く違う、すごいところだと聞いてはいたが、想像を絶する凄さである。

部屋は暖かく、毛布も肌触りが良く、寝巻きに与えられた服も下着も含め、非の打ち所がない環境。

これほどの幸福が与えられて良いものなのかと枕に頬を擦りつける。

添い寝出来ないのは少し残念であったものの、流石にそれは甘え過ぎであろう。

現状でさえ、どうやって『お返し』するものか、と悩ましいところがあった。

ひとまず明日考えよう、と思考を止めて、

「……?」

微かな物音と鳴き声に目を開く。天井裏、鼠《ねずみ》の鳴き声であった。

手入れの行き届いたとても綺麗な屋敷であったが、鼠が潜んでいたらしい。

少し考え込むとスリッパを履いて立ち上がり、屋根裏部屋だと聞いていた天井の扉を眺め、ぴょん、と跳躍する。扉を開くともう一度跳んで、軽々と屋根裏へ。そこの手入れもきちんとされており、ベリーは綺麗好きなのだろうと微笑む。クリシェも同じくであった。

鼠は隅の方からこちらの様子を窺っており、警戒している様子であったが、少女が身を滑らすように近づいて手を伸ばせば、容易くその一匹は手の中に。

鼠は首を掴まれちゅうちゅうともがき、少女はそれをじっと見つめた。

その幼い美貌に浮かぶのは、無邪気で、愛らしい微笑。

悪いねずみさんですね、と少女は躊躇なく、鼠の首をへし折った。

『理想的な少女』

クリシェの様子に安心したガーレンは翌日、村の馬車に乗って帰宅した。

ガーレンも元部下、ボーガン＝クリシュタンドの軍に軍人として復帰し、街へ移り住む方向で考えているらしく、クリシェも笑顔で見送った。

そうしてクリシェのクリシュタンド家での生活が始まったものの、村とは異なる環境に放り込まれながら、その生活には一週間ほどですぐに慣れた。

無論生来の能力や性格もあったが、何より屋敷での生活や貴族としての決まり事を教える使用人、ベリー＝アルガンの存在が大きい。

肩まで伸びた赤毛と、少女のような童顔。小柄な体をエプロンドレスに包んだ彼女はクリシェともそう変わらぬ年齢に見えたが、そう見えるだけで実際は二十の半ばであるらしい。

魔力保有者の多くはその全盛期が長く、その容姿は早くに成長が止まっただけのこと。見かけこそ少女に見えたが落ち着きのある大人の女性で、広い屋敷の掃除や手入れ、食事の仕度から家計までを一手に引き受けているだけあり、あらゆる面で要領が良く、知識も豊富で幅広い。

クリシェがこれまで出会った人間の中では誰よりも賢い才女であり、質問すれば大抵のことを簡単そうに答えてくれたし、教え方も良かった。

「今日のところは、お掃除もこの辺りでおしまいと致しましょうか」

一階の掃除を終えた所で、そのまま二階に向かいながら彼女は告げる。

「……いいんですか？」

「ええ。掃除は適度なところで止めておくのが良いのです。毎日となると逆に建物を傷めてしまうこともありますし、大変ですしね」

クリシェの飛び抜けた才覚と知能をすぐさま理解すると、彼女が教えたのは実際の作業ではなく、それに繋がる物事の考え方。

何のためにそれを行なうか、という部分であった。

「あくまでお屋敷を清潔に保つことが目的ですから、使った部分や目につく汚れを綺麗にしておけばそれで十分。もちろん使ってなくても埃は溜まるものですが、毎日のサイクルで今日はここ、今日はあそこ、と決めて回っておけば、気になるほどではありません」

「……なるほど」

「八十点を百点にするのは十点を八十点にするより大変です。体は一つで手も二本、時間に限りはありますし、いくら頑張ったところで広いお屋敷を常に百点満点というのは不可能ですから、大事なのは八十点を維持すること」

掃除が不十分だと思いますか、とベリーは尋ね、階段から手でエントランスを示す。

全体的に綺麗で、少なくとも気になるほどの汚れはなく、クリシェは首を振った。自分で掃除をしたばかり、当然である。

「えと……綺麗だと思います」

「であれば掃除は十分。気になる汚れはなくて、居心地も良く。もちろん百点満点ではありませんが、必要最低限の清潔さが保たれていますし、それ以上は過剰でしょう？」

なるほど、と再び頷く。ベリーの考え方は実に効率的で合理的。汚れていなければ、それ以上の掃除は確かに過剰で不要なもの。

「物事の大体は十分に足る最低限。必要なことを必要なとき、必要な分だけ行なう。それ以上はやっぱり能率も落ちて無駄が多いですから、ほどほどにして他のことに時間を使う方がずっと有益です」

彼女は徹底的な効率主義者であらゆることに無駄がなく、その説明もまたクリシェにも理解しやすい端的で明瞭なものである。一つ一つの作業はあっさりとクリシェに任せながらも、どうしてそうするのか、という部分だけを熱心に。

彼女はクリシェにとって理想的な先生であり、

「例えば……クリシェ様も大好きなお料理だとか、お茶の時間だとか、ですね」

「うぅ……」

そしてその上でクリシェの弱点も知り尽くしていた。

お茶の時間という言葉、クッキーを思い浮かべたクリシェは唾液が滲むのを感じて頬を染め、ベリーは楽しげに微笑む。

食いしん坊という彼女の欠点は、既に彼女の知るところ。クッキーというご褒美を目当てにお手伝いをしていると思われているのではないかと、クリシェは気が気ではなかった。

クリシェは進んでベリーの手伝いをしているが、それはここでお世話になる『お返し』のつもり。

クリシェもまた清潔を好む綺麗好きで、清掃洗濯などといった雑事はそれなりに好むところがあったし、また、ベリーの手伝いは料理も含めて様々なことを教わる対価として当然だとも考えていた。

だが、ベリーはそんなクリシェに対してただただ甘い。

クリシェのおかげで仕事が早く終わったのだと口にしては、少しお茶に、クッキーを、などとクリシェを誘い甘味漬け。『お返し』どころかクリシェはもらい続けるばかり。

そして『クリシェのお手伝い』も本当に役に立てているかは怪しいもの。むしろ彼女はクリシェに色々な事を教えるために多くの時間を割いている。

少しでもお返ししなければと思うほどに、彼女の中でその借金は積み重なっていた。

「さて、夕飯の仕度にも少し早いですね。……ふふ、どうでしょう、クリシェ様。ちょっとお茶にでもいたしませんか？」

「あ、あの、気遣ってもらわなくてもクリシェは平気ですから、他に仕事があれば……」

「まぁ、気遣いだなんて。……大丈夫でございますよ、わたしが休憩したいのです」

「ベリーさんが……？」

「はい、少し疲れてしまいましたし、お料理を前に一息入れたいなと」

流石のクリシェでも明らかに嘘と分かる言葉。ベリーは村にいた誰より働き者であったが、全てにおいて無駄がない。疲れているようには全く見えなかった。

しかしそう言われては何も言えず目を泳がせる。

「ふふ、実はですね……さっきオーブンでクッキーを焼いておいたのです。クリシェ様にちょっと、その出来映えを見て頂こうかと」

「く、くっきー……」

「やはり出来立てを食べて頂ける方が嬉しいですし、今日のクッキーには更に一工夫加えてみたのです。きっと、クリシェ様にもご満足頂けるかと」

「う……」

そもそもクリシェが満足しないクッキーをベリーが作った試しなどないが、その一工夫という言葉を聞いて、更に心の内で欲望がうねった。

クリシェが何より彼女を評価する点は、その料理の腕にある。

ベリーは惜しげもなくクリシェにそれらの知識を披露し、与えるため、いずれその技量も遠くない将来には追いつくだろうとクリシェは考えていたのだが、それも甘い見通し。ベリーはクリシェと同じく凝り性な面が有り、毎日のように新しい味付けに挑戦しようとする強い向上心があった。

体調によっても気分によっても、味覚というものは変化する。

その日の完璧な出来というものはあれど、毎日食べても飽きる事のない料理などは存在しない。そんな料理であればこそ、あらゆる面で人より遥かに優れた才覚を持つクリシェを魅了し、そしてベリーも同じものに強く魅了されていた。

クリシェの中で彼女は今や同志というべき存在であり、そして偉大なる先駆者。そんな彼女がその芸術的なクッキーに加えた一工夫とは、一体いかなるものか。

クリシェの興味をこれほどかき立てるものはない。

「ちょっとした味見でございますよ、クリシェ様」

「あ、味見……」

「ふふ、そうです。さ、お部屋に用意しておりますのでこちらへ」

そうして今日も彼女の理性は陥落し、手を引っ張られるまま。

たとえるならば飴と鞭ならぬ、飴と飴。

クリシェは来て一週間ですっかりベリーに餌付けされ、彼女を中心とした日々——ベリーの後ろをちょこちょことついて回る生活を送っており、そしてベリーもそうして自分に懐いたクリシェにすっかり心を奪われていた。

彼女が人並み以上に優れた知能を有し、それ故か感性が人と少し離れていることは理解していたが、ただそれだけ。彼女はクリシェに対してただの少女として扱い、その不憫な境遇を考え、クリシェが新しい環境で安心できるようにと愛情を持って接した。

少なくともそうする限り、クリシェはどこまでも善良な少女。

甘やかされて恥じらう姿はどこまでも愛らしい存在であった。

完璧主義なクリシェは元々、自身への好意に対する『お返し』に労力を惜しまない。甘やかされれば甘やかされるほど、彼女は一生懸命にベリーへお返ししようと努力する。

それもあって、生まれたての雛鳥のようにベリーさん、ベリーさんとベリーに引っ付いて『お手伝い』をせがむ様子は、可愛いという言葉以外では表現できなかった。

非常に真面目で働き者。どうにも頑張りすぎるクリシェが息抜きを出来るようにと彼女は彼女であらゆる手段を用いて彼女を甘やかそうとし、そしてクリシェはクリシェでなんとか彼女に『お返し』しようとそれから逃れようとし。

互いが互いのために。一週間で既に二人はそんな関係になっていた。

「でも、クリシェ、味見って言いながら毎日クッキーを頂いて……」

「お気になさらず。味見もわたしのお菓子作りのお手伝いをしてもらっているようなものですから、

「クリシェ様がそんな風に受け取る必要はありません」

自分が甘味漬けにされていることへ恐怖を覚え、クリシェも何度か苦渋の決断の末断りを入れたが、敵も然る者。ベリーは次第に味見という名目でクリシェに甘味を味わわせるようになっていた。

味見という名目であれば、クリシェも遠慮ができないというのを見越してのもの。

「もちろん、クリシェ様がお嫌ならわたしも考えはするのですが……」

「嫌では……うぅ」

結局クリシェは毎度毎度欲望に流され甘味漬け。

息抜きは大切だろう、という考えもベリーにはあったのだが、実際は恥ずかしそうにしながらクッキーを頬張るクリシェを見たいだけになっている気もしていた。

ベリーは苦笑しながら彼女を部屋の前に連れて行き、二人の関係はそのようなもの。そうした生活には何ら問題はなかったが、クリシェにとってもベリーにとっても、問題が一つ。

「お嬢さま。今からクリシェ様とお茶をするのですが、いかがでしょう？」

年齢はクリシェの一つ上ながら、目鼻立ちはっきりした華やかな顔立ち。

長く伸ばした優美な金の髪を雑に束ね、訓練用の簡素なズボンとシャツを身につけていても、一目で貴族と分かる風格が備わっていた。クリシェの部屋の奥にある自室から出てきた少女――セレネはクリシェを睨み付け、いらないわ、と不機嫌そうに答える。

「わたしはその子と違って忙しいの。……それとあなた、今日は来ないでちょうだい」

「え、と……」

「迷惑なの、分からない？」

クリシェはセレネの言葉に困ったような顔をする。

『クリシェ、お嬢さまの話し相手になるようにと言われました』などと馬鹿正直に言いながら、クリシェは夜ごとセレネのところへ訪れているのだが、当然結果は芳しくない。

セレネはそんなクリシェに呆れながら、話すことなんてないわと追い返すのが常で、今のところクリシェの全敗である。

「でも、お話……」

「……だから、わたしにはあなたと話すことなんて無いって言ってるの」

「ま、まぁまぁ……お嬢さま」

ベリーがなだめるように言って、話題を逸らす。

「ベルナ様も帰られましたし、丁度良いかと思ったのですが」

「……はぁ。今からお父様に剣の稽古をつけてもらうの。お茶を飲んでる暇なんてないわ」

この屋敷には毎日家庭教師が通い、セレネの教育が行われている。

今日は歴史の教師、昨日は算学、その前は法学。父ボーガンがいる時は暇を見つけて剣の稽古。忙しいという言葉は嘘ではなかったし、クリシェが眠った後も遅くまで勉強をしている様子である。

セレネは非常に真面目な努力家。他人の評価のため真面目に努力することは良いこと、と短絡的に考えるクリシェもまた、そんな彼女を実に立派な子供だと感心してはいたが、ベリー達は主に体調面でそんな様子を心配していた。

特に彼女の母が亡くなってからは無茶な努力を重ねており、そんな彼女を心配するベリーとの関係も少しぎくしゃくしているらしい。

「……そうですか。どうか、お怪我をなされませんよう」

「稽古に怪我は付きものよ」

そう言い切るとセレネは背を向け、階段を降りていく。

「……わたしが口出ししすぎるのでしょうか。殿方であればともかく、お嬢様が剣を振るうのを見ると、やはり心配で……」

ベリーは小さくため息をついた。

「クリシュタンドは武門の家。そのおかげでこうして立派なお屋敷に住み生活できるということはわかりますけれど……何もお嬢さまが、と思ってしまうのです」

内心を吐露するように。

そんな彼女の様子を見たクリシェは不意に、母親のことを思い出した。

「……クリシェのかあさまもベリーさんと同じことを言ってました。クリシェが剣の稽古に行くのが心配だって」

「そうなのですか？」

「はい。怪我をしたりしないかって、いつも」

クリシェの部屋に入り、窓際の席に二人で紅茶の用意をしていく。果実が入っているらしいクッキーはまだほんのり温かく、焼きたての甘い香りが漂っていた。

真面目なお話中。クリシェは頬を緩めないよう、口元をぎゅっと閉じる。

「でも、最後に頼りになるのはそういうものだとクリシェは思います。少なくとも、クリシェにはとても役に立ちましたから」

「クリシェ様……」

クリシェの村で起きたことを思い出して、ベリーは目を伏せた。

「……わたしのそれは安全な立場からの意見なのでしょうね」

ご不快に思われましたか、と続ける彼女に、クリシェは首を横に振る。

「自分の居場所を守るために剣は必要だとクリシェは思いますけれど、それはやっぱりベリーさんやかあさまのような人達がいるからこそですから」

戦いの訓練は重要であるし、必要なことではあるが、だからといってそれだけでは社会は成り立たないことは知っている。荒事を好む人間は、他の人間と比べ感情的なものが多いし、自己主張が強く、短気で乱暴。彼等は戦力として重要であるが、しかし村の生活基盤となる生産者としての資質とは真逆のものを有し、戦以外ではむしろ和を乱すマイナス面が大きい。

そういう点でベリーのような考えを持つ人間は歯止めとして丁度良く、必要不可欠なものであるとクリシェは考えていた。

基本的にクリシェは安定を好む。

両親の教育の甲斐あって掟や規則の大切さをしっかりと教え込まれたクリシェは、その和を乱すものを嫌うし、剣に関しても安定を守るためのもの、という考えが強かった。

そのため、生産性を損ねる戦というものに良い感情は持っておらず、むしろクリシェはそうした人種よりもベリーのような人種に価値を置く。

「クリシェは別に、お嬢さまも、ベリーさんも間違ってないと思います」

ベリーはその言葉に目を見開き、それから優しく微笑んだ。

「……ありがとうございます。ふふ、クリシェ様はまだまだお若いのに、しっかりとした考えを持っておられるのですね」

「クリシェはまだまだです……完璧にはほど遠いですから」

言いながら窓際の席に着き、視線を向けるのはテーブルの上、甘さの香るクッキー。唾液が口の中に広がるのを感じ、自分のはしたなさに頬を染めた。

ベリーはくすりと笑い、さ、どうぞ、とクリシェに勧めて対面に腰掛けた。

「沢山ありますから、沢山味見して頂きませんと」

「たくさん……」

一つを取って、小さな口に頬張る。

ベリーはクリシェが一口で食べられるよう小さめなクッキーを焼いていた。さく、とした食感に果実と蜂蜜の何とも言えない甘みが広がり、多幸感にクリシェの頬が緩む。

「ふふ、クリシェ様はご立派なのか、まだまだお子様なのか、よくわかりませんね」

ベリーはそんなことを言って、くすくすと笑い。

うぅ、とクリシェは恥ずかしそうに頬を染めて目を泳がせた。

「それに完璧だなんて、そんなものを目指さなくても今で十分。……むしろクリシェ様もお嬢さまと同じく真面目に過ぎるくらいですから、肩の力を抜いて、そういうお姿を見せて頂いた方がわたしとしても安心でしょうか」

クリシェが首を傾げるとベリーは手を伸ばし、その頬を優しく撫でた。

「わたしはこうして、のんびりクリシェ様とお茶をして、お話するのが楽しい不真面目な人間ですから、付き合って頂けないと困ってしまいます」

「……ベリーさんは全然不真面目じゃないと思うのですが」

彼女の働きぶりからクリシェは答え、不思議そうに尋ねる。

「クリシェとお話するの……楽しいですか？」

「ええ、とても。クリシェ様は楽しくないですか？」

首を振り、色んな話が聞けて楽しいです、と口にして、嬉しそうに微笑む。

「初めて言われましたから。……クリシェ、あんまりお話するの上手じゃないので」

そんな言葉にベリーは悲しそうな顔をして、それから答えた。

「……上手い下手より内容でございますよ。あれこれ今日の夕食をどうしようかと相談したり、あれが美味しかった、これが美味しかった、という話をすることも近頃はなかったですから、クリシェ様とそういうお話をするのが、わたしはとても楽しいのです」

ですから遠慮せず付き合ってくださいませ、と彼女は続け、微笑んだ。

頬を撫でる手の感触に目を細め、はい、と頷く。

そうして少しの間、今日の夕食をどうしようかと二人で話し、しばらくすると窓の外。

庭にセレネともう一人――体格の良い偉丈夫、ボーガンが現れ、それぞれが何かを話しながら、腰の鞘から剣を引き抜く。二人が手に持つのは木剣ではなく、真剣であった。

それに気付いてクリシェは尋ねる。

「素振りだけじゃなくて、実際の稽古も真剣でするのですか？」

「はい。ご当主様の方針で、その重さと危険に日頃から慣れておいた方が良い、と」

もちろん刃は潰してあるのですが、と彼女は続け、二人を見つめる。

日はまだ高い芝生の庭。

ボーガンは緩やかに剣を右手に提げ、セレネは正眼に剣を構える。

セレネの構えはしっかり地に足のついたもので、クリシェの見て来た同年代と比べれば遥かに上を行く。村での指南役であった元兵士達にも匹敵しうるが、自警団長ザールにはまだ及ばず——その程度だろうか、とクリシェは冷静に判断した。

しばらくそうして二人は向き合い、セレネの体に僅かな強張り。

彼女は勢いよくボーガンの前へと踏み込む。

袈裟に振るった鋭い刃——しかしそれは偽攻。小柄な体躯を活かし、身を深く沈めて繰り出すは突きだった。

しなやかな体から放たれた一撃、意外なほどその切っ先は伸びた。

しかしボーガンは半歩を退くことでそれを躱し、返しの剣を繰り出す。

セレネは体を捻り、剣で防いだが、刃を潰したとはいえ鋼の剣。木剣とは違い重量があるのだろう。打たれたその反動に眉を顰めながらもセレネは逆に剣を押し込む。

片手で振るうボーガンの剣を弾き飛ばし、更に踏み込み——けれどそれはボーガンの誘い。わざと自身の剣を弾かせ、その反動を利用してセレネの突進を半身で躱す。

そうして背後を取るとその首筋に剣の切っ先を突きつけた。

「……参りました」

「うむ、最初の動きは良かった。しかしお前はやはり勝負を焦りすぎる。だから攻撃も単調になって、あっさり私の誘いに引っかかる」

力に頼らず相手の剣をさらりと流す。体格良い男だが、ボーガンの剣は意外なほど繊細であった。無論相手がセレネである、ということも理由にはあるのだろうが、動きは洗練され、荒々しさがなかった。少なくとも村の男達とは比べものにならないし、これまで見た中で一番に数えられるほどの実力者であることは確か。

それから何度もセレネはボーガンに斬り掛かり、それをあっさりとボーガンはいなす。その動きを観察しながら、自分ならばどう攻めるか、と静かにイメージを繰り返す。

そうして五本が終わった所で、セレネはこちらを気にするようにちらと目をやり、そしてボーガンの視線もこちらに。

「……クリシェ。どうかね、君も？」

ボーガンが窓から見下ろしていたクリシェを誘うと、セレネはその顔を歪めた。

「君のお爺さんから話は聞いている。できれば一度、見せてもらいたいものだが……セレネへの刺激にもなる」

「お父様……っ」

クリシェは睨み付けるセレネを見ながら、少し考え込み、頷く。ボーガンの希望であれば、クリシェに否応はなかった。

お世話になっているにもかかわらず、クリシェはボーガンの希望である『セレネとおはなし』を達成できていないのだから、ボーガンの評価をこれ以上落とすわけにはいかない。

「はい、ご当主様」

クリシェ様、とベリーが不安そうにクリシェを見て、クリシェは小首を傾げる。

そして、ああ、と頷く。

「クリシェは怪我をしませんし、させないので大丈夫ですよ」

「え、と……その……」

クリシェのあまりにも強気な言葉に、ベリーは困惑した。


紅茶とクッキーを堪能したクリシェはベリーと共に下に降り、二人の所へ向かう。

セレネは不機嫌に輪を掛けて不機嫌そうで、クリシェを睨むも何も言わない。ボーガンに促され、練習用の剣をクリシェに手渡すと腕を組んで壁にもたれ掛かった。

クリシェは渡された長剣の感触を手の中で確かめる。

やや重く、長い刀身。そのせいで重心が随分と遠い。魔力で肉体を操るクリシェにとって筋力的な問題は存在しなかったものの、やはり重量バランスは大きな問題である。

振り抜けば小柄な体はその方向へ持って行かれるし、体勢が崩れる。

いつもの木剣にそれほど重さはなかったし、賊から借りた剣は鉈のように小ぶりな曲剣。刃を潰しただけの本身の直剣は、クリシェには少し扱いにくいものであった。

「兵士が持つものと同じ剣だ。君には少し重たいかも知れん。練習ではこれを使っているんだが……大丈夫かい？　もし重いようなら木剣でも構わないが」

「ええと……軽く振ってみてもいいですか？」

「ああ、もちろん」

ボーガンの言葉に、クリシェは無造作に刃を振るう。剣の重みに体勢が崩れ、眉根を寄せた。

踏み込みと同時に脚捌きを変え崩れる方向へ踏み出すも、しかしやはり、剣は重い。

ボーガンはその剣の鋭さに目を見開き、それはセレネも同様だった。

しかし、その度バランスを崩すクリシェの姿は不格好である。ボーガンはやはり少し重すぎるかと剣を変えることを考え、セレネはどこか安堵する。

だが、そんなクリシェの不格好も一時のこと。

体を持って行かれるのならば、それに任せてやれば良い。クリシェは体勢を維持しようとするのをやめ、自分からその刃の重みに身を委ねる。

姿勢を低く、横薙ぎに払い、踏み込んだ脚を軸に半身を回す。

円を描くように舞うように、踊るように刃を振るう。

時には鋭く突き、逆袈裟に切り上げ、振り下ろす。右手で、左手で、逆手に構え。曲芸染みた効率のみを追求したクリシェの剣技は、驚くほどのスピードで完成していく。

「……これは」

ボーガンが唸るように漏らした。

恐らく、初めて持ったであろう鋼の長剣。ほんの僅かな時間でその重さに順応しただけではなく、彼女は己の小柄な体格に合わせた剣閃、剣技を構築しているのだ。

王国でも有数、そんな剣の使い手であるボーガンとて、新しく剣を購えば習熟には時間を掛ける。

例えば槍や斧ほどは違いもない、同じ剣という種別であっても、僅かな重み、僅かな長さの違いが感覚の誤差を生み、隙を生じさせるからだ。

そして剣の極みと呼ぶべきものに近づくほどに、手に持つ武器へのこだわりは強まる。ある一定の域まで達すれば、勝負はその僅かな隙が致命傷。これまで培った能力全てを発揮するために、慣れ親しんだ武器を使うのは当然のこと。

だが、これはどうか。

例えば槍を与えれば、斧を与えてみれば、彼女はすぐさま同じレベルで使いこなすだろう。

初めて手に持つ、体格を考えれば重すぎる鋼の長剣を、彼女はあっという間に体の一部分であるかのように使いこなしていた。

才覚に恵まれたと考える己でさえ、比すれば凡夫と感じるほどの才覚。

刃の嵐というべきクリシェの舞いが止まるのを見て、ボーガンは真剣な顔で眉を顰め、セレネは驚きのあまり呆然とする。

ベリーだけがすぐに笑みを浮かべ、安堵したように拍手を送った。

「すごいです、クリシェ様。武芸者の剣舞のようでした」

「……？　ありがとうございます……」

武器の要点を掴み、動きの理論を構築し、それを術へと昇華する。

非効率をそぎ落とし、ただ効率的な動きを追求する。

既に自己流の戦闘術を完成させているクリシェとしては、武器の問題など些末事。自分ならばできて当然の武器慣熟と準備体操。

それを褒められたことに首を傾げつつ、よく分からないまま礼を言う。

クリシェは『自分にとっての当然』を軽く見る傾向があり、そこに大きな価値を認めない。

もらった以上を常に返そうとする、彼女の歪な恩返し。

彼女の美点とも言える歪さもそうした部分から生じており、それが他人にとってどれほど素晴らしいものであろうと、自分の中の価値だけを重んじる点にあった。

――とりあえず喜んでくれたのなら良いだろうか。

クリシェは彼女の反応を気にしないことにして、手足、体の具合を確かめる。しばらくぶりに体を動かしたせいか、体の節々に痛みを感じていた。

力むことのないクリシェであるが、体を動かせば負担も掛かる。

頬はうっすらと上気して、呼吸も少し乱れていた。

「大丈夫ですか？」

「はい、ちょっと体が鈍っていただけですから、クリシェは平気です」

「……張り切って無理はなさらないで下さいね。いくら剣が達者でも、物事には万が一ということもありますから。あくまで、ちょっとした手合わせです」

案ずるように告げるベリーを見て、かあさまみたいです、と静かに微笑む。

大丈夫です、とベリーに答えると、ボーガンに目をやった。

「いやはや、本物の天才とはこういうものか。……隊長の言っていたことがよくわかる」

半ば呆れたように口にして、続けた。

「……準備が出来たなら始めよう」

「はい、お待たせしました」

「ベリーの言った通り、これは軽い手合わせだ。勝った負けたではなく軽く実力を見たいだけ。……

君には重い剣、あまり無理はせぬように」

はい、と頷き、クリシェは少し距離を取る。

先ほどの動き、彼の体に纏わり付くふよふよしたもの――彼らが魔力と呼ぶそれの扱い方を見る限り、五間《9M》の間合いを取ってなお、そこはボーガンの刃圏《はけん》に思えた。少なくとも体格とリーチ、身体能力で劣るクリシェでは中途半端な位置取りは危うい。

踏み込むならば一息で決めなければならない。

しかし単純に踏み込めばリーチの差、自分の敗北は見えていた。

間合いの外に出ると、クリシェは剣をくるくると回して手に馴染ませながら、戦い方を考えつつも自然体。クリシェは元々決まった構えを取らない。一つの構えに拘泥《こうでい》せず、選択肢を多く残し、その都度に最も効果的な構えを取った。

クリシェにあるのは時間を止めてしまうほどの動体視力と反応速度。彼女にとっては相手の動きを見てからで十分、それで全てが事足りた。

彼女が構えるのを待っていたボーガンは、その無防備に見える立ち姿に全くもって隙がないことを感じ取り、無形こそが彼女の構えなのだと理解した。

先ほど見た彼女の剣舞は優美ながらも、単なる踊り子のそれではない。命を奪うことを前提とした剣技なのだと、戦場で磨かれた彼の経験と直感が訴えていた。

相手は子供という僅かな油断を捨て、ボーガンは左手を前に、半身に構える。

本来は左手に持った盾にて相手の刃を躱し、体勢を崩し、右手の剣にてトドメを刺す。

ロールカ式と呼ばれる戦場剣術の一つであり、この剣術は盾を構えぬ無手の状態であってもその力を損ねない。隙あらば相手の手や体を掴み、そして相手の剣を誘う釣り餌として、あるいは距離感を損なわせることを目的に左手を用いるためだ。

本来であれば子供相手の手合わせで使うようなものではなかった。

しかし彼女ほどの相手となればそうも行かない。

数多の戦場を駆け抜けたボーガンをしてそう思わせるほど、彼女には風格があった。

クリシェは初めて見る、そんなボーガンの構えを無機質な紫の瞳で観察する。

その構えの利点と欠点を鑑みて、どう攻略するかを考えた。

突き出された左手を狙えばボーガンは左手を引き、クリシェの剣を剣で払う。かといって距離を詰め、胴体を狙えば自由な左手がクリシェを掴むだろう。

その気になればあっさりと先を取れた村の男達や賊と違って、彼も魔力を扱う以上、剣の速度にそれほど大きな違いは無い。

ボーガンから動かない限り一手では崩せないだろう。そう結論づけると、ボーガンが焦れて動いてくれるのを期待しながら隙を見せつつ、攻略法を組み立てていく。

だが、ボーガンはその誘いに乗らない。不用意に近づくのは危険であると察していた。

クリシェの紫眼は冷ややかに、凪の湖面のように透き通っている。こちらの僅かな動きも見落とさないとその目が告げており、そこには老練さすら感じさせる冷静さが見て取れた。

リーチは圧倒的にボーガンが勝る。クリシェがボーガンに有効打を与えるためには、当然ボーガンよりも深く踏み込む必要がある。そこが一番の隙になることを考えれば、やはりボーガンから動くことは出来なかった。

ボーガンが踏み込めば、その分クリシェがボーガンを刃圏に収めやすくなるからだ。

「……む」

クリシェはすたすたと、無防備に歩き出す。

ボーガンの周囲を時計回りに、弧を描くように。

構えを乱そうとしているのかとボーガンはその動きの意図を探り、構えを崩さぬまま常にクリシェの姿を正面に捉える。

クリシェが明確に動きを見せたのは屋敷の壁に近寄った後。

突如踏み込み、左手で剣を横薙ぎに振るう。

狙うはボーガンの左腕だった。

その体躯からは想像できぬほどの俊敏さと伸びを見せる体。鞭のようにしなる体はその力を余すことなく剣先に――凄まじいほどの剣速を生じさせる。

しかしボーガンは冷静にそれを捉えた。先ほど彼女の剣の速さと踏み込みの早さを見ていた分、それはあくまで彼の想像の範疇に留まるもの。

焦れたか、とボーガンは左手を引き、後の先を取る。

剣を振るってクリシェの剣を払い、違うと理解したのはその瞬間であった。

彼女の剣は何の抵抗もなく払われ、その勢いのままボーガンに背中を向ける。

そしてクリシェは屋敷の壁に跳躍し、そして壁を蹴り、猫のような背面跳びを見せるとボーガンの頭上を越えてあっさりと背後を取る。

「っ……！」

しかしボーガンも歴戦の猛者であった。

彼は瞬時に自分の劣勢を悟り、自ら体勢を崩して仰向けに倒れ込むと剣を突き出し、

「あ……」

クリシェの鋭い剣は空を切る。

対してボーガンの刃の切っ先がクリシェの首へと突きつけられた。

緊迫した空気――それを和らげたのは甘い少女の声。

「うぅ……参りました……」

クリシェは自身の敗北に頬を赤らめ、見た目通りの子供のように目を泳がせ。

緊張感もないクリシェのそんな声を聞きながら、見ていた二人は止まっていた呼吸を再開させ、ボーガンもまた転がったまま息をついて、剣を下ろした。

それから、クリシェに手を引かれるようにしてボーガンは立ち上がる。

「今ので勝てると思ったのですが……全然駄目でした」

「……いや、そんなことはない」

もっと彼女にあった剣であれば。あるいはこれが単なる手合わせでなく実戦であれば。

――自分は恐らく、この少女に殺されていただろう。

ボーガンは背筋に冷えた感触を覚えた。

下流貴族から剣で身を立て、将軍の地位までを駆け上がったボーガンであればこそ、自身の力にはそれなりの自負がある。一切その手を抜いたつもりはなかったし、本気の肉体拡張すら利用した上でボーガンはクリシェに対峙した。

しかし彼女はそれを見た上で勝てると算段し、勝負を決めに来たのだ。

これが手合わせではなく、殺し合いであれば。天賦の才などという言葉ですら片付けられないクリシェの異様さに、彼女が村から排斥された理由を改めて理解する。

対するクリシェは彼の考えるような言い訳を自分に許さない。

剣は同じで、寸止めという条件も同じという、対等な条件の試合である。年齢や経験など考慮もせず、単に自分の未熟故に敗れたと考え、恥ずかしそうに頬を染める。

「お手合わせ、ありがとうございました。……ん？」

それからクリシェはお礼を言いつつボーガンに剣を手渡し、手首と肘を軽く揉む。

「痛めたのか？」

「いえ、痛めたというほどでは……」

「……ベリー、すまないが少し診《み》てやってくれ。やはり剣が重たかったのだろう」

「は、はい。……クリシェ様、お部屋に」

驚いていたベリーはクリシェを連れて屋敷の中へと戻っていく。

セレネはそんなクリシェを見つめて、拳を強く握って震えており、ボーガンは頭を掻く。彼女の刺激になるかとも思ったが、クリシェはあまりに異端であった。

「世の中にはああいう飛び抜けたものもいる。あまり気にするな」

セレネはその言葉に肩の力を抜き、呼吸を整え、先ほどまでクリシェの持っていた剣を引ったくるようにボーガンから奪った。

「気にしてません。……お父様、もう一度お願いしますわ」

当然ながら、言葉とは裏腹に。

セレネの剣はより荒々しく、内面の感情をさらけ出すように苛烈《かれつ》となった。

◇

『セレネ、そんなに無理をしないでいいのよ。もっと肩の力を抜きなさい』

優しい母は、いつもセレネにそう言った。

最初は英雄と呼ばれる父に憧れて、いつかその手伝いを出来れば、と思っていただけ。早く一人前になりたかっただけ。けれど知れば知るほどに父は偉大で、その戦友達も同じく、沢山努力しないと追いつけないと思えたから、必死になって努力していた。

英雄クリシュタンドの一人娘、セレネ＝クリシュタンドはそうあるべきだと思っていたし、いざとなれば父に相応しい後継者として、認められる自分になりたかったのだ。

幸い、セレネにもそれなりの才能はあった。

普通の人に比べれば、ずっと環境にも恵まれていた。

大人の兵士から一本を取ることだってあったし、才能があると褒められては鼻高々。

いつか、父に認めてもらえるかも知れないと期待していたが、

『しかし勿体ない。セレネ様が男であったら将軍も安心だっただろうに』

ふと、通りすがりに聞いたそんな言葉が耳に残った。

貴族の家では男児が望まれていたし、両親も二人目を、と考えているのは知っていた。

武門の家であればこそ男児を望むのは普通のこと。愛されていないわけではなかったし、それどころか十分なほどの愛情をセレネは与えられて育った。

両親の愛情を疑っていた訳でもない。

けれどそれからは、そんなに頑張らなくていい、とセレネを気遣う両親の言葉が不思議と、自分が期待されていないだけなのではないか、と感じてしまうようになってしまった。

小さな達成感を味わっても、目標は遙か先。ほとんど素人の大人に勝てても、父の部下には手も足も出ず、それどころか普段剣を握りもしないベリーにさえ歯が立たない。

『やはり、こうして君の才能をただの使用人として埋もれさせるのは惜しい。他にやりたいことはないのか？　軍でなくても大抵の場所には口利き出来る。私達に気を遣わなくていいんだ』

『……いえ、わたしは使用人という仕事が気に入っていますから』

セレネの『それなりの才能』は、子供にしては良く出来ている、程度の事。

母が手放しに褒め、父に心から惜しまれるようなベリーの才能に比べればあってないようなもので、そうであればこそ、自分にはそれ以上の努力が必要であった。

父達もベリーもずっと年上であったし、それでも努力をすればいつか、そんな人間になれると自分に期待して、必死に努力を重ねて――けれどその内に母は亡くなった。

不妊治療の果てに宿した子供を死産し、産褥《さんじょく》熱で。

自分が男であったなら、あるいはもっと努力して、セレネになら家を安心して任せられると思ってもらえていたなら、母も無理をすることはなく、そんなことは起きなかったのだろうか。

そんな考えが、ずっと頭で渦を巻いていた。

目を逸らすように努力を重ねて、そして聞こえてきたのは父の元上官、ガーレンの話。

セレネとそう変わらぬ歳の孫娘が、剣の腕では同年代どころか大人の男にも既に敵うものがいないほどで、ガーレンですら勝てるかどうかは怪しいのだと、そういう話。

その才能のせいで恐れられ、将来が少し不安だという話であったが、あの隊長が天才と称する孫娘とはどのくらいのものか、と父が興味を口にしたことを覚えている。

だから、その少女が十数人の賊を斬り殺し村にいられなくなったこと。そしてその娘を養子として父が迎え入れると決めたことに、強い不安を覚えた。

自分よりも年下で、ずっと強い、才能に溢れた女の子。

その子がもし、セレネの代わりにこの家に生まれていたなら、母は死なずに済んだのだろうか。

自分がもっと努力していれば母は死なずに済んだのだと、そういう言い訳さえ奪われてしまう気がして、お前が無能な女に生まれたから母は死んだのだと、そんな事実を突きつけられるような気がして、そんなことを考えると、ただただ気持ちが悪かった。

これまでの自分の全部を、否定されるようで。

「……入って」

訓練着に着替えて待っていると、部屋に響いたのはノックの音。

「失礼します。えと、今日もお嬢さまとお話をしに来たのですが……」

廊下から扉を開けて、顔を覗かせるのはネグリジェ姿、銀の髪をした少女。

セレネも自分の容姿が優れていると思ってはいたが、彼女の容姿はいっそ幻想的。これ以上なく整った顔立ちに、大きな紫の瞳は宝石のように輝いて見えた。

感情の読めないその顔は、美を象《かたど》った彫刻か、あるいはそう作られた人形か。だというのに気の抜けるような何とも言えない声の調子が、その美貌を間の抜けたものに見せていた。

「えへへ、初めて中に入れてもらえました。今日はお話してくれるんですか？」

普段から感情を顔に出さないタイプなのだろう。口元をほんの少し緩めて目を細め、控えめな微笑を浮かべて小首を傾げた。これだけ邪険にされているにもかかわらず、苛立ちどころかそんな表情を見せる彼女を見ると、もはや小馬鹿にされているようにすら思えた。

そんな子ではない、と内心で気付いていながらも、苛立ちだけが募る。

八つ当たりだと知っていたし、理不尽な真似をしていると知っていた。けれど感情は制御出来ず、苛立ちをそのままに口にする。

「……手合わせ、付き合ってくれるかしら」

「手合わせですか？」

「そう。手合わせ」

椅子から立ち上がって、彼女を睨み付けると、困り顔を浮かべたベリーが顔を覗かせる。

「お嬢さま……クリシェ様は少し手を痛めてますので」

「クリシェに聞いてるの。ベリーは黙ってて」

そう告げると、クリシェは少し考え込み、セレネとベリーを交互に見た後、口にする。

「ベリーさん、クリシェは平気です。それにクリシェ、お嬢さまとお話したいですし……」

それから良いことを思いついたと言いたげに、ぽん、と拳で左手を叩く。

「あ、じゃあ、手合わせが終わったら、クリシェとお話してくれますか？」

脳天気に微笑むクリシェの顔が益々気に食わなかった。

答えないまま、視線を逸らして廊下に出ると、二人を無視して階段を降りた。

「え？　あの、お返事は……」

着替えるくらいはするかと思ったが、彼女は慌てたようにベリーと共に降りてきて、ネグリジェの長いスカートを揺らしたまま庭までついてくる。

そんな格好で、セレネの手合わせに付き合うつもりらしいことに苛立ちが更に募るのを感じながら、置かれた棚から練習用の剣を手に取る。

そして彼女も慌てて剣を取るのを見て、月明かりの下、距離を開いて向かい合う。

「お嬢さま、やはりこんなことは――」

「あなたは黙ってて。……準備はいいかしら？」

「えーと、はい、いつでもいいのですが……」

欠片の緊張さえもなく、答える様子がやはり気に食わない。

セレネは剣を持つ手が白くなるほどに力を込め、そんな彼女を睨み付け――その視線を受け止めるクリシェは困った様子で考え込む。

セレネとお話、はこの素晴らしい環境を与えるボーガンの要求である。

こなさなければならないクリシェの重大な役目であったが、かれこれ一週間断られ続け、その要求を未だ叶えられずにいる自身に情けなさすら感じていた所であった。

ボーガンもベリーも、毎度冷たい言葉を浴びせられ、追い払われながらも諦めないクリシェに深く感謝していたが、クリシェの判断基準は基本的に自分である。

無理をしなくていいという二人の言葉を気にもせず、今日も懲りずに彼女の所へ訪れ、そうしてようやく巡ってきたチャンスであったが、何やらセレネは非常に不機嫌そうな様子であった。

果たして何か怒らせるようなことをしたのだろうかと首を傾げるも、ここに来てからというもの、機嫌の良い彼女というものを見たことはない。単にまだまだクリシェの働きが足りていないということなのだろう、と納得しながら彼女を見つめる。

セレネはボーガンと同じく肉体拡張の術を身につけていたが、彼に比べて無駄の多い魔力の動き。構えにも隙が大きく、無意味に剣を握りしめていた。

ボーガンよりも遥かに劣るセレネが、どうして自分に手合わせを希望したのか。

セレネの複雑な心境や苛立ちを理解出来ない彼女は、要するに稽古をつけてほしいということなのだろうと短絡的に考え、微笑みながら指を立てると、教え聞かせるように口にした。

「えーと、お嬢さま、右手と左足に魔力を集めすぎてますよ」

セレネの構えは右足を前に出した正眼であり、そこからの初動は左足を蹴り、大きく踏み込んでの袈裟斬り。魔力の入り具合から、容易く次の行動が見て取れた。

「……はぁ？」

露骨に顔を歪め、紅潮させたセレネの反応。意味が分かっていないのだろうか、と首を傾げ、前までクリシェが使っていた、分かりやすい言葉で言い直す。

「ん……そのですね、右足の、後ろに逃げるためのふよふよが少ないです。それだと前に踏み込む時以外に使えませんから……そうですね」

クリシェは流れるように踏み込み、セレネの首に向けて剣を払う。ベリーが悲鳴を上げかけるも、刃は首の寸前でぴたりと止まり、セレネは完全に、それから遅れて後ろへ飛んだ。

　引き足となる左は踏み込む際に利用できても、後ろへ跳んで躱す際には利用がし辛い。

「それでは今のように一手で詰んでしまいます。でも――」

　セレネの右足に魔力が移るのを感じ取ってから、同じようにクリシェは踏み込む。今度はクリシェの刃が届く前に、セレネは後ろに跳んでそれを躱した。

「前に出す足にふよふよを移せば、まず一手目を躱すことが出来ます」

「こ、の……っ、何様のつもりよ！」

「何様……えと、お嬢さまの稽古を付けてるつもりなのですが……」

「誰が、そんなこと……っ！」

　セレネが声を張り上げ、逆に踏み込み――しかしクリシェは動かずにそれを見切って空振らせると、剣の切っ先をセレネの首に突きつけ微笑んだ。

「今度は逆ですね。踏み込みの足にふよふよが足りません。それに、変に力が入ってしまってふよふよの力を殺してしまってます」

　セレネは大きく後ろへ跳び、肩を揺らして呼吸を整える。始まったばかり――この一瞬の攻防で、既にセレネは額に汗を浮かべていた。

「ふよふよは自由に使える強い筋肉のようなものですから、それを殺さないよう体の力は抜かないといけません。変に筋肉を使おうとするとふよふよの動きを邪魔してしまいますから。クリシェは最初から、体の力は全部抜くようにしてますよ」

　クリシェが語るのは肉体拡張と呼ばれる魔術について。

そして肉体拡張とは魔力によって、仮想の筋肉を構築すること。魔力保有者が文字通り体内に保有する、魔力という半物質的なその力を操作することで、筋肉の収縮や伸張を魔力に代替させる。

当然、力を発揮するのに力みなどは必要なく、実際の筋肉の動きはむしろ、仮想筋肉の動きを邪魔する障害となることが多い。

しかし咄嗟の筋肉の強張りや力みは無意識下で起きるもの。それを完全に消すことは不可能で、達人と呼ばれる者達もそこに限りなく近づけるよう生涯を通して修行する。

だが目の前にいる歳の変わらぬ少女は、セレネが理論としては知っている肉体拡張の完成形ともいうべきものを、いとも容易《たやす》く見せていた。

完璧なまでに無駄のそぎ落とされた肉体拡張。

それは術者のイメージを、そのまま動きとして投影する。

――まるで、魔力と意思によって操作されるからくり人形のように。

「なんなのよ、あなた……」

クリシェは完全な自然体。その体のどこにも力みはなく、強張りもなく、当然のように肉体拡張の深層までをも極めているように思えた。

「……？　クリシェはクリシェです」

「そんなことを言ってるんじゃ、ないわよ！」

激情と共に踏み込んだ、セレネの渾身の一刀を易々と躱す。

「今のはちょっと大振りですね。もうちょっと剣はコンパクトに振った方が良いでしょうか」

そして、丁寧な口調でクリシェは改善点を指摘する。

「っ……」

まるで数式の間違いでも指摘するように、クリシェは平然とセレネの問題点を口にする。

遙かな高みからセレネを見下ろし、全てを観察するように。

剣を持てるようになってから、セレネは毎日剣を振った。手の皮が擦り剥けても、体調を崩しても、文字通り血の滲むような努力をしたつもりだった。

目標は遙か先にあっても、それでもセレネは自分の成長を実感していた。

努力を重ねるほど、理想の剣に一歩近づくほどに。

昨日は振れなかった剣が振れれば喜び、その小さな成果を糧にしてまた努力を重ねて着実に。少なくとも同年代でセレネに敵うものはいなかったし、それだけの努力を重ねたという自負もあった。

だが、目の前の少女は、そんなセレネの努力をあざ笑うかのよう。

大人相手に十分という話ではなく、王国有数の戦士である父に対して挑むどころか、真っ向から勝負さえ行えるのだ。こうして対峙して感じるのは、父やその部下達に挑む時のような、その力量さえ推し量ることの出来ない、途方もない実力の隔たり。

セレネよりも小さな少女は、霞んで見える山の頂きに立っていた。

地を這うようなセレネの努力など、彼女から見れば誤差にもならないのだろう。必死で積み重ねてきたものが無価値になるように思えて、負けを認められずに踏み込む。

「んー、速い剣を振ろうとするせいで、体勢を崩しちゃうのが良くないですね。そうやって一本で決めようとせず――」

「――うるさいっ！」

しかし、眼前の少女はそれを、明確に示してくる。

セレネが剣を振れば、彼女は躱し、指摘する。

二の太刀を振るわせることなく間を取り、あるいは振るわせぬように反撃に移る。

躱すので精一杯なセレネを、そのどこか無機質な紫の瞳で眺めながら、お互いの刃が届かぬタイミングで、すらすらとクリシェは問題点を吐き出していく。

遥か高みからの言葉であった。セレネが無意識に感じ、しかし何が原因かも分からなかった問題点を明確に彼女は指摘する。聞かないつもりでもその音を拾ってしまい、セレネの体は半ば無意識にそれを修正しようとし、驚きと悔しさがない交ぜに。

敵わないなんてことは、手も足も出ないなんてことは、やる前から分かっていた。

それでも自分の敗着となる一撃を認められず、セレネは動き続け、躱して、受けて、剣を振り――

しかしそれも長くは続かない。

体力の限界が来て、悔しさに涙が堪えきれなくなったからだった。

「え、と……、大丈夫ですか?」

「ひ、ぅ、うるさ、ぃ……っ」

唐突にしゃがみ込み、泣き出したセレネを見て、クリシェは困惑する。

やりすぎただろうか、とも思ったが、クリシェとしては非常に優しい指導をしたつもりである。感謝をされても泣かれる理由が見当たらない。

どうしたものかとひとまず剣を置いて、クリシェはその体を抱きしめる。

「やめ、やめてよ、なんで、あなたなんかに……」

「泣いてる子にはこうしなさいって、クリシェ、かあさまに教わりましたから」

クリシェは母に教わったことを思い出しながら、泣く子をあやすように頭を撫でた。

セレネは当然暴れたがクリシェは手を離さず、村の子供にやっていたように、頭をぽんぽんと叩きながら彼女をなだめて微笑む。

ベリーはおろおろと二人に目をやりつつも、自分が手を出すべきかどうかを迷いながら、そんな彼女達の様子を黙って眺めた。

「お嬢さまがなんで泣いてるのか、クリシェにはよくわからないですけれど」

クリシェはそう続ける。次第にセレネも暴れるのを諦め、身を任せて力を抜いて、ただみっともない声を上げないようにすすり泣く。

「クリシェは全然お嬢さまとお話が出来てませんから、出来れば早く泣き止んで、お話させてほしいです。泣いてるとお話出来ませんし、折角お嬢さまから声を掛けてもらったのに、今日もお話出来ないというのはちょっと残念ですから」

「話……?」

「はい、クリシェはお嬢さまとお話したかったのです。クリシェ、一週間も前にご当主様にお願いされたのに、まだ全然お嬢さまとお話出来ていませんから」

馬鹿じゃないの、とセレネは言い、鼻を啜る。

「話、話、って、一体わたしと何の話をする気なのよ……」

「……あ」

そう言えば考えてませんでした、とクリシェは頬を赤らめた。

その言葉にセレネは泣きながら呆れ、尋ねる。

「……あなた、この一週間馬鹿みたいにわたしの所に来て、酷い扱いされて、わたしのこと嫌いじゃないの？」

彼女が来る度、邪魔、迷惑、と応じることなく追い払い、初対面から嫌味まで言った。

馴染んだ村から出てきて、新たな環境に戸惑っているであろう彼女への気遣いなんてどこにもなかったし、自分の勝手な都合で、最低のことをしたという自覚がある。

だというのに毎日、『お嬢さま、クリシェとお話しましょう』などと微笑を浮かべて堪えた様子もなく、彼女は今も、それを気にした様子など欠片もなかった。

「……？　クリシェは酷い扱いをされた覚えはないのですが……」

「どれだけ脳天気なのよ、あなた……」

「のーてんき……？」

クリシェが考え込むと、セレネが鼻を啜って嘆息した。

「もう……こっちが馬鹿馬鹿しくなってくるわ。何だか、一人で、馬鹿みたい……」

「沢山お勉強してますし、お嬢さまは多分、クリシェより賢いのではないかと思うのですが」

「そういう意味じゃないわよ、ああ、もう……」

呆れた様子のセレネにクリシェは首を傾げ、月が昇った空を見上げる。

外は肌寒い。

そろそろ戻りたいクリシェは、どうしたものかとベリーを見る。

彼女はきょとんとした後、柔らかく微笑んで、落ちていた剣を回収し、ひとまずお部屋へ戻りましようかとクリシェに言った。クリシェは頷くとセレネをそのまま抱き上げる。

「な、何するのよ、離してちょうだい、一人で歩けるわ……っ」

「ふふ、クリシェ様、そのまま抱っこでお部屋まで連れて行ってあげてください。わたしもこれを片付けた後で向かいますから。ちょっと遅いですが、お茶としましょう」

「はい……っ」

クリシェは嬉しそうに頷くと、セレネを抱いたまま歩き出す。

当然恥ずかしがって暴れたセレネであったが、ベリーの要求はクリシェにとって、彼女の要求よりも重要だった。


セレネは泣いているところを見られたせいか、抱っこで連れて来られたせいか。部屋に戻ってもしばらく不機嫌で、顔を真っ赤にしたまま頭からシーツを被っていた。

ベリーはそんな彼女を無理矢理引きずり出すと、クッキーを用意し、紅茶を注いでちょっとした夜のお茶会を。甘ったるい紅茶を飲みながら、話すことの思い浮かばなかったクリシェは先ほどの稽古についてのおさらいをし、セレネは渋々ながらもそれを聞く。

クリシェの説明は簡素に過ぎるか難解か、上手とは言えないものではあったが、少なくとも指摘は驚くほどに明瞭であった。些細な癖から咄嗟の判断、どれが良く、どれが悪かったかを明確に示す。

セレネ自身熱を注ぐ剣のこと、そうした話には無関心ではいられない。

次第に彼女も質問をするようになり、そしてその内に質問はクリシェがどういう風にその技術を得たのか、どういう風にこれまで生活してきたのか、という内容に変化した。

村を出るに到った経緯――賊の襲撃と両親の死。

淡々と語るクリシェに感情の色は見いだせなかったが、しかしその内容は悲惨なもの。こうして屋敷で楽しそうに過ごしているのも不思議なくらいであった。

「――それでクリシェ、村を出てお屋敷に来ることになったのですが……」

「……そう。大変……だったのね」

「大変……んん、まぁ終わったことですし、残念ですが仕方ないことです」

あえて語られていないのだろう、彼女の心中に様々な後悔や苦悩、深い悲しみをセレネは想像し、そんな彼女への己の仕打ちを恥じ入るように目を伏せる。

「……ごめんなさい。本当に最低だわ、わたし。勝手にあなたに嫉妬して、八つ当たりして」

「嫉妬……」

「自分にあなたみたいな才能があればって、羨ましかったの。わたしよりあなたの方が、ずっと辛い思いをして、大変なのに……酷いことばかり言って」

嘆息するセレネに、クリシェは首を傾げて考え込む。

「ん……さっきも言いましたが、クリシェ、お嬢さまに酷いことを言われた覚えがないのですが」

「……あなたがびっくりするような鈍感だってことくらいは流石にわかったけれど、お願いだから素直に謝らせてちょうだい。わたしの立場がないの」

半ば呆れ気味の言葉に、困ったようにクリシェは答えた。

「ですが、やっぱりお嬢さまに謝られるようなことをされた記憶もないですし……」

「だから、あなたが良くてもわたしが良くないの」

「でも、クリシェは全然気にしてもないのに、謝ってもらうのは変な気が……」

「そういう問題じゃないって言ってるの！」

そうしてクリシェは酷いことをされた覚えはないの一点張り。

セレネもセレネで意地があり、両者引かないまま時間が過ぎ——それを聞いていたベリーが苦笑を浮かべて両手を叩く。

「まぁまぁ、お二人ともその辺りで。もう遅いですし、今日はこれでお開きとしましょう」

「何であなたが決めるのよ。話はまだ——っ⁉」

「お話の続きはベッドでどうぞ」

そう言って二人を無理矢理立ち上がらせると、そのまま二人を同じベッドに放り込む。

「子供はもう寝る時間です。……クリシェ様、今日はお嬢さまと一緒にお休みを」

「えぇと……はい……」

「あなたね……」

「ふふ、クリシェ様もお疲れみたいですから。お休みなさいませ、お嬢さま」

睨み付けるセレネを無視して、ベリーは嬉しそうに笑みを浮かべて部屋を出て行き、

「……もう」

その話の続きが話されることはなく。

ぬくぬくとした抱き枕を手に入れたクリシェはすぐに寝入り、セレネもそれを呆れたように眺めているうちに、疲れていたせいか、いつの間にか眠りに入った。

翌朝セレネが目覚めても、クリシェはすやすやと幸せそうに寝入っていた。

それを見たセレネは何もかもが馬鹿らしくなって、苦笑し、クリシェの頭を撫で、クリシェは薄目を開けて寝ぼけたまま瞼《まぶた》を擦る。

そして、おはようございます、お嬢さま、とふにゃふにゃとした声で挨拶した。

「……セレネ、でいいわ」

「せれね……？」

「……そ。これからは姉妹で、あなたはわたしの妹なんだもの」

ばつが悪そうに頬を染めて目を逸らし、そう伝えると抱きしめる。

それから彼女の顔を胸に押しつけ、ため息を。

「……まだ早いから、もう少し寝てなさい」

「はぃ……」

また頭を撫でてやると、クリシェはそのまま抱きつき、幸せそうに眠る。

クリシェの寝息を聞きながら、いつの間にかセレネも二度寝し深く寝入り、苦笑したベリーに起こされるまで久しぶりの惰眠に耽《ふけ》った。

『少女の瑕《きず》と、望むもの』

村と街の厳密な違いは貴族の管理する役所の存在で、役所は徴税や公共事業を行なうほか、人口管理なども行なっていた。

無節操に人を受け入れれば、すぐさまそれは治安の悪化に繋がるためだ。

街というものが貴族の住まう土地である以上それは防がねばならないし、過剰な受け入れを行なえば、土地も何もかもが足りなくなっていく。そのため役所が人間の出入りを管理しており、街に住む人間は商人や職人などの技術職がその大半を占めていた。

主にそれは手続きの問題で、街に住むには比較的厳しい役所の審査を通らねばならないし、当然何のコネクションもない人間がおいそれと居住権など得られるものではない。

街での生活を望んだ田舎の人間は必ずその身元を保証する相手を必要とし、そしてそれを通過するためには役所にパイプを持つ商会や職工組合の力を借りるのが一般的。基本的に彼らは街に住む職人や商人に弟子入りを願うことになり、親方を通じて届け出を出してもらう事が多かったため、自然と街の人口比率はそのように偏った。

そして貴族達も識字も出来ない事が多い一次生産者ではなく、一定の技術と教養を持つそうした専門家達を街の住人として求めている。治安的観点、経済的観点の両面からそうした街の発展は歓迎するべきもので、極端に偏ったその職業比率も特に問題視はされておらず、商会や組合の申請は問題なく受け入れることが多い。

無論、街に集中する経済。地方の村落との格差は大きくなる一方であるが、彼らの大半は農業や狩りで自給自足で生活が成り立っていた。そもそもからして森や平原を駆けて過ごす、豊かな街の生活を知らない――あるいはその閉塞的な環境を嫌う者達。税での締め付けさえ間違えなければ特に問題も起きず、そうした仕組みは安定を見せていた。

「ベリー、あれで良かったのでしょうか……？」

セレネのお下がり、白いワンピースドレスを身につけたクリシェは、役所から出ると尋ねる。

役所に入るとすぐさま個室に案内され、何人かの役人――貴族達に挨拶を受け、ベリーに言われるまま書類にいくつか習ったばかりのサインをした程度。仕組みを事前に聞いていたクリシェとしては拍子抜けなほど、あっさりと手続きは終わった。

「はい。身元を証明するためのちょっとした手続きですし、何かあった時のため、役所の方に顔を覚えておいてもらうというのが目的でしたから」

ベリー、という響きに満足そうな笑みを浮かべながら、大きな籠を腕に提げた使用人が答える。

セレネがクリシェに自分の名を呼び捨てるように言ったのが切っ掛け。

『お嬢さまを呼び捨てになさるとあっては、使用人のわたしがさん付けというのも』などと、しばらくしてベリーは、クリシェに自身を呼び捨てさせるようにしていた。

「何かあった時のため……」

「この子に限って何か、なんてないだろうけれどね」

分厚い布の赤いクロースアーマーと、裾が絞られ腿《もも》の膨らむ乗馬ズボン。適当に高い所で結った金の髪を馬の尾のように揺らしながら、セレネは呆れたようにそう告げる。

ボーガン＝クリシュタンドは大貴族として数えられる辺境伯であり、北部一帯の軍を任される北方将軍。絶大な武功を重ねこの地位まで駆け上がった英雄であった。

街を管理するのは別の貴族であったが、武勇が重んじられるこの国においてその名声を知らぬものはいなかったし、誰もがクリシュタンド家と聞けば襟を正して敬意を向ける。

そんなクリシュタンド家の養女、クリシェに対する手続きなどあってないようなもの。

わざわざこちらから役所に訪れるまでもなかったし、放っておいても向こうから挨拶に来て、屋敷で手続きを済ますことも出来ただろう。

それに貴族とは全ての王国民にとって絶対的なる王が選んだその臣下。その中でも大貴族、クリシュタンド家の令嬢に対して、誘拐、監禁などと良からぬことを企てるものはまずいない。

それは絶対的君主たる王が定める、その権力構造への反逆と見なされるからであった。

かつて王族に連なるものがそのように連れ去られた結果、それが起きた都市では住民の三分の一が処刑。周辺地域でもそれに近い『狩り』が行なわれ、それを行なったグループと親交があった商人や下流貴族を含め、多くのものが処刑されることとなった。

貴族や王族に対する犯罪はそれほどまでに重いもので、そしてそれは誰もが知っている。

万が一そんな常識さえ知らない間抜けがいたとしても、クリシェは見掛け通りではない。その程度の人間がどうにか出来る存在ではなかった。

「一体この子がどんな犯罪に巻き込まれるのか教えてほしいくらいだわ」

「まぁ、そんな意地悪なことを。挨拶も礼儀も大事なこと、良いではありませんか。それに、ついて来たいと仰ったのはお嬢さまの方ですよ」

「わたしは役所に来たかった訳じゃないの」

そんなやりとりをクリシェは見つめ、首を傾げ。

ベリーはそれに気付くと苦笑して、クリシェの頭を優しく撫でた。

二人が何の話をしてるのか一人よく分からないままであったが、その心地よさにどうでも良くなりベリーへ身を寄せ頬を緩め――そんな彼女に笑顔のセレネが尋ねる。

「ね、クリシェも自分の剣欲しいわよね？」

「えーと……はい……」

クリシェの中で手続きはおまけ、一番の目的は食材の買い出しに付き合うことであった。

だが、その話を聞いたセレネは自分も同行すると言いだし、ついでにクリシェの剣も見に行きたいと提案。既にセレネの中で今日一番の目的はクリシェの剣を買うことになっているらしく、クリシェは昨日も色々遅くまで剣についての熱心な話を聞かされていた。

いるかいらないかで考えるなら当然あった方が嬉しいが、クリシェとしては剣を見るより早く市場の食材を見たい。鍛冶屋行きに乗り気なのはセレネだけである。

「はぁ……やっぱり、もうしばらく後でも……」

「すぐに作れるものじゃないんだから、必要になった時にないっていうのも困るじゃない。あなたも見たでしょ？　この子の剣は普通じゃ考えられないくらいすごいんだもの。その腕に見合ったしっかりとしたものを持たせておきたいわ」

上機嫌なセレネを見て、ベリーは諦めたように嘆息する。

あれほど剣の腕が立つクリシェが自分の剣を持っていない、というのはどうにもいけない。クリシュタンドは将軍の家で、そしてクリシェはボーガンですら勝ったのは運が良かっただけだと言わせるほどの腕がある。当然それに見合った剣を与えてやりたい——というセレネの意見には、ベリーもあまり強くは反対出来ない。

忙しいセレネがこうしてクリシェと過ごす時間を自分から作ろうとしていると考えればなおのこと。頑張りすぎるセレネに息抜きの時間を与えたいというのはベリーの前々からの希望であって、それも加味すればやはり仕方ないと思わざるを得なかった。

料理をはじめ、少なくともクリシェは家事を好む家庭的な少女。

彼女の剣が素晴らしいものであるとはいえ、そんな彼女に剣を持たせるというのはやはり、ベリーとしては快くは頷けないものがあったのだが、クリシェ本人も特に嫌がっている訳でもない。

「……わかりました」

結果としてベリーは渋々ながらも彼女に頷き、その希望に任せることにした。

そうしてしばらく歩いて、いくつかの通りを抜けると、見えてくるのは鍛冶区画。明確に役所から区画分けされているわけではないのだが、音のうるさい職人達は街の中では東の外れに固まり、そこに店を構えるのが暗黙の了解となっている。

そうでなくとも元々横の繋がりが強い職人達は、職人同士で近くに住みたがるもの。

剣一本作るのも刃を作れば終わりではなかったし、刀身を打つもの、鞘を作るもの、細工に革にと専門によって分業を行なうことが一般的。特にガーゲインは軍の訓練場が側にあるため、武具に鎧、軍事関係の装備需要が大きい。あらゆる工程に専門の職人が存在し、大量生産する関係から、職人組合が主体となり鍛治区画として管理していた。

一見すると混沌、様々な店が並び猥雑に見えるが、そこには一定の規則がある。木工職人はあちら、鍛冶職人はあちら、とある程度の住み分けがなされており、どの通りにどういう店が並んでいるかさえ覚えておけば、それほど迷うこともない。

「あそこに入るわよ。腕がよくて、昔からお父様と付き合いのある職人がいるの。わたしの剣もあそこで打ってもらったわ」

セレネが指で示したのは煉瓦造りの二階建て。鍛冶屋など火を使う職人の家は耐火性に優れた煉瓦造りのものが多く、多くの場合一階は店と工房。二階に住居が入っている。

その建物もその例に漏れないもので、同じような建物が等間隔で並んでいた。

外開きの簡素な扉を開けば、まさに武器職人の店といった風情。

中には無数の剣が無造作に、あるものは吊され、掛けられ、樽に差されて、陳列というにはあまりに雑な置かれ方をしていた。

綺麗好きなクリシェは見ただけで呆れたように眉を顰め、そんな彼女を見てベリーも苦笑する。

カウンターで欠伸をしていた青年は、三人を見ると慌てたように居住まいを正した。

「い、いらっしゃいませ！　セレネお嬢さま、今日はどんなご用で」

「コーズさんはいらっしゃるかしら？　この子に剣を一本、打ってもらいたくて」

「そちらのお嬢さま……ですか？」

痩せ身ながらも筋肉質な青年は、隣のクリシェに見惚れるようにしながら尋ねる。

クリシュタンドが一人養女を取ったという噂は既に街でも広まっており、それがセレネと変わらず大層美しいという話も聞いてはいた。

だが、銀色の美しい長髪と透けるような白い肌。人形のような無表情ではあるが、妖精の如き美貌はどこか現実感さえ失わせるもの。

そんな彼女の姿にこれは噂以上だと内心の驚きは隠せず、また、目の前の少女と剣という組み合わせに疑問をありありと浮かべていた。

「ええ、クリシェというの。この子も長い付き合いになると思うわ」

「はぁ……とりあえず呼んできましょう」

青年は裏の扉を開け、出ていく。親父、クリシュタンドのお嬢さまだ、と呼ぶ声が聞こえたものの、先ほどから裏手の方で金属を打つ音が聞こえている。

しばらく時間が掛かるだろう、とセレネはクリシェを見た。

鋼を打っているということは作業中。火で熱した鋼を打っているのだから、すぐに止められるものでもないし、身なりを軽く整えるだけでも多少の時間は掛かる。

「クリシェ。どんな感じのがいいか、今のうちに色々見て軽く考えておきなさい。あなたにだって好みくらいあるでしょ？」

「……好み？」

「すぐ使いこなしてたけれど、練習用の剣は流石に重たかったんじゃない？」

使っていたのは全長で三尺程度の標準的な長剣ではあったが、それはあくまで大人の標準。クリシェはそもそも五尺にさえ五寸は届かない小柄な体で、その上華奢。これから成長するにしろ、それほど大きくなるとは思えなかった。

魔力を扱い仮想筋肉を構築する体。

腕力自体はどうとでもなるものだが、生まれついての骨格ばかりはそうも行かない。女の体は男ほど頑強ではないし、体格に合わない剣を強引に振れば、最悪骨が折れることもある。

彼女に限ってそのような間抜けはするまいが、それでも軽いに越したことはないだろう。セレネが告げるとクリシェは少し考え込み、頷く。

「ん……そうですね。クリシェにはちょっと重かったです」

「もう少し身の丈にあった使いやすいものを注文すればいいわ。わたしも少し軽い、刺突に適したものをここで打ってもらったもの」

「……身の丈に合ったもの」

クリシェとしては事に足るなら拘りもない。振って殺せれば何でも良く、どんな形でも鋼で出来ていればそれで十分。そうした意味では彼女に武器の好みなどはなかった。

とはいえ先日、屋敷のキッチンに揃えられた見事な調理器具を目にしたことで、彼女の中にあったそんな考えも多少変わっていた。

包丁一本、鍋一つで大抵の料理は作れてしまう。

しかし、ベリーのような高度な料理を作ろうと思えば話は別。

素晴らしい料理を作るには調理法に適した上質な調理器具が必要で、そしてそれがあるから芸術的な料理を作り出せるのだ。実際にベリーの料理や様々な調理器具に大きな衝撃を受けていたクリシェは、セレネの言葉にも一定の理解を示した。

料理がそうであるならば、剣も同じく。

より効率良く殺すためには、より使いやすい道具が必要だろう。使いやすくて丈夫で便利。切れ味は良い方が良いし、体に負担がなく、疲れにくくて軽いものが良い。

適当に置かれた一本を手に取る。

幅広の長剣。丈夫に見えるが重量があり、切れ味よりも叩き斬ることに向いている。鎧ごと叩き斬るつもりなら悪くはないが、無駄が多い。

致命的な部位を狙って、軽く傷をつければ人は死ぬ。ナイフ程度でも容易く人は殺せるのだから、これはあまりに過剰であった。

これまでの経験とグレイスの死に様を思い出して、剣を置き。

周囲に並ぶ長剣達を眺め、尋ねる。

「長いのが多いですね」

「まぁ、武器の長さは間合いを広げてくれるし、技術の差をカバーしてくれるからね」

セレネは言いながら適当な長剣を手に取った。

「この辺りのは普段使いの護身用。普通は小剣よりもこういう長さの剣を持つ人の方が多いんじゃないかしら。戦場に出る兵士なんかは逆に小剣を使うことが多いのだけれど」

「……小剣？」

「兵士は戦列を組むからね、相手と密着した状態で戦うには取り回しが良い方が都合がいいのよ。長剣は間合いを取れてこそだから、戦列を組んで戦わざるを得ない兵士には取り回しの良い小剣。もちろん、彼らのメインは槍だけれどね」

武器の長さは間合いを広げ、間合いはそれだけ優位を作る。武器にとって長さは強さ。

とはいえ、単純に長ければ長いほど良いというものでもなかった。

例えば森で槍は使いにくいし、密集した状態では長剣を振るう隙間もない。長さという利点は欠点にも変わるもので、状況によってその強味はあっさりと弱味に変わる。

普段使いの護身用として長剣が好まれるのは、そのバランスの良さ故だった。

いくら槍が強くても日常的に持ち歩けるものではないし、取り回しも悪く融通が利かない。かと言って小剣ではあまりに長さが心許ないし、それが優位となる状況は特殊。

その点長剣は携行性と長さという点で護身用に持ち歩くには丁度良く、自衛用として好まれた。

この店に来るのは兵士ではなくその指揮官であったり、貴族や隊商護衛が主。

長剣が多くあるのもそれが理由であったが、クリシェとしてはやはり、ここに置かれているものはどれもあまりに重たすぎるように感じた。

普段持ち歩ける使いやすいもので、なおかつナイフよりも便利なもの。そう考えて思い当たったのは商人に扮した賊が使っていた曲剣である。振りは軽く手に馴染んだし、くの字に曲がった先端部分に刃が厚く、反りがあるおかげで切れ味も良かった。

湾曲した剣を探すべく周囲に目をやり、見つかったのは騎兵刀。騎兵刀と呼ばれるだけあり、その曲刀はやはり馬上からの片手振りを意識しているのだろう。

曲がっていて鋭いものの細く長く、耐久性には難がありそうだった。

うーん、と迷いながらそれを置き、そのまま次。槍やグレイブといった長物も置かれているが、携行性で問題外。刺突系の武器は一人を殺すだけならばともかく、刺したあとに隙が生じるだろうし、かと言って単なる長剣はやはり切れ味と重量に難がある。

好みと言われて考えて見るも、中々どれも一長一短。

セレネもこれはどうかしら、などと色々見せてくるものの、やはりクリシェの好みとは少し違う。

なかなかこれは、というものには出くわさなかった。

ベリーは興味深そうにナイフが置いてある辺りを見ており、恐らくは料理に使えるものがないかと考えているのだろう。クリシェとしても興味の比重はそちらにあって、剣などよりベリーと一緒に包丁やナイフなどを選びたいのが本音であったが、セレネがクリシェに剣を与えたがっている様子は見て分かるし、そうである以上無下《むげ》には出来ない。

しばらくそうして悩んでいると、奥からやってきたのは先ほどの青年と一人の老人。

「こんにちは、お邪魔してるわ」

「ああ……どうも、いらっしゃい。それで、剣を打ってほしいというのは……」

「この子、クリシェというの。お父様に打つのと変わらぬものを打ってほしいわ。そうは見えないだろうけれど、それだけの腕があるから」

「ふむ……」

禿頭無精髭の老人は、鋭い目でクリシェを見やる。

筋肉質で大柄、右肩は筋肉で盛り上がっていた。頬や腕には無数の火傷の痕があり、左足は少し引きずるよう。怪我をしている――いや後遺症か何か。立ち姿と雰囲気は一般人というには隙がない。

怪我で引退した軍人か、その辺りだろうか。

男がこちらを観察するのと同様、クリシェも老人を観察する。少なくとも老人の訝しむような目は、クリシェの実力のほどを測っているように見えた。

「ガーレン様の孫娘なのだけれど……ガーレン様のことは知ってるかしら？　コーズさんはガーレン様の古い部下だって聞いた気がするんだけれど」

「それはなんと、隊長の……ええ、仰る通り、若い頃に大変お世話になりました」

一転目は温かなものになり、老人はにこやかな笑みを浮かべた。

「そうとは知らず失礼を。お爺さまはお元気ですかな？」

「はい。今は村にいますけれど」

「そうですか……もしまたいらっしゃることがあれば、私のところへ顔を出してもらえるよう言っておいて下さいませんか？」

「わかりました」

老人――コーズは少し考え込むようにクリシェを見て、なるほど、と頷いた。

「ガーレン隊長からお話はよく。確かに聞いたとおり、立派でお美しいお嬢さんだ。……それで、どのような剣をお求めですかな？　まずは希望を聞きましょう」

「ん……小ぶりな曲剣が良いです。えーと」

先ほどのサーベルを持ってくる。

「これをぎゅっと短くして、刃を前に寝かせて、先端に反りがあって……鉈みたいに分厚くしたような感じでしょうか。少し前に賊が持っていたものを使ったのですが、良い具合でしたので」

「良い具合……」

「はい。鉈みたいに軽く振れば重みと反りで良く切れました。十人斬ってもそれほど切れ味は鈍っていませんでしたし……クリシェがちょっと雑に骨を挽いてしまっても軽く刃こぼれする程度で丈夫でしたから、使うのならそれがいいと」

平然と語るクリシェに青年と老人は眉を顰めた。人を斬り殺したことについて、まるで包丁について説明するかのような調子。子供が語るには歪な言葉であった。

先日も同様の調子で村であったことを淡々と説明されていたため、セレネとベリーは一瞬視線を通わせたものの驚きを浮かべることはない。少し悲しげなベリーの顔を見ながら、セレネが補足するように口を開く。

「クリシュタンドに来たのはそういう事情があってのことなの。腕はその辺りの腕自慢なんかとは比べものにならないんだけれど、村ではそのせいで、色々あったみたいで」

「……左様ですか。深い事情がありそうですな」

クリシェがそんな三人の様子に小首を傾げると、再び老人は口を開いた。

少なくとも、そうした事情については鍛冶屋のコーズがあまり深く尋ねることではない。

「……賊が使っていたとなると、蛮刀の類でしょうか。あまり好まれないもので店には出していませんでしたが……ケイズ、持って来い」

「あ、ああ」

青年は奥へと入り、すぐに一振りの曲剣を持ってくる。

クリシェはその形に頷き、それに似てます、と答えた。

「今は山に住む蛮族由来の剣でしてね。鉈のように刃先に重みがあり、切れ味鋭い。わしなどは良い剣だと思うのですが、この辺りではあまり好まれてはいません」

青年に手渡された曲剣は良く手に馴染んだ。

刃渡りは一尺ほど――全体として小ぶりな形。根元の方でやや前方にくの字に折れ、刃先にかけて反りが強まり斧や鉈のように重みが増す。

柄にも手が滑らぬようにか前方への多少の湾曲があり、握り心地が良く、その先には紐を通すのに使っていたのだろうリング。剣の重量バランスを保つ意味合いもあるのかも知れない。

引き抜き、軽く手の内で回して具合を確かめる。

「ちょっと振ってみてもいいですか？」

コーズが頷くと、響くは数度の風切り音。

無造作に振っているようで、しかしその剣閃は驚くほどに鋭く、速い。そして剣と同じく特殊な形をした革の鞘に戸惑う様子も見せず、クリシェはするりと鮮やかに納刀する。

おお、と青年から感嘆の声が響き、老人は目を見開いた。

そんな彼らを気にする様子も見せず、クリシェはセレネを見る。

「セレネ、これがいいです」

「えと、それがいいの……？」

「はい。クリシェの好みです」

セレネは呆れたようにクリシェの持つ剣を見た。鞘も柄も年代物で、随分と傷んでいる。

中古品であることは間違いなく、クリシェの手からそれを取り上げ、老人に渡す。

「これは売り物かしら？」

「いえ、昔参考にと購《あがな》ったもので。良品であることは間違いありませんが、仰せとあらば同じものを打ち直しましょう。これより良い品をお届けできると思います」

「じゃあ、お願いするわね。代金は弾むつもり……ベリー」

はい、とベリーは左腰のポシェットから革袋の財布を取り出し、金貨を三枚彼に手渡す。

老人と青年は少し驚きつつ、頭を下げた。

「それで足りるかしら？」

「ええ、十分過ぎるほどです。この金額に不足ないものを必ず、お届けしましょう。使い手が恩あるガーレン隊長のお孫さんとなれば、手も抜けません」

「ふふ、じゃあお願い。クリシェ、さっきの剣にこうしてほしいだとか、希望はある？」

「え……え、と……」

問われたクリシェはあっさりとベリーが支払った代金に固まっていた。田舎育ちのクリシェであっても、金貨の価値くらいは曖昧ながら多少理解している。

一枚でカボチャ数千個、いや、三枚ともなれば一万を軽く超えるのではないか――カボチャ換算した剣の金額に驚きつつ、セレネを見る。

「ぁ、あのっ、セレネ……？　クリシェはそんなに高い剣――」

「わたしが同じ値段の剣を持っているんだから、それより遥かに腕が立つあなたの剣が安物だなんてあってはならないことだわ。素直に受け取りなさい」

「でも、カボチャ、カボチャが一万個も……」

「カボチャ？　何でもいいけれど気にしないの。あなたはもう村娘のクリシェじゃなくて、クリシュタンド家の娘、クリシェ＝クリシュタンドなんだから」

「で、でも……」

なおも断ろうとするクリシェの額をセレネは指でつつくと、顔を寄せる。

「でも、も何もないの。お父様もクリシェにはちゃんとした剣を与えるべきだって言ってたんだから。……それにあなたもこれからは貴族の娘なのよ？　支払いで慌てふためくようなみっともない姿はお願いだから見せないでちょうだい」

「ま、まぁまぁお嬢さま……そうしたお話は後で。クリシェ様もひとまず、これはご当主様がお決めになったことですから」

「ご当主様が……」

「ええ、ですからお気になさらず」

困ったように苦笑して、ベリーは背中から柔らかくクリシェを抱いた。

「まぁ、その辺りは追々ね。……それで、希望は？」

「……、もう少し反りが強めで、刃先に重みがあった方が、その……好みです」

クリシェは仕方なく頷き、そう答えた。


「……剣一本でカボチャが一万個」

店を出た後もクリシェは衝撃から立ち直っていなかった。駄賃程度の小遣いで食材を購う毎日であったクリシェにとっては想像を絶する金額である。

銀貨を見たことはあっても金貨を見たことはほとんどなく、それを見掛ける時は精々、村の備蓄品を大量購入するときくらいのもの。大量の食材や資材を高々一枚で購えてしまう金貨の凄さを知っていたため、それが三枚も剣一本のために渡されるというのは衝撃である。

「あれくらいは普通よ。必要なものにはきちんとお金を掛けなきゃいけないの」

呆れたようにそんなクリシェにセレネは言う。

「……それに。あなたが気付いてるかどうかはともかく、キッチンにいくつも転がってる包丁なんか全部合わせたら桁が違うわよ。ベリーは給金をほとんど料理関係に注ぎ込んでるからね。いくらするかなんて計算もしたくないわ」

「そうなんですか……？」

驚きの目でクリシェが見ると、ベリーは苦笑し頬を掻いた。

「少しずつ良いものを、と長年集めてきましたから、まぁ……確かにそのくらいにはなるかもしれませんね。カボチャが十数万個は買えてしまうかもしれません」

「そんなに……」

「ふふ、勿体ないと思われるかも知れませんが、これはとても大事なことですよ」

ベリーは指を立てた。

「そうしてお金を回すことで職人さんにはゆとりができて、より良いものを作るために試行錯誤する時間が出来るのです。お金というのは単なる所有物ではないのですよ」

そして立ち並ぶ商店を手で示しながらベリーは告げる。

「例えば色んな食材を使ったおいしいお料理も、そうしたゆとりの中から生まれるものです。困窮している中ではお腹を満たすものを揃えるだけで精一杯でしょう？」

「……はい」

「貴族として大事なことは、彼らにゆとりを作ってあげること。貴族であるわたし達がそうして彼等にお金を使い、ゆとりを与えることで、彼等にもより良いものを生み出す余裕が生まれるのです。そしてそれは巡り巡って返ってくるもの」

経済とはそのようなものですよ、と笑って言った。

「わたし達のような貴族は彼らに比べて、色んな面で豊かです。でも、そうして多くを手にするのは単に贅沢するためではありません。手にした多くをそうやって、良いものを作れる人達に振り分けるお仕事のためと言えば良いでしょうか」

「振り分ける……」

「ええ。確かに剣を購うのに金貨三枚は大金ではありますが、そのおかげであの職人さんはより良いものを作り出すための試行錯誤の時間が生まれ、そして技術の追求に力を注ぐことが出来る訳です。それは決して無駄なことではないでしょう？」

ベリーは頭を撫でながら尋ね、クリシェは頬を染めつつ頷く。

「何のため、誰のために使うか、という点さえ間違えなければ、大金を払っても惜しむものではありません。わたし達の豊かさは、あくまで彼らに振り分けるために預かっているものですから、そのことを忘れて吝嗇《りんしょく》になってはいけません」

そして彼女は店に並ぶ食材達を示した。

「この街にある果実や食材がおいしいのも、そうしてお金が上手く回り、皆さんが良いものを作ろうとした結果。そしてそのために試行錯誤するゆとりを持てた結果です。……ほら、こう考えればクリシェ様にも身近に思えるのではないですか？」

「……思えるかもです」

クリシェのそれよりも、ずっと広く深い見識であった。

個人から村、村から街、街から社会。

一見無駄に思えることも、長い視点で見るならば無駄にはならない。子供に教育するのと同じでそういうものなのだろう、とクリシェは納得する。

「えへへ、ベリーは色んなこと知っててすごいです」

「そんなことは。人より多少、本を読んでいるだけですよ」

クリシェは頬を緩めてベリーに腕を絡め、仲の良さそうな二人の姿ををセレネは不満げに睨んだ。

「……仲がよろしいことね」

「ふふ、よろしければお嬢さまも如何ですか？」

「わたしはお子様じゃないの。それに、軍の人に見られたらどうするのよ」

そうして三人は、街の内外を分ける東門を抜けて外に。

見えてくるのは軍の訓練場であった。

利便性の問題だろう。鍛冶区画が東にあることもあってか、街の東側を出てすぐのところにそれは存在していた。区画を明示する程度の簡素な柵に囲まれた大きな敷地に、一階建ての兵舎がいくつも建ち並び、会議室などが入った少し大きな建物が三つ。革鎧を身につけた訓練かかしがあちこちに立っており、兵士達が陣形を組んで行軍や戦闘訓練を行なっていた。

マエへ、ウシロへ、ミギムケ、ヒダリムケ、ヤリヲカマエ、ツキダセ、と指示が飛び、その通りに動く兵士達。不思議そうな顔でクリシェはそれを眺め、首を傾ける。

「あれ、何をやってるんですか？」

「あれは新兵訓練ね。陣形を保ったまま指示の通り動けるように、ああやって繰り返すの」

「指示の通り……」

端から見ている分には何とも間の抜けた光景であった。言われたままに歩いて止まり、方向転換。何もいない場所に槍を突き出す様子はクリシェの理解の外にある。

「ふふ、間抜けに見えても、あれが軍では一番大事な訓練よ」

その心中を察したように笑みを浮かべ、今度は自分の番と言わんばかりにセレネは告げる。

「例えばあなたが戦場で千人に指示を出して動かさないといけないと考えてみて。街から引っ張ってきた素人千人に槍を持たせてね」

「素人千人……」

「クリシェは自分の手足のように彼らを動かせるかしら？」

無理です、とクリシェはすぐに首を振る。

クリシェの言うことをとても聞くとは思えない。

「でしょう？　指揮官がその人達をどういう風に動かして、どういう風に攻撃しようかと頭を捻って考えたって、その通りにその人達が動いてくれるとは限らない。例えばそうね、沢山敵の矢が降って来てるのに、前に進めと言われたらクリシェは嫌でしょう？」

「……嫌です」

「でも、前に進まないと矢の雨が降り続く一方。被害は大きくなるだけだから、彼らには前に進んでもらわないといけない。だから、ああいう風に彼らに覚えさせておくの」

考え込むクリシェに、セレネは再び苦笑する。

「絶対的なルールね。前へ進めと言われたら、仮に矢の雨が降って来ても前に進む。右を向けと言われたら、正面から敵が走ってきていても右を向く。そういう風に指示通り機敏に動くことを彼らにまず徹底して覚えさせないと、指揮官が千人の人間を思い通りに動かすなんて不可能だもの」

ふふん、とセレネは指を立てて続ける。

「どのような命令であっても、上位者の命令は必ず実行する。それが仮に死ねと言われるに等しい命令であっても、軍においてはそれが何よりも大事な原則。軍は個人ではなく、集団を重んじるからこそ軍たり得るの。誰だってもちろん命は惜しいけれど、怖いからと命令を拒否したり、逃げ出す兵士ばかりじゃ軍は成り立たない」

そして訓練を行なう兵士達を示して続ける。

「戦に負ければ、守るべき何十万人という人が犠牲になるわ。だから彼らはそれを守るために身命を賭し、指揮官を信頼して軍という組織に命を預ける。そして指揮官もまた彼らの命を決して無駄にしないよう、頭を捻って指示を出し、勝利に導く。そしてその指示と行動が円滑に流れるように、ああして単純な訓練からしっかり繰り返す」

理解できたかしら、とセレネは尋ね、クリシェは少し考え込んだ後に頷く。

「多分半分くらいは……」

「そ。まぁわたしもほとんど受け売りだけれどね」

セレネは言いながら、クリシェの頭をぽんぽんと叩いた。

「興味があるならクリシェも一緒にどうかしら？　訓練場、案内してあげるわよ」

「え、と……」

クリシェは目を泳がせ、ベリーが腕に提げる籠に目をやった。

多少の興味はないではないが、食材の買い出しとは比較にならない。救いを求めるようにベリーを見つめると、彼女は苦笑しクリシェを抱き寄せ、セレネに告げる。

「駄目ですよ、お嬢さま。クリシェ様にはわたしの先約があるんですから」

「食材の買い出しなんていつも行ってるでしょ。折角ここまで来たんだから、クリシュタンド家の娘として、お父様の仕事を知っておくべきよ」

「仰りたいことはわかりますが、クリシェ様には覚えなければならないことがまだまだ沢山ありますし、このひと月でようやく街やお屋敷での生活に慣れてきたところ。ただでさえ色々なことを詰め込んでいるところに、軍のことまでとなれば大変でしょう」

ベリーの言葉に、う、と口ごもり、視線を揺らす。

「お嬢さまのお気持ちは理解出来ますが、またの機会に」

「……わかったわよ」

拗ねたようにセレネは唇を尖らせ、ベリーは困ったように笑って告げる。

「お嬢さまこそ折角の機会、このまま買い物に付き合ってくださってもと思うのですが……ご当主様にはわたしが無理にお誘いしたとお伝えしますし」

「駄目。わたしもわたしで覚えることが山ほどあるんだもの。遊んでばっかりいられないわ」

「……拗ねてらっしゃいます？」

「拗ねてない！」

もう、と眉尻をつり上げベリーを睨み、それからセレネはクリシェに告げる。

「それじゃ、クリシェ。そういうことだから、また後でね」

「あ、はい……」

そうして訓練場の中に消えていくセレネを見送ると、ベリーが静かに溜息を一つ。目を向けるとベリーはまた、困ったような笑みを。

「残念ですが仕方ないです。行きましょうか、お買い物」

その言葉にクリシェは頷き、二人は再び街の方へ。

「あの、ベリー、クリシェはお買い物してても良いのでしょうか？」

「あら、わたしに付き合うのはお嫌ですか？」

「ち、違……っ」

「ふふ、冗談ですよ」

ベリーは笑ってクリシェを撫でた。

「お嬢さまに申し上げたとおりです。確かに勉強という意味では訓練場の見学の方が有益なのかも知れませんが……今のクリシェ様に大事なのは心のゆとり。もちろん、クリシェ様がお嬢さまのように、軍に入りご当主様をお助けしたいと仰るならばお止め出来ませんが……それはクリシュタンド家が武門の家で、ご当主様が軍人であるからでしょう？」

「……？　はい……」

「例えばご当主様が商人であったなら、クリシェ様は同じように商売の勉強をして、将来は商人としてご当主様をお助けしたいと思ったのではないですか？」

「……そうかもです」

少し考えつつもそう答えると、ベリーは苦笑する。

「大人になればいずれ、クリシェ様も何かのお仕事をすることになるのでしょう。そうした考えで将来を選ぶことも決して悪いことではありません。けれど、世界にはクリシェ様が知らないものがまだ沢山あって、クリシェ様が知らない沢山のお仕事があります。それを知らないままそうやって、将来を決めてしまうことは、もったいないないと思うのですよ」

「もったいない……」

「選ばされることと、選ぶことは違うことですから。例えばこのお買い物と同じです」

言いながら、ベリーは露店の食材を手で示す。

「同じ食材を選ぶにしろ、一個しかないカボチャをそのまま渡されるより、百個のカボチャの中から美味しそうな一個のカボチャを選べる方が、ずっとお得で嬉しいでしょう？」

クリシェは頷く。それはまさに、カボチャ選びの醍醐《だいごみ》味であった。

「今のクリシェ様は市場を見て回っている段階。隣にはもっと美味しいカボチャがあるかも知れないのに、それを見ない内に目に付いたカボチャに飛びついてしまうのはもったいないことです。最終的にそのお店のカボチャが一番だと思うのかも知れませんが、それを決めるのは他のお店を見て回ってからでも決して遅くはありません」

さっきの話とも通じますねとベリーは微笑む。

「早くご当主様のお役に立とう、だなんて考えなくて良いのですよ。幸い、クリシュタンド家は困窮している訳ではありませんし、クリシェ様に急いで働いてもらう必要もありません。折角時間があるのですから、色んなものを見て、経験して、将来ご自分がどんなお仕事をしたいのかを考えて、本格的な将来の勉強は、それからでも十分でしょう」

それから彼女は目を伏せた。

「本当は、お嬢さまにもこういう時間をもっと、作って頂きたかったのですが……」

「ベリーはやっぱり、その……クリシェやセレネが軍人になるのは嫌ですか？　そういう話の時、あんまり嬉しくなさそうですし……」

「嫌、という訳では……ただやっぱり、ちょっと不安なだけです」

困ったように言って、唇を人差し指でなぞる。

何かを考え込む時の彼女の癖だった。

「戦場はただ勝つために、どんなことでも正当化される恐ろしい世界ですから。クリシェ様のように人並み外れてお強い方であっても、ひとたび戦場に出れば、命を落とすような理不尽がいつ降りかからぬとも限りません」

「じゃあ……クリシェが誰にも負けないくらい強ければ安心ですか？」

「ん……少し難しいですね」

ベリーは立ち止まって腕を解くと、左腰のポシェットから革袋の財布を取り出す。

首を傾げるクリシェに見せつけるようにして軽く振り、尋ねた。

「クリシェ様、中に硬貨が何枚入っていると思いますか？」

「……？　えと……」

「間違ったら今日、クリシェ様はおやつ抜きです」

「え……？」

クリシェは明らかな狼狽を見せ、ベリーを見つめた。

「わからないと答えるなら今日のおやつはクッキー一枚です。そうですね、サービスで金貨、銀貨、銅貨の内、どれか一つの数でも当てれば三枚としましょうか」

クリシェは唐突な言葉に驚いたものの、革袋を見て真剣に考え込む。先ほどの音からすると二十枚は入っていた。全体を当てるのは難しい。比率からすると間違いなく金貨は少ないだろう。金貨は零もしくは一枚の範囲にあると思えたが、期待値の問題ではない。

間違えば今日、食べられるクッキーは零である。

熟考した後目を泳がせ、わかりません、と蚊の鳴くような声でクリシェは答えた。

それを見ていたベリーはくすくすと肩を揺らし、嘘でございますよ、と笑う。

「嘘……」

「はい、ちょっとしたお遊びです。これでは勝負になんてなりませんから」

言って革財布をポシェットに戻し、再びクリシェの手を取った。

「こういうことですね。たとえるならお財布の中が戦場で相対する敵。どれだけクリシェ様が賢くても、相手のことがわからなければ、あやふやな当て推量で考えるしかありません。でも、その選択を誤れば、それだけで戦は負けです」

ベリーは言って、目を細めた。

「どれだけクリシェ様がお強くても体力には限界がありますから、例えば一万人に囲まれればどうすることも出来ないでしょう」

戦場はそういう理不尽な世界なのです、と続け、彼女はクリシェを見る。

「無論、互いに相手の情報を得るため努力しますが、広い平原の会戦でもない限り相手の陣容がはっきりわかる訳ではありません。数がわかったとしても兵士の質や装備、士気が重要で、見掛けでこちらの数が多いからと言って、単純に有利とも限りません。相手も同じように勝つ気でいる以上、どこまで行っても博打《ばくち》は博打でございますから」

「……博打」

「ええ。……軍人は皆、勝利のために命を賭けないといけないのです。わからないからと賭けに出ず、決断を先送りにするのも一つの手ではありますが、そうなるとクリシェ様のおやつは毎日クッキー一枚だけとなってしまいますね」

苦笑して、ベリーはクリシェの頭を撫でた。

「相手だけがこちらの情報を得ることもありますし、そうなれば今のように理不尽な戦いを強要されることもあるでしょう。けれど軍人はそんな理不尽にも挑まなければなりませんし、お役目を考えれば逃げだすことも許されません。ですから、不安に思うのです」

クリシェはベリーを見つめ、静かに頷く。ベリーは困ったように微笑んだ。

「無論、クリシェ様が先日仰ったように、とても大切なお役目。クリシェ様やお嬢さまのお考えはご立派なものでしょう。それ自体を否定するつもりはないのですが……申し訳ありません。……少しわたしは心配性に過ぎるのかも」

「いえ、その……クリシェは、ベリーがクリシェのこと、そういう風に思ってくれるの、全然嫌じゃないです。謝るようなことでは……」

クリシェの言葉に、ベリーはまた困ったように苦笑し、礼を言って続ける。

「クリシェ様はお優しい方ですね。……それもあるでしょうか」

「……？」

「戦場は人の命が軽んじられる残酷な場所ですから。お嬢さまやクリシェ様のように、お優しい方が傷ついてしまうのが、少し……」

「傷つく……」

クリシェはその言葉に首を傾げ、

「アルガン様、お買い物ですか？」

響いたのは野太い男の声。見れば肉屋の店主であった。店の軒先には豚や羊、鶏の肉が吊られ、あるいは並べられており、これまでも何度か買い物に立ち寄っていた。

「ええ。ただ、今日は特にお肉は……」

「いやいや、今日はとても良い鶏が入りましてね。丁度買い物にいらっしゃるだろうとこっそり裏に隠してあったんですが……」

そう言って店の中から出してきたのは、言葉通り上等な鶏肉であった。毛を毟《むし》られた肌はつやつやとしており、丸々と太った肉は実に脂が乗ってそうである。

目にしただけでその味を想像し、クリシェは目を奪われる。

「本当ですね、良い鶏……」

「もちろん、お値段はいつも通りで……アルガン様にはいつもひいきにして頂いておりますから」

そう告げる店主に苦笑して、ベリーはクリシェに目をやる。鶏に目を奪われ、そしてベリーの視線に恥じらうようなクリシェを見ると笑みを深めた。

「クリシェ様もお気に召したご様子。では、二羽頂きましょうか」

「流石お嬢さまもお目が高い！　ありがとうございます！」

そうして喜ぶ店主に代金を払い、籠に入れると布で包んで覆い隠し、

「ちょっと贅沢ですが、一羽はまた丸焼きにしましょうか。クリシェ様もお好きなようですし」

囁くようにベリーが告げると、クリシェは頬を真っ赤に染めて頷く。

先ほどの話はあっさりと流れ、話題は今日の夕食と食材選びに。

アルガン様、アルガン様、とどこに行ってもベリーは笑顔で迎えられ、出される食材も良いものばかり。街でのベリーは随分な人気者だった。

クリシュタンド家が偉いから、ということとは無関係に、その雰囲気が好かれているのだろう。母――グレイスとどこか似ていて、いつも笑顔を絶やさず、声の響きも柔らかい。一緒にこうして過ごしていると、クリシェも何だか落ち着いて、心地が良かった。

どうしてそう感じるのかとは明確に言えないものの、他の人達も感じているのかも知れない。

青果売りの露店に近づくと男は軽く挨拶し、裏で包丁を振るって皿を差し出す。

「どうぞクリシェお嬢さま。この前お気に召したようでしたから、良いものを選んでおいたんです」

「えと……はい」

差し出された皿に乗っているのは小さく切り分けられたラクラであった。

ラクラというこの赤い果実は酸味が薄く、甘さばかりが際立つ果実。しゃりしゃりと林檎のような歯触りで美味なのだが、外側は随分と汁が多く、よく垂れるのが欠点である。

皮ごと食べられるということだったので、先日は何も考えず齧《かじ》り付き、軽くワンピースを汚してし

まうこととなり、この露店商には随分と謝られた。

それで今日は切り分けてくれたのだろう。

一つ口に運ぶと、じゅわ、と甘みが口の中に広がって、口元が緩む。

「……とっても美味しいです」

「そりゃよかった。この前は注意もせず、随分悪いことをしましたから」

「いえ……クリシェがお間抜けでした」

クリシェが頬を染め照れたようにすると、男は楽しげに笑う。

「どうでしょう、アルガン様。お詫びも兼ねて、いくらかお安くいたしますが……」

「クリシェ様を食べ物で釣るだなんて……もう。いくらか包んで頂けますか？」

「はは、ありがとうございます。それとついでにこっちも良いものが――」

ベリーとこうして買い物に出ると、クリシェに対する視線も柔らかいものになる。

村ではそれほど上手くやれた記憶がなかったし、ここに来て間もなく、それほど時間も経っていないクリシェがこうして受け入れられているというのも不思議であった。

先ほど鍛冶屋でガーレンの名前を出した途端雰囲気が変わったように、ベリーへの信用が、クリシェへの信用になっているのだろう。他者から好意を向けられることは良いことで、ベリーの存在がそれをもたらしていると考えれば、やはり尊敬の念は強まった。

ぎゅう、と腕を強く絡めると、どうかなさいましたか、と首を傾げる。

赤毛の下から大きな薄茶の瞳を柔らかく、そんな彼女に首を振り、クリシェは静かに頬を緩めた。

「大丈夫ですか？　クリシェ様……あんなに飲んで、お顔が真っ赤ですよ」

浴室——湯に浸かり、背中から柔らかくクリシェを抱きながら、ベリーは心配そうに尋ねた。

「えへへ、飲み過ぎちゃったかもです。でも、ジュースと混ぜるとワインも美味しいですね」

買い物から随分上機嫌であったクリシェは、夕食の際には苦手なワインに挑戦したいと口にして、ジュースで割ったワインを何杯も。ほとんどジュースのようなものであったが、随分と酒には弱いのだろう。元々の肌の白さもあるのだろうが、ほんの少量で顔が真っ赤になっていた。

酒精もあってか更にご機嫌な様子。

クリシェは大きな紫色の瞳でじっと、頭上のベリーを見上げて告げる。

「ベリーは何だか、かあさまに似てますね」

「……クリシェ様のお母様に？」

「はい。かあさまはベリーほど器用でも、頭が良くもなかったのですが……」

「そんなことはありませんよ。色々と知っているように見えるのも多くを学べた環境と経験のおかげ、
曖昧な微笑を浮かべて、ベリーは否定する。

大したことではございません。不得手なことの方が多いですから」

「そうなのですか？」

「ええ。クリシェ様に良いところを見せようと張り切っているだけですよ」

うーん、と考え込む彼女に苦笑し、尋ねた。

「でも、光栄ですね。クリシェ様のお母様はどのような方だったのですか？」

彼女がここに来るまでのことについて、改めて彼女に聞くことはなかった。大体の事情は聞いていたし、彼女自身に話させることは気が引けたためだ。

以前セレネに淡々と語って聞かせた時も、彼女は単にあったことを述べた程度。一見そのことを引きずっている様子はなかったが、だからと言ってその心中までは分からない。

両親を失い、母親に至ってはその死を目の前で眺めることになったのだから。

こうして笑顔で過ごしているのは奇跡的なことに違いなく、軽々しくそれを尋ね、どこかで彼女の触れてはならない部分を刺激してしまうのではないかと危ぶんでいた。

その内、彼女が自分から話したくなった時に聞いて、受け止めてあげれば良い。そう考えていたベリーには、彼女からこうして母親の話をしてもらえたことは嬉しかった。

「ん……とても真面目で一生懸命な人でした。お掃除やお料理だとかはその……ほんの少しだけ苦手だったりしたのですが、すごく働き者で、お仕事以外にも色んな人達のお手伝いをしてて」

「なるほど……とてもご立派な方だったのですね」

「はい。クリシェに沢山、色んなことを教えてくれて……すごく立派な人でした。後、ベリーみたいに色んな人から好かれるのがすっごく上手で」

「えぇと……人から好かれるのが上手……？」

理解しかねる言葉にベリーはオウム返しになり、クリシェは頷いた。

「商人さんも町の人も、みんなベリーを見ると何だか嬉しそうです。かあさまもそんな風にみんなから好かれていましたから」

「まぁ。ふふ、確かに皆様には良くして頂いておりますけれど……」

彼女の言葉は時々難解で、妙な言い回しを使うことがよくあった。

付け足された言葉にその意図を理解すると静かに微笑む。

彼女が時々漏らす話を聞けば、その両親の人柄はある程度理解が出来た。何かについてを説明すると、両親もそんなことを言ってましたと嬉しそうにする。

働き者で、真面目で努力家。あらゆる才覚に恵まれながらも、彼女はいっそ謙虚過ぎるほどに自分の能力を誇らず、驕らない。そんな彼女の性格も両親の教えから来ているのだろうと思え、とても善良な、素晴らしい人達であったのだろうとベリーは感じていた。

そしてそんな両親を尊敬している様子が、彼女の様々な言葉からも窺える。

「クリシェはそういうのすごく苦手で、かあさまが色々と教えてくれてたのですが、あんまり上手く行かなくて……村の人達からは何だか、嫌われちゃったみたいですし」

何気なく彼女が漏らした言葉に、ベリーは目を伏せる。

「かあさまはすごく立派な人で、みんなから好かれてましたから、そのおかげで多分、クリシェは嫌われずに済んでいたんだと思います。だから死なせてしまった途端にそんなことになって、もったいないことをしたとすごく後悔していたのですが……」

「もったいない、とは、その……」

言葉の意味が分からず戸惑うと、クリシェは平然と続けた。

「もうちょっとクリシェが気を回していれば、かあさまは死なずに済みましたから。クリシェとしてはとても残念でした。かあさまのことはとても気に入っていましたし」

そして、少し考え込むようにした後、微笑みながら口にする。

「とはいえ、今はこうしてご当主様やベリーのおかげでとても良い生活が出来てますから、結果的にはそれで良かったのかも知れません」

いつもの言い回しの問題だろうかと考えていたベリーは、今度こそ固まった。

明らかに、彼女の発言はそういうものではない。

「ベリー？」

クリシェは少し酔っているせいか。判断能力が鈍っている様子で、ベリーのそんな反応と声音に疑問を覚えることもなく、不思議そうに首を傾げる。

「……いえ」

ベリーは少し迷いながらも、再び口を開く。

「ですが、その、ご両親を失って……とても辛い思いをなさったのではありませんか？　今、も……」

尋ねる声は、やや上擦っていた。

「……いいえ？　近所のおばさまやおじいさまが食べ物は下さいましたし、生活に支障はなかったですから。今はこんな家で素敵な生活を送れてますし、全然辛くないです」

その言葉にもやはり、特に気にした様子もなく、クリシェはどこまでも正直に微笑み告げる。

微かな疑念が確信へと変わるのを感じて、ベリーは恐る恐る続けて尋ねた。

「その……クリシェ様。少し、質問をしてもよろしいでしょうか？」

「……？　はい」

「では――」

質問は村での事について。

勿体ない、残念――悲しいではなく。クリシェはそのような言葉を用いた。村で拾われて育ち、両親に愛され、実の娘のように育てられ、そしてそんな家族を不幸にも失って。

「――かあさまは首を斬られて血がいっぱい出てました。クリシェが押さえても止まらなくて……今思えば失敗ですね」

それでも彼女はそれを、何でもない事実のように答えた。

失われてしまった――けれどそれも仕方の無いこと。目の前の少女はそのように、事実を完全に感情から切り離してしまっている。

「あの時クリシェが構わず剣を投げつけて、さっさとガドさんを殺しておけば良かったのですけれど……そうでなくともかあさまの近くにいたんですから、他の人より優先して殺しておくべきでしたね。今思えば、色々と選択を間違えました」

後悔するような言葉はあって、けれどやはり、そこに悲しみの感情はない。母親の死に際など、普通であれば尋ねるのは憚られる内容であったが、尋ねられたクリシェは平然としていた。

「……クリシェ様は、人を殺すことが怖くはないのでしょうか？」

「……？」

少女は何を尋ねられているのかが分からない、という風に首を傾げた。

「はい。だって、クリシェは痛くないですし」

ベリーが頭の中で考えていた、悲劇の少女の物語。才覚に恵まれた少女が、賊から家族達を守るために剣を取ったという、小さな英雄譚。

概ね間違ってはいないものであったが、しかし、それは大きく異なった。

彼女が見た目通りの、普通の少女でないことをようやく理解して、ベリーは質問を重ねた。

「……賊を斬り殺した時も？」

「はい。みんなクリシェよりずっと弱そうでしたから。んー、でも、今思うとやっぱり、皆の前で決まり事を破っちゃったのは良くなかったですね」

「決まり事……ですか？」

「人を殺しちゃいけないっていう決まり事は村にもありましたから。クリシェは賊を殺すのも仕方ないことだと思ったのですが、やっぱり皆の前で堂々と破ってしまったのは良くなかったのでしょう。……色んな人に嫌われちゃった理由の一つだと思うのですが」

大して困った様子もなく、クリシェは告げた。

「自警団員じゃなかったのも良くなかったかも知れませんね。おじいさまや仲の良いおばさん達は、クリシェが悪いわけじゃないって言ってくれてましたし、それで罰を受けたわけでもないので、クリシェもちょっと良くわからないのですが……」

まだまだ勉強不足です、とクリシェは恥ずかしそうに頬に手を当てた。

「かあさまが生きてたら、それに関しても色々教えてくれたのかも知れませんが、残念です。良いことだとか悪いことだとか、クリシェ、いつもかあさまに教えてもらってたので……過ぎたことを言っても仕方ないのですけれど」

やはり悲しんでいる風でもなく、ごく普通の世間話のように。彼女との生活の中で微かに覚えていた違和感の正体をようやく理解し、ベリーは目を伏せた。

「そういうこと……」

少なくともベリーは、彼女のことを全く理解していなかった。

村での話を淡々と語り、鍛冶屋で平然と剣の使い心地を語ったのも、殺人という行為に対し彼女が何ら抵抗を覚えていなかったからに過ぎないのだろう。

『悪いねずみさんがいたので退治しておいたのです。これで七匹目でしょうか』

ここに訪れた頃、お掃除なのだとクリシェはこっそりねずみを捕まえて殺して回った。庭に埋めている所を見掛けて尋ねると、そんなことを口にしたのを覚えている。

自然の多い村で育てばそういうことにも抵抗がないのだろう。逞しいものだと考えていたのだが、彼女にとってそれはきっと、ねずみに限った話ではない。

彼女にとって、ねずみを殺すのも『良いこと』ならば、賊を殺すのも『良いこと』なのだと――人を殺しても彼女はきっと、それで済ませてしまえる人間なのだ。

そして、両親の死さえ、仕方ない、残念だ、という言葉で済ましてしまえたから、彼女は平然と、淡々と、ベリー達にその話を語って聞かせたに過ぎないのだろう。

少し変わってはいるものの、愛らしい、働き者の優しい少女。

そんな彼女の印象が根本的な部分で間違っていることに気付いて、目を伏せる。

「……おかわいそうな方」

ベリーはクリシェの細い体をぎゅっと抱きしめた。

「ベリー……?」

人としての何かが抜け落ちているのだとベリーは感じる。

彼女は非常に頭が良かったし、その思考は奇抜で独特。天才とは確かに彼女のことだろう。

しかしその反面、大事な何かが彼女からは抜け落ちていた。

ただ、抜け落ちてしまっているのは一部だけ――ベリーは話の中でそうも感じ取った。

「お母様との生活は、とても楽しいものでしたか？」

「はい。ベリーと一緒で、クリシェにとても優しかったですから」

「だから、お母様が亡くなって残念に思うのですか？」

「ん……そうですね。残念でした」

ベリーは悲しげに微笑みを浮かべて、クリシェ様、と声を掛けた。

「そういう気持ちを悲しいというのです。……少なくとも、皆はそう呼ぶことでしょう」

「……悲しい、ですか？」

「はい。クリシェ様には些細な違いでも、言葉は誤解を招きます。今後、そのようなことを尋ねられた際は、悲しい思いをしたとお答えください」

クリシェはいつぞやのガーレンの言葉を思い出し、頷く。

ガーレンもまた、クリシェに対し同じようなことを言っていた。

「……他人と会話が噛み合わなかったり、他人の言葉が理解できなかったり、なぜ喜んでるのか、悲しんでるのか、そうした感情がわからなかったり……クリシェ様はこれまで、そのようなことを度々感じてきたのではありませんか？」

「え……と、はい」

クリシェにとってはよくあることであった。自分の意図とは違った反応が返ってくることはいつものことで、クリシェの中では比較的重大な悩みの一つである。

——変な子。変わってる。おかしい。気味が悪い。

優秀であると特別視されるのとは違う、どちらかといえばマイナスの評価に入る言葉。

自分を指して告げられるそんな言葉をクリシェは何度も耳にした。

理想に反して自分の会話能力が高くないことは知っている。だから理由がない限り、基本的に他人へ話しかけないようにしていたが、かと言って黙っていたら黙っていたで、そうした『悪い評価』に繋がることも理解していた。

クリシェにとって、それはどうすれば良いかわからない難題だった。

好意や評価を得るには仕事という結果で返せば良いと思っていたし、基本的にはそうするのが無難ではあると考えていたが、それだけでは足らないのだろう。結果として村では失敗し、最終的に『悪い評価』が蔓延することになってしまった。

どうすればよかったのかとクリシェは思う。

「……ベリーも、クリシェのこと、変だって思いますか？」

——かあさま。クリシェは変な子なのでしょうか？　気味が悪いのでしょうか？　クリシェはどこがおかしいのか教えてほしいです。クリシェ、ちゃんと直しますから。

ずっと小さな頃、そう尋ねたことがある。

グレイスは変わっているのではなく、それは個性で誰にでもあるものだと言った。クリシェは全く変ではないし、悪くもないと抱きしめながら説明した。

そんなことは言わないでほしいと泣かれたもので、クリシェはそれから同じことを尋ねることはしなかったが、ただ、疑問だけは未だに残っている。

ベリーならばグレイスとは違った言葉を掛けてくれるように思えた。

グレイスよりもずっとベリーは賢くて教え上手。

だからふと、そんな質問を思い出して、口にする。

「……そう、誰かに言われたのですか？」

「はい、変な子で、気味が悪いってよく言われました」

ベリーはほんの少し、クリシェを抱く手に力を込めた。

「クリシェはクリシェのどこが変で、気味が悪いのかよくわかりません」

湯に映る自分の顔をぼんやりと見つめながら。

ぽつり、とクリシェはそう零した。

「ベリーが言ったみたいにクリシェはお話が苦手で、時々、他人の言ってることが理解できなかったりしますから。……そういうところが変だとか気味が悪いだとか、そういう風に思われてるんだろうというのはわかるのですが……かと言ってどうすれば上手くいくのかがわかりません」

言葉は言葉通りでなく、言葉以外の意味が含まれている。

態度が全てではなく、建前の裏には本音がある。

好意を向けてくれていると思った相手がその実自分を嫌っていた。そんなことはよくあることで、クリシェはその度、混乱して、色んな事が分からなくなる。

誰とでも仲良く上手な会話が出来れば、そうであれば、ずっと過ごしやすくなっていただろう。

けれどクリシェはその方法が分からない。

「……小さな頃かあさまに聞いたときは、それは誰にでもある個性で、クリシェは全然変じゃないって、そう教えてくれました」

クリシェは自分の指を弄び、

「でも、クリシェが色んな人から変だとか、気味が悪いって思われていることは知ってますから、それは何だか違うように思えるんです」

それから、ベリーの肩に首を預けるようにしながら、尋ねた。

「……ベリーなら、わかりますか？」

ベリーは少しの間黙り込み、考え込んで。

それからしばらくして頷き、そうですね、と口を開いた。

「……失礼ながら、正直に申し上げればわたしも、クリシェ様は少し変わった方だと感じておりました。多くの方が仰るような、普通、とは違うのでしょう」

そして続ける。

「きっと……クリシェ様のお母様もそう感じていたと思います」

「……かあさまも？」

「はい。そして最初に申し上げておくならば、その問題に見事な解決というものはありません。……とても難しい問題ですから」

難しい、とオウム返しに呟くクリシェを眺めて、続ける。

「……そうですね、クリシェ様はわたしが変わっている、と思われたことはありますか？」

「いいえ？」

間髪入れない言葉にベリーは苦笑する。

「ふふ、でもわたしはわたしでよく、変わっていると人から言われることがあるのですよ。良い意味、悪い意味を含めて」

「そうなんですか……？」

「ええ。クリシェ様と同じです」

指先で水面をなぞるように目を細め、ベリーは優しい声で続けた。

「……人とは異なる変わった部分、そこを良い意味に取られれば個性として受け入れられ、悪い意味に取られれば、気味が悪いと捉えられる」

湯をすくいあげるように掌を上げて、裏返し。

湯がこぼれ落ちる音が静かな浴室に響く。

「個性とは善し悪しが表裏一体のもので、受け止める側の心の持ちようで決まります。さっき明確な解決がないと申し上げたのは、こちらからはどうすることも出来ない部分があるからです」

そんな言葉に、そうですか、とクリシェは唇を尖らせ、嘆息した。

ベリーの聡明さをクリシェは疑っていない。

その彼女がそう告げるのならば、事実上解決策がないということ。試行錯誤を繰り返したものの、結局どうすることもできないのだと言われれば諦めるほかなかった。

「お母様もきっと理解しておられたのでしょう。クリシェ様をそのように……そうですね、がっかりさせたくはなかったから、そのように仰ったのではないでしょうか」

「がっかり……？」

「はい。クリシェ様を愛しておられたが故、です」

言いながら、ベリーは優しく頬を撫でる。

「……愛しているから、クリシェ様の笑顔を見れば喜びますし、逆にがっかりさせてしまうととても悲しくなってしまうのです」

「クリシェを愛していたから悲しい……」

考え込むクリシェに苦笑し、ベリーは尋ねた。

「時に、クリシェ様がわたしのお手伝いをしてくださるのはどうしてでしょう？」

「えと……クリシェにはお料理だけじゃなくて、沢山のこと教えてもらってますし、その……お茶とか……ぉ、お菓子、とか、クリシェ、沢山もらってますから」

お菓子の部分だけが小声であったが、辿々《たどたど》しくもはっきりと告げる。

嬉しそうにベリーは笑って、更に尋ねた。

「だから、わたしが喜ぶようなことをしてくださるわけですか？」

「……はい」

「ふふ、多分、クリシェ様は物事を難しく考えすぎてしまっているのでしょうね」

ベリーはクリシェの腰を掴んで持ち上げ、自分のほうへと向き直らせる。

そしてその顔の前で指を立てると微笑んだ。

「……クリシェ様はわたしの喜ぶことをしてくださいます。わたしは僭越ながら、そんなクリシェ様が大好きですから、やっぱりクリシェ様を喜ばせてあげたくなります」

頭を撫でて、視線を合わせ。

クリシェはどこか嬉しそうに、ベリーをじっと見つめる。

「逆に、わたしはクリシェ様をがっかりさせたくはありません。クリシェ様も……自分から聞くのは少し恥ずかしいのですが、わたしをがっかりさせたくはないと、そう思ってくださっているのではないですか？」

「はい……、あ」

ベリーはぎゅう、とクリシェを抱きしめ、それです、と力強く言った。

「それが好き、という感情です。好意が深まれば愛情となります。どちらも似たようなものですけれど、そのようなものとお考えください」

驚くクリシェにベリーは微笑む。

「……相手のことを思いやり、喜ぶことをしてあげたいと思う気持ちが愛情というもので、ふふ、クリシェ様にもちゃんとあるものですよ」

「愛情……」

苦労を負って、相手に無償の利益を与える行為がクリシェの中の好意である。

ぼやけたようなクリシェの定義。クリシェを庇って死んだグレイス。いつぞや、ガーラとの話で抱いた疑問。

色々なものが少しだけ、はっきりと形を成したように思えた。

「はい。そしてそのように愛情を向けるのであれば、その人の変わった部分を気味が悪いだなんて思いません。クリシェ様のお母様はクリシェ様の変わった部分を知りつつも、だからそれは個性であるのだと仰ったのです」

——だから、全然変じゃない、と仰ったのです。

続けられた言葉を聞いて、なるほど、クリシェは頷き、ベリーは微笑む。

「……わたしも、クリシェ様のそういう変わった部分が変だとは思いませんし、気味が悪いとも思いません。むしろ他の人にない、クリシェ様の魅力的な個性だと思います」

乳房に顔を押しつけられながら、耳をくすぐるのはそんな言葉。心地よさに体から力を抜いて、クリシェはそのままベリーに抱きつく。

「だからと言って、クリシェ様のその悩みが解決するわけではないでしょう。ですが、少なくともわたしはそう思っておりますし、これから先、その気持ちが変わることはありません。だから、そうした悩み事があったら、なんでもわたしに聞いてくださいませ」

笑みを浮かべて、はい、と頷くと、ベリーは少しして言った。

「クリシェ様はきっと、わたしや他の人とは違って、とてもお強い方なのでしょう。そのお心の強さ故に、時折、他人の気持ちが理解しづらくなってしまうのかも知れません」

「心が強い、ですか?」

「ええ。わたしは……そうですね。例えばご当主様やお嬢さま、クリシェ様が何かでそのお命をなくされるようなことがあれば、とても悲しく思います。辛くて、大好きな料理も手につかなくなってしまうでしょう。多くの人間は、近しい相手を失えばそうなります」

ベリーは少し沈んだ声で告げた。

クリシェは息子が死んだ時期のガーラのことを思い出して、多少の理解を見せ、頷く。

「多くの人間は、そういう気持ちを同じく心の弱いもの同士で共感し、慰め合うことで、少しずつ悲しみから立ち直り、ようやく生きていけるのです」

ベリーは言って、クリシェを見つめながら続ける。

「……ですがクリシェ様はその強さ故に、そうした感覚が理解しがたいのかも知れません。見方によっては精神的な強さ、それも良いことと言えるのかも知れませんが……わたしとしては、とても寂しいことのようにも思えます」

「寂しい……？」

「ええ。例えばクリシェ様は……わたしと一緒にお料理するのはお好きですか？　お一人でお料理することと比べていかがでしょう？」

「えと、はい、とても……ベリーは沢山料理を知ってて、新しいことを思いついたりするのがすごいですし、一緒にお料理をしてるとすごく楽しいです」

「ふふ、そう言って頂けると、何やら嬉し恥ずかしでこそばゆいですね」

ベリーは苦笑した。

「わたしとクリシェ様は同じ料理というものに魅了されておりますから。だからわたしもクリシェ様とお料理するのはとても楽しいですし、クリシェ様からもそう思って頂けているのでしょう」

ベリーはクリシェの手を取り、その人差し指と自分の人差し指を合わせた。

「……それは同じ気持ちで取り組んでいるからこそ」

それから指を離して続ける。

「もし仮に、わたしにお料理への興味がなければどうでしょう？　そんな楽しさを感じたりはしなかったのではないですか？」

「それは……」

クリシェはうーんと唸りながら想像し、そうかも知れません、と頷く。

「わたしとのお料理がお一人でお料理をするよりも楽しいと思ってもらえるとするなら、そこにはわたしの楽しいがクリシェ様の楽しいに乗っかっているからですよ」

楽しげに言って、クリシェの手に手を絡めた。

「……そういう原理が共感で、喜びは何倍にも膨れあがり、辛いことは和らぐもの。だからこそ、他者への共感を得にくいということは、少し寂しいことのように思えるのです」

「……なるほど」

クリシェは素直に頷く。

確かに、普段楽しいことが何倍も楽しめるとなれば、現状は何やら勿体ない気がしないでもない。

実際に、一人で料理をするよりずっとベリーとの料理は楽しいものであった。

「ほとんどの人間はクリシェ様ほど心が強くありませんし、寂しがり屋ですから。だから辛いことや楽しいことがあると、誰かに共感してほしくなります。でも、それが不要なクリシェ様にはそのことが理解しづらく、他の人から変わっていると思われる原因となっているのでしょう」

ベリーは少し考え込むように指先で唇をなぞり、頷き。

「……根本的解決とはなりませんが、まずはそうですね」

それから笑みを浮かべながら言った。

「楽しいことを共有する、というところから始めましょうか」

「楽しいことを共有……」

「はい。そうすればきっと、クリシェ様も段々とわかってくるのではないでしょうか。……こういうものは思い立ったが吉日というもの、お風呂から上がったら早速といたしましょう」

ベリーはそう言うや否や、ざぶんと湯から立ち上がる。

形の良い豊かな乳房が揺れるのを眺めながら、置いてけぼりのクリシェは小首を傾げ、

「えと、ベリー、何するんですか？」

「クリシェ様の楽しいこと……すなわち料理、そしてお菓子作りです」

そんな彼女に、満面の笑みを浮かべてベリーは言った。


「あの。わたしは暇じゃないんだけれど……なんでお菓子なんて作らなきゃいけないのよ」

部屋での自習を行っていたセレネはベリーに無理矢理連れ出され、不機嫌さを隠そうとせずにベリーを睨んだ。

「だって、昼間は昼間でお嬢さまはお忙しいでしょう？」

「だからってね……」

「クリシェ様、お嬢さまにエプロンを着けてあげて下さい」

「はい」

クリシェは言われるがまま、寝間着のネグリジェを身につけたセレネにエプロンを。

勉強の一環という大義名分で、お菓子作り。終わった後には作ったクッキーを頬張りながらのお茶会である。

嬉しくないはずもなく、きらきらとした目でクリシェはセレネを見つめた。

「あ、あのね、わたしは、その……」

「嫌、ですか……？」

お茶会はセレネの部屋で行うという取り決めであった。

そのため、セレネがどうしても、絶対に嫌だと言えば、今日は取りやめということになるとベリーはクリシェに説明している。

無論幼いころからセレネを知るベリーは彼女が断る可能性など考えていないのだが、それを知らないクリシェは実に不安そうな表情でセレネに尋ねた。

悲しげな上目遣いである。

そんなクリシェに迫られ尋ねられ、うっ、となりつつ目を泳がせ――わかったわよ、と諦めたようにセレネは小声で答える。

ぱぁ、と笑顔を浮かべたクリシェは楽しげにセレネの首にエプロンを掛け、その細い腰の後ろで紐を結んだ。

「クリシェ様、お嬢さまはお料理どころかクッキーも作ったことがありませんから、しっかりと教えてあげてくださいね」

「はいっ」

「……あなたは何するのよ」

「お二人を笑顔で見るのが仕事でしょうか……」

あなたね、セレネが睨み付けるも、ベリーはどこ吹く風だった。

「ほら、これから長く一緒にいるわけですから、こうした機会にお菓子作りを通してお互いのことを理解していくというのはとても大切なことです。良い機会ではないですか」

「なんかあなたが楽しんでるだけに見えるんだけれど……」

「まさか。じゃあ、まずは卵を割るところから行ってみましょうか。さ、クリシェ様、優しく教えてあげてください」

「はいっ。セレネ、こっちです」

「引っ張られなくたって行くわよ、もう……」

クリシェに手を引かれ、セレネは仕方なく二人に付き合い、クッキーを作り始める。

セレネは剣術こそ達者なものではあったが、細かいことには比較的不向きな——言うなれば大雑把で不器用な少女であった。

卵の殻を落とし、小麦粉の量を間違え、クリシェはその度淡々と、これはだめです、これはこうですなどと実演し、解説する。

卵の殻はすくえば良く、小麦粉の量は他の分量を増やせばいい。

元の予定よりは随分大量のクッキー作りとなってしまったが、クリシェとしてはむしろ喜ばしいことで実にご機嫌。最初はぶつぶつと文句を言いながらやっていたセレネも、そんなクリシェに当てられてか次第に熱が入り始める。

味付けの点では元々ベリーの食事で舌が肥えていたためだろう。味覚自体は優れており、クッキーに隠し味としてのエッセンスや混ぜ物を加える際には多くの意見を口にした。

試して失敗したことがあるものもあったが、試したことのない組み合わせもあり、クリシェは楽しげに様々な種類のクッキーを試作する。幸いセレネのおかげでベースは大量にあったため、種類を増やしてもなんら問題はなかった。

焼き終えるとまずは三人でボーガンの下へと向かう。

事務仕事を行っていたボーガンは突然の訪問に面食らったものの、セレネが初めて作ったクッキーであるとベリーが強調したことで理解したらしく、とても嬉しそうにクッキーを口にして微笑み、美味しいクッキーだと彼女を褒めた。

セレネはとても恥ずかしそうであったが嬉しさは隠しきれず、クッキーを食べるボーガンをじっと見つめ――クリシェはそんなセレネを不思議そうに眺めた。

そしてその後はセレネの部屋で夜のお茶会。ベリーにからかわれるセレネは非常に不機嫌そうではあったが、話題は次第にクッキーの混ぜ物やエッセンスに関する話へと。

これはおいしい、これはちょっと酸味が強すぎる、これは甘すぎ、これは苦い、おいしくはないけれど良い香り。

クリシェの好みは甘ったるいもので、ベリーは少し塩気を利かせたもの、セレネは少し酸味のあるさっぱりとしたものが好き。

こっちの方が出来がいいと思います。いやでもこっちの方が――好みは少し分かれ、意見は食い違いはするものの、クリシェにとってはとても実りのある時間であった。

甘ったるいのは美味しいけれど、確かにちょっと塩気のある方が味に締まりがでる。時には口直しに、さっぱりと酸味のあるものの方が美味しかったりもする。

一つ食べるごとに美味しいは変化して、だからこそ色んな意見からの発見がある。少なくともクリシェにとって、一人で作って試食するよりはずっと『楽しい』時間であった。

思えば、昔からそうであったような気もする。

クリシェは味見をしてもらうのも好きであった。今日の料理はどうだろう、昨日の料理よりも美味しいだろうかと、グレイスにも、ゴルカにも、ガーレンにも、ガーラにも。

——ああ、楽しかったのだ、とふと気付いた。

グレイスならばどういう意見が出ただろう？　ゴルカならば？

想像し、けれどもう二人はおらず、それを尋ねることはできないことを考えた。

先ほどの嬉しそうなボーガンと、セレネの姿を思い出して、もやもやとしたものが胸の内に生じて、クリシェは眉を顰めて小首を傾げる。

「どうしたの？　クリシェ」

「……いえ。なんだか、胸がもやもや……」

「……食べ過ぎじゃないの？」

「え、ぅ……」

言われて見ればそうかもしれないと目を泳がせた。食後のお茶会であるのにもかかわらず、大量のクッキーを食べたのだ。確かにお腹が少しもたれる感じもしていて、頬を染めた。

「お待たせしました」

そこで、少し部屋を出ていたベリーが帰って来る。

彼女が持つ銀トレイの上、皿の上には赤みがかった半透明の何かが乗っていた。

「……なんかこそこそやってるなって思ってたら、そんなの作ってたの？」

「ふふ、ちょっとしたサプライズです。クッキーの後にはやっぱり、少しさっぱりとしたものがいいかと思いまして。さ、クリシェ様」

目の前に差し出された半透明をした薄紅の何かは、ぷるぷると震えていた。

宝石のように綺麗で、見たことのないものだった。

「ゼリーです。ふふ、クリシェ様は初めて見るみたいですね。……はい、あーん」

ベリーはそれをスプーンですくい、クリシェの口へと運ぶ。

舌の上で踊るゼリーからは、覚えのある味。

「紅茶ですか……?」

「当たりです！　どうでしょう、甘い物が大好きなクリシェ様も甘い物を満喫した後はこうしたさっぱりとしたものもいいのでは？」

「はい、とってもおいしいですっ」

「ふふ、ちゅるん、と入りますよ。クリシェ様はこういうのもお好きではないかと踏んでいたのですが、それは何より。はい、あーん」

「んむ……」

セレネは呆れたようにクリシェとベリーを見ながらゼリーを口へと運ぶ。

「……はい、あーんの歳じゃないでしょうに」

「クリシェ様はあーんされるのがとてもお似合いですからいいのですよ。ふふ、もしかして、妬いておられますか？　でしたらお嬢さまにも」

「はぁ、いらないわよ……」

「ベリー、これ、これ……っ、どうやって作るんですか？」

ゼリーの食感に早くも魅了されたクリシェは、目を輝かせながらベリーに尋ねる。

ベリーはくすくすと笑って、ちゃんと明日お教えしますよ、とクリシェを撫でた。


そうしてその日の夜は更け、お茶会はお開きに。クリシェは興奮と幸福感に満たされながらベッドの上――その側に腰掛けたベリーに撫でられていた。

今度クッキーを作るときにはあんな風にしてみよう、こんな風にしてみよう。クリシェはいくつも提案し、ベリーは微笑みながら頷いた。

「……どうだったでしょう？　お茶会、楽しかったですか？」

「はい、とっても……」

「ふふ、楽しいことを共有するというのはまぁ、こういうことです。楽しいことは誰かと共有できた方がずっと楽しいもの……料理は特にわかりやすいですね」

そう言ってクリシェの唇に指を当てる。

「味の好みも人それぞれ。当然、意見だって食い違います。ですが、クリシェ様もわたしも、お嬢さまだって根っこの部分はおんなじなのです」

「……おんなじ？」

はい、とベリーは楽しげに微笑んだ。

「わたしやお嬢さまがクリシェ様と同じく、美味しいものが食べたい、作りたい、という気持ちを感じていることがおわかりになったのではないですか？」

「……はい」

「それが共感というものですよ。クリシェ様はきちんと、料理という一つのことを通じてわたしたちの気持ちをご理解されたのでしょう。そして、ご自分と通ずる部分を見いだして、だから意見が食い違っても受け入れられて、楽しかったと感じるのです」

そのまま彼女はクリシェの手を取り、指を絡める。

「あらゆる物事は本質的に、根っこの部分で繋がっているものなのです」

「……根っこ」

「はい。わたしもクリシェ様も、同じ木になる果実でしょうか」

それからくすくすと笑って、その手に優しく口付けた。

「料理と同じように、人それぞれ好き嫌いはあり、何を楽しく感じ、何がつまらないと感じるのか。何が好きで何が嫌いかという意見も分かれます。……でも楽しいと思う気持ちや、好きだと思う気持ち、嬉しかったり恥ずかしかったり、そういう気持ちそのものは、誰だって同じものなのですよ」

「……クリシェも？」

尋ねると、ベリーは更に笑みを深めて頷いた。

「ええ。確かに、クリシェ様が変わった方であるということは確かでしょう」

優しげにクリシェを見つめながら。

「けれどその本質の部分は他の人とおんなじで、わたしやお嬢さま、ご当主様やガーレン様とだって何ら違いはございません。同じ人間でございますから」

それから指を解くと、クリシェの額の髪をよけるように、ベリーはゆっくりと撫でていく。

ベリーの手の感触も、グレイスによく似ていた。

優しくて丁寧で、クリシェの好きな撫でられ方だった。

「人と人は心の上澄みで接するもの。他人がわからないのはある意味当然のことです。……スープの底が見えないように、他人の心の奥底だって見えはしないもの。見た目だけでスープの味がはっきりわかるだなんてことはないでしょう？」

「……味見してみないとわからないかもです」

味見という言葉に頬を染め、クリシェは素直に答え。

ベリーは頷く。

「でもタマネギはこんな味、トマトはこうで、お肉はこう。そういう風に中に入った具材一つ一つを知っていれば、このスープはどういう味なのか、少しは想像も出来るのではないでしょうか？」

「それは……はい」

額に額を押しつけて――そうしてベリーは目を細める。

「ふふ、同じことですね。……わたしは例えば楽しいことがどういうことかを知ってますし、悲しいことや辛いことも知っていますから、他人がどう思ってるのかある程度想像が出来ます。クリシェ様に足りないものがあるとするなら、きっとそれだけ」

薄茶の大きな瞳が優しげに、紫の瞳を覗き込む。

「クリシェ様がどう感じるのか、どう思うのか。そうやってご自分の中を深く深く探っていけば、もっともっと知っていけば――」

――視線がそこに吸い込まれるような、どこか不思議な感覚だった。

ただ見つめて、声を聞き、クリシェもまた、額から伝わる彼女の熱に目を細めた。

「そうなれば、きっとクリシェ様も他の方が感じている気持ちを理解ができるようになるでしょう。……もちろん、明確な解決策ではございませんし、はっきりとした成果が上がるのはずっと先かも知れません。けれどそうしていけばきっと、クリシェ様の望むものが手に入ると思います」

「望む、もの……?」

「はい。……クリシェ様がお気づきでない、しかしクリシェ様にとって大切なもの、です」

クリシェはむぅ、と眉を顰め、ベリーは噴き出すように笑う。

「まぁ、でも、もっと気楽にお考えください。わたしだって、クリシェ様に偉そうに教えられるほど完璧な人間ではありません。……人の上辺だけを見て、その人の全てを理解したつもりになって、だから気付かず誤解をしたりもする。そんなことはままあることです」

「そうなんですか……?」

「ええ。誰もがそうです。クリシェ様だけではなく」

そうですね、と少し考え込み、こうしましょう、とベリーは告げる。

「わたしに対しては遠慮はいりません。クリシェ様がしてほしいことがあったら遠慮なく、それをちゃんと口に出してくださいませ」

クリシェの前に指を立て、ベリーは悪戯っぽく笑う。

「クリシェ様の嬉しいことや楽しいことを、わたしに教えてくださいませ。不愉快なことがあっても同じくです。……そうやってまずは自分のお心を理解していくのが何よりとわたしは思いますから」

「……えぇ、と、それは……」

「例えばクリシェ様はそろそろおねむの時間のはずです」

ぴん、と指を鼻先に突きつけるように、ベリーは言った。

「そしてわたしが思うに、クリシェ様は誰かに抱きついてぬくぬくとしながら眠るのがお好きなのではありませんか？」

「え……？」

クリシェは頬を赤らめ。

それを見たベリーは声を上げて笑った。

「ふふ、そのように甘えてくださいと言っているのです。さぁ、言ってくださいませ」

クリシェは目を泳がせつつも、頷く。

「そ、その……く、クリシェと一緒に、寝てください」

「……はい、仰せの通りにクリシェ様」

ベリーは言って、クリシェの額にキスをし、ベッドの中へ潜り込む。そしてクリシェを抱きしめ、その額の髪を梳《す》くように優しく撫でた。彼女の体は柔らかく、暖かい。

「わたしもこうして誰かを抱きしめて、ぬくぬくしながら眠るのは大好きですから、両思いですね。……お嬢さまは最近恥ずかしがって寝てくれなくなりましたから、今日からはクリシェ様がお付き合いください」

「……はい」

「素直なことは良いことです。そうやってクリシェ様の色んな部分を教えてくださいませ。他の方はともかく、少なくともわたしはクリシェ様と理解し合いたいです。通ずるところが生まれれば、もっともっと色んなものが楽しくなります、幸せになれます。……わたしも、クリシェ様も」

もう一度額にキスをされ、くすぐったさにクリシェは身をよじりつつも抵抗はしない。

不快ではなく、覚えるのは安心感。ずっと幼いころから、こうして抱きしめられたり撫でられたりすることは心地が良くて安心する。

少なくともそれは、クリシェの好きな感触であった。

「どれだけ完璧を望んでも、誰もが欠点を持ちますし、完璧な人間なんてどこにもいません。……だからこそお互いの恥ずべき部分を理解して、受け入れて、その上でそれを満たしあうことが何より素晴らしい関係なのです。そしてそれは何より幸せで、素敵なことなのですよ」

「素敵、ですか？」

「はい、素敵です。こうして抱き合って眠るわたしも、クリシェ様も……今この瞬間はお互い幸せでしょう？　お互いが、お互いの望むことをしてあげてるわけですから」

ベリーはそう、楽しげに囁いた。

『自分が相手を理解しようとして、相手が自分の事を理解しようとしてくれて、それでお互いの喜ぶことをしあえたなら、それはとても幸せなことよ、クリシェ。一緒にいるだけで幸せになれるってことだもの』

随分と昔、グレイスがいつか自分に話していたことを思い出す。

クリシェはできる限り、相手を理解しようと努めた。それなりに成果はあって、村で上手くやれたのはそうしたグレイスのおかげであった。

ただ、グレイスが言いたかったのは、ベリーのようなことなのだろう。

やはり、二人はよく似ているのだ、と思う。

「……やっぱり何だか……ベリーはかあさまにそっくりです」

「あら。だとしたらとても光栄ですね」

ベリーはくすくすと肩を揺らして、優しい目で言った。

「……少しずつ、わたしと色んなクリシェ様を見つけていきましょうね」

「色んな、クリシェ……」

「はい。……クリシェ様の知らないクリシェ様、クリシェ様の望む、クリシェ様を、です」

いずれきっと、おわかりになると思いますよ、とベリーは言って。

そうしてそのまま、クリシェを胸に抱き寄せた。

クリシェはその言葉に頷き、その感触に包まれながらまぶたを閉じた。

◇

それからベリーは時間を作り、家事の合間に様々な授業を行なうようになった。

まずは具体的でクリシェにも分かりやすいだろうと法律を。あっという間に膨大な王国法を丸暗記したクリシェに驚くこともなく、彼女が口にするのはその成立経緯。何故そのような法律が存在するのかという部分を、簡単に社会の成り立ちと絡めて説明していく。

理解が難しいだろう事柄は後回し、あるいは身近な何かに置き換えてくれる彼女の説明はクリシェにも受け入れやすいものであったし、授業というより会話の中で、普段の話の中で彼女は様々なことに触れて説明した。例えば塩を買うときにカルカの村から運ばれる岩塩について触れ、物流の話をしたり、出会う人々がどんな仕事をして、社会に貢献し、クリシェ達にどう関わっているか。

『一つを学ぼうとすれば、それに関わる物事も学ばなければなりません。大事なことはこれはこう、という答えではなく、何のためにその答えを求めるのか、という過程でしょうか』

『過程……』

『はい。例えばお肉を切るにしても、ステーキにしたいからお肉を切るのか、スープに入れるからお肉を切るのか……大事なのはどういうお料理を作りたいからそうするのか。どれだけ上手に薄切りできたとしても、ステーキのお肉をわざわざ薄切りにしてしまっては本末転倒ですから』

指を立てながら笑顔で——ベリーはいつも楽しそうにそうした授業を。

『そしてどんなお料理を作るかを考えれば、どの食材をどう使えば良いかを考える。今日は美味しい鶏が入ったから、丸焼きにしてしまおう、だとか、良い食材を見分ける知識も必要ですし、ご当主様達や自分がどういうお料理を食べたいと思っているのかと考えることも大事。包丁の使い方だけが上手になってもあまり意味がないですから』

料理の話をしているのか、それ以外の話をしているのか。彼女は物事を料理にたとえて語ることが多く、何の話をしているのかも時々曖昧で、けれどどんな話も興味深くて面白い。クリシェには難しい概念を、色んな観点から教えてくれる彼女の授業はありがたく、ためになる。

様々なことを熱心に答えてくれる彼女への尊敬は増すばかりで、『お返し』は貯まっていく一方。働きで返そうと思っても、屋敷の仕事は彼女が元々一人でしていたもの。それを手伝うのは楽しい時間ではあったが、役に立っているかと言えば悩ましいものがあり。

『クリシェ、一度、訓練場に顔を出してみないか？』

そんな折、ボーガンから言われたのはそんな言葉であった。

現状クリシェは与えられるものを受け取るばかり。

ベリーはやはりまだ早いと反対のようであったが、将来の仕事としてセレネのように軍人を目指し、その働きでお返しするという意味では、現状の最有力候補であるように思えた。

戦って、敵を殺して勝つというのは分かりやすく、要するに賊退治と変わらない。クリシェの優秀な部分を活かせるという意味で適職には違いなく、逆に誰かを喜ばせる、というのは苦手である。

本音としてはベリーを手伝い、屋敷で働ければ良かったのだが、好きなことと得意なことは違うもの。趣味以上のものにはなるまいし、クリシュタンド家の利益にはならない。

ボーガンも軍人になることを強制している訳ではないそうであったし、他に将来やりたいことがあればそちらを優先して構わないと言ってくれている。現状拒否する理由は皆無であった。

ベリーが少し悲しそうなのが気がかりであったが、軍人は彼女を守るという意味でも大切な仕事。少なくとも学んでおく必要くらいはあるだろう。

それからはセレネと共に、何度か訓練場にも足を運ぶようになっていた。

部屋の中央には大きな机。

その机上に砂が盛られ、青や緑の布を使って森や川などといった地形が描かれており、木で作られた駒がいくつも配されていた。

「これで敵騎兵は左の弓兵によって殲滅。こちらの騎兵で敵陣後方の弓兵を狩ります」

「背面からの射撃によってカルゲラ軍右翼歩兵、士気崩壊」

「ではそのまま左翼歩兵の半数を右に、敵中央の歩兵に対し半包囲を仕掛けますね」

その無数の駒にクリシェは指示を出し、対面に座る男の眉間には深い皺。それを見ていた周囲の者からはどよめきが広がる。

行われているのは砂盤演習、あるいは兵棋《へいぎ》演習と呼ばれる、戦術研究を目的とした思考ゲーム。駒は兵士を模し、それぞれ兵科を示すマークが描かれ、精強か、脆弱《ぜいじゃく》か、その兵員数がいくらかという情報が別の用紙に記入され、三人の統裁官が戦闘の際の結果を判断。最終的にサイコロと組み合わせることで偶発的な戦果を決める。

状況は明らかにクリシェの優位に運び、勝敗は既に決まったに等しい。

攻城戦や陣地戦であればともかく、今回は野戦。

野戦において騎兵は脆弱な敵弓兵などを狙った後方攪乱《かくらん》や、敵戦列への決定的打撃を加える役目を担い、そしてそれを受けぬための盾にもなる重要な存在だった。

そうした機動力を失うということは主導権を完全に失うことを意味し、主導権を奪われた側は兵力で圧倒的優位に立っていない限り、それを巻き返すことは難しくなる。

クリシェはわざと脆弱な歩兵を左翼に展開。士気崩壊を起こさせることによって敵騎兵を誘い、更に伏せてあった弓兵を展開させた。

敵騎兵は完全に壊滅し、クリシェの弓兵はそのまま、自陣の左翼を突破した歩兵の背後から矢雨を降らせた。こちらの予備隊との戦闘状態にあった敵歩兵は容易に士気崩壊。逃げだした歩兵を弓兵で殲滅しながら、予備隊歩兵の半数を前進させ、敵の中央にある歩兵の横腹をつく。

「……撤退する。本陣を後退」

「騎兵はそのまま敵弓兵を。こちらの弓兵は中央の残敵掃討を行います」

クリシェは撤退を始める敵本陣には見向きもせず、残った敵の兵士を刈り取っていく。

そうして本陣の後退によって全ての部隊が士気崩壊——五千対五千で始まった戦いは、四千二百対千二百で決着となる。

もう少し削りたかったが、相手の撤退の決断が早かった。仕方ない、とは思いながらもやや不満顔で、クリシェは諦め立ち上がり、ボーガンは考え込むように盤面を見つめ、セレネは拗ねたように唇を尖らせてクリシェを見ていた。先ほどセレネは同じ相手に僅差で敗北をしている。

「いやはや……正直完敗ですな。セレネ様も素晴らしいものをお持ちですが、クリシェ様はこれが初めての兵棋演習とはとても思えません。クリシュタンドも安泰ですな」

「ああ……私も驚きだ。試しに、とやらせてはみたが、お前がこうもあっさりと敗れるとはな、サルヴァ。クリシェ、あれだけ優位にあって何故敵本陣を狙わなかった？」

「……？　いけませんか？」

「いけなくはないが……お前のことだ。何かしらの意図があってのものだろう？」

クリシェは少し言葉を探り、告げる。

「クリシェには、敵の指揮者を狙う必要があまり感じられませんでした」

「なぜ？」

「指揮者の周囲には精強なる兵力が千も残っています。撤退を始めたこれらを討つにはこちらの騎兵を使わねば追いつけませんし、その場合クリシェの騎兵は全滅する危険性がありました。歩兵がそれまでに追いつけるかどうかは賭けになりますし、結果首を取れるかどうかは五分五分。敵の壊滅を狙えるとは言え、リスクが大きいです」

クリシェは盤面を指して続ける。

「対して兵力の損失は明確な結果となります。無理に敵指揮者の千を狙うよりも、こちらの被害無く討ち取れる千五百の残敵掃討のほうがずっと魅力的です。……それに、同条件でこれだけの大損害を出してしまった敵の指揮者が、帰った後再び戦場に顔を出してこられるとは思いません」

他意のない発言ではあったが、辛辣に響く言葉。

流石に対面にいた痩せた壮年――第三軍団の副長サルヴァは顔を歪めた。

ここにいるのは千人を束ねる大隊長と、五千を束ねる軍団長やその副官。

将軍であるボーガンが最上位者となる。正式に養子となり、将軍の令嬢という立場にあるクリシェに対し、将軍の前で面と向かって今の発言を問うことはできなかった。

とはいえ、今の発言で空気が険を帯びたことを誰もが感じる。

空気はやや重苦しく、クリシェはその反応に首を傾げつつも続けた。

「クリシェとしても、もちろんできることならば敵指揮者を討ち取りたかったところです。今回は敵指揮者が十分な余力を残したまま早期に撤退を計ったため戦果拡張としましたが、あそこまで優位に立ちながら仕留められなかったのは残念ですね」

クリシェは喋り終えると、ボーガンを見上げた。彼は頷き、告げる。

「確かに、あれだけの劣勢に追い込まれながらもあの段階で撤退を決断したのは英断だな。素人のクリシェが相手だと油断し、あれほどの劣勢に追い込まれたことは褒められたことではないが、それ以降は上手くこなしたと言える」

実際の所クリシェの戦術的判断は巧みなもので、はじめを除けばサルヴァが手を抜いていたというわけではない。だが、そう告げることでボーガンはサルヴァの顔を立てた。

険を帯びた空気が少しだけ落ち着きを取り戻し、セレネがクリシェの耳元に顔を寄せる。

「……悪気はないんだろうけれど、もう少し言い方には気を付けなさい」

「……？」

セレネはクリシェにだけ聞こえるようそう囁き、クリシェは何がまずかったろうか、と首を捻る。

セレネは嘆息し、あなたには言っても無駄だと思うけれど、と、その頭をわしわしと撫でた。

クリシェは髪の毛が乱れてしまうと非難しようか迷い、結局頭を撫でられる気持ちよさに流されさ
れるがまま――セレネはその様子に苦笑しながら、周囲を眺めてボーガンに告げる。

「お父様、クリシェと少し、外を見て来ても？」

「ああ、わかった。訓練の邪魔はせぬようにな」

未だ重い空気が残る部屋。察したようにボーガンは笑みを浮かべて頷いた。

クリシェがクリシュタンド家に来てから約半年ほど。クリシェへの対抗意識こそ消えてはいないもの
の、今ではセレネもクリシェのことを本当の妹のように可愛がっている。
極めて天才的な資質を見せるものの、クリシェは素直で従順。物事をはっきりと口にしすぎる部分
があり、他人の感情の機微をうかがうことが苦手であるという欠点はあれど、セレネにとっても彼女
は少し変わった少女である、という認識に落ち着いている。
クリシェが家庭的で、料理や家事を好む少女であったことも大きい。
そうした部分をベリーと共に見ているせいか、セレネからすれば彼女は少し変わっているものの、

実に善良で品行方正な少女に見えている。ボーガンはその才覚に大きな可能性を見いだし、セレネと共に軍事的な教育を施し始めたが、果たしてそれが良いことか、とセレネは思うようになっていた。

戦闘術の類はいうまでもなく、戦術や戦略に対しても才覚を発揮するクリシェだが、クリシェ自身は料理と甘い物が好きな見た目通りの少女である。

彼女にそうした教育を受けさせることに、ベリーが明らかな反対を示した、というのも大きい。

『ベリー、私も必ず彼女を戦場に、と思っている訳ではない。ただ、クリシェは紛れもない天才だ。国家守護を担う貴族として、彼女の可能性を潰す訳にはいかんと言ってるんだ』

『仰る通り、クリシェ様には才能があります。望まれるなら誰よりご立派に戦われるでしょう。歴史に名を残す英雄になるのかもしれません。ご当主様が求めるならば、どのようにも……クリシェ様はとても純粋で、無垢な方ですから』

母がいた頃から、ベリーは自分の意見というものを主張することはなかった。何かを提案することや助言することはあっても、いつも結論は委ね、使用人として一歩引いた立場から。

『そんな方であればこそ、戦場に出すべきでも、人殺しの術を学ばせるべきでもないと思います。人殺しの道具とはなれても、ご当主様達のような武人や戦士になれません。あまりに幼すぎる方……そんなことよりも、クリシェ様にはもっとお教えすべきことが沢山あるはずです』

だから真っ向から父の決定に反対する彼女の姿には随分な驚きがあった。

『私は何も、彼女に強制するつもりはないと言っているだろう』

『同じ事です。こうしてこの家で養われている恩義があればこそ、クリシェ様は必ず期待に応えようとなさるのだと申し上げているのです。クリシェ様は恩に報いるためならばと、それだけの理由で人を殺せてしまえる方……だからこそ、育った村にもいられなくなったのでしょう？』

『……ベリー』

『貴族の責務も、ご当主様の意見も分かります。でも……わたしが知ってるクリシェ様は真面目で、お料理好きで、意外と甘えん坊さんで……とても純粋で、お優しい方なんです。だからこそ、わたしはそうした道には進んでほしくなくて……」

いつもは冷静に、理路整然と話す彼女の感情論。

『すみません。そういう、単なる……わがままです』

それには父も随分と驚いた様子であった。

『……、君の言い分は分かった。出来る限り、私も配慮しよう。言った通り可能性の提示として強制はしないし、きちんとそう言い含める。連れて行く回数もなるべく少なくしよう。クリシェならばそれでも十分だろう。……ひとまずそういう事で、ここは納得してくれないか』

『……はい。申し訳ありませんでした、ご当主様』

『気にしないでくれ。屋敷だけではなく、セレネやクリシェの事まで君に任せているんだ。負担を掛けているのは承知しているし、家族としても、君の意見を軽んじるつもりは私にもない。……君がそうして、私の代わりに二人を気遣ってくれるのは嬉しいことだと思っているよ』

その時の話は今も耳に残っていた。

クリシェは天才であった。セレネはベリーの事もそうだと思っていたし、そうだと語る人は何人もいたが、けれどクリシェはそんな彼女とさえ比べものにはなるまい。

初めて見たような兵棋演習で、相手のサルヴァはセレネの教師役をよくやってくれていた、経験も知識も豊富な本職の軍人。父の麾下《きか》でも戦術、戦略を立案する側の切れ者で、それを完膚なきまでに叩きのめすのだから、天才という言葉でさえ不足だろう。

セレネが喉から手が出るほどに欲しい才能を持ち合わせる彼女なのだから、当然いずれは父の下、セレネと同じく戦場に出るべきだろうと考えていたし、それがおかしい考えとも思わない。

その話し合いにおいて、セレネも父の方に意見が傾いていたが、近頃は本当にこれで良かったのだろうかと迷うこともある。

セレネとクリシェが訓練場に出ると、すぐに兵士達の視線が向けられた。

このアルベラン王国の王位は全くの男系というわけでもなく、代によっては女が継承し、女王が政《まつりごと》を支配している。そのため女性の権力は強く、女性の兵士の存在が認められていたし、セレネ達がいることも不自然なことではない。ただ、だからといって兵士になりたがる女が多いというわけではないし、今見えるのはごく少数。そんな場所へクリシェとセレネという稀に見る美しい少女たちが現れれば、男達の視線が自然とそちらに引き寄せられるのは当然だった。

そうした視線にも慣れたもの。しかし、その視線には好意や下劣な感情だけではなく、怯えのようなものが混じっていることにセレネは気付いていた。

――クリシェに対してのものだ。

先日訪れた際、クリシェは相手を申し出てくれた訓練教官を容赦なく叩きのめしてしまい、そのせいでここの兵士達から恐れられているのだった。

『でも、村の自警団ならともかく、戦うことが仕事の軍人さんが負けて笑っているのはおかしいと思うのですが……こんなに弱くて不真面目な人達がご当主様の部下では不安です』

やりすぎだとセレネが言えば、クリシェは首を傾げてそう言った。

不思議そうに、悪意もなく平然と。

至極真っ当な正論で、しかし妥協のない正論はむしろ反感と恐れを買う。

彼女は正論を振りかざし、そして正論を正論のままに実行できる力があったが、望んでも正論を正論として受け入れられない者の気持ちを理解は出来ない。

彼女はその才能で、他人の努力を気付かぬままに踏みにじってしまう人間。

名の知られた戦士達さえあっさり打ち負かす彼女を、多くのものは普通の少女とは見なかったし、彼女もまた、どうしてそんな目が自分に向けられているのかも分かっていなかった。

セレネは小さく嘆息し、クリシェの手を引き、壁際の木陰に移動する。

クリシェにそうした視線を気にした様子がないのは良くも悪くも救いだろう。どれだけ図太いんだか、とセレネは半ば呆れながらも、クリシェに尋ねる。

「クリシェ、ああいう戦術だとかの勉強は楽しい？」

「……楽しい、ですか？」

「うーん、例えばあなたが料理を作るときみたいに楽しいか、って聞いてるの」

「料理と比べるなら全然楽しくないです」

当然のように断言するクリシェに、セレネは苦笑する。

「……そ。あのね、クリシェ、別にあなたは無理にわたしに付き合わないでいいのよ。別にこういう勉強をしなくたって、ベリーが言うようにクリシェなら研究者だって学者だって、色んなものが目指せると思うの。別にこういう血なまぐさいことを覚えなくたって、クリシェには色々道があるわ」

「……道」

「そう。お父様の跡はわたしが継ぐし、出来なくたってベリーとあなたぐらいならずっと養ってみせる。無理に好きでもないことをしないでもいいの」

クリシェはあくまで、必要ならばというスタンスである。

セレネのように父の跡を継ぐという目的があるわけでもなく、名誉を求めているわけでもない。今だって父に言われたから来ているだけ。クリシェが望むのはあくまで自分とその周りのものを守る力であり、それ以上のものではないのだろう。

彼女が両親を失った経緯や、ベリーの言葉を聞いたセレネはそのように考えていた。

確かにクリシェは上手にやるのだろう。

剣で既に、王国有数の剣腕だろう父に勝ち越すほどの才能。お互い加減した手合わせであるとはいえ、十二才のそれではない。この才能を捨て置くなんて誰が聞いても愚かであった。

けれどやはり、ベリーが語ったような危うさも感じている。

本質的に善良で、優しい少女であると思っていたが、見た目以上に幼く、普通の人間が自然に行なうような、覚えるような、気遣いや情というものが理解出来ないところがあった。賊とはいえ、人を殺したことについてさえ平然と話してしまえるのが、クリシェという少女。

戦場に出れば、いずれセレネも人を殺すだろう。父を守るためだとか、民衆のためだとか、そういう大義名分で。そのための覚悟だってしているつもりで、けれど覚悟したからと言って、人を殺したことを容易に呑み込めるはずもない。最終的に自分は軍人として正しいことをしたのだと受け入れるにしろ、きっとセレネはそのことを引きずってしまうだろうと思えた。

多分それが普通の人間で、けれど彼女はセレネとは違う。

それが正しいことなのだと言われれば、何の躊躇も葛藤もなく、そうしてしまえる危うさがある。

ベリーがあれほど反対したのは恐らく、彼女のそういう部分なのだろう。

「ベリーは知っての通り、腹立たしいくらい頭もいいし、いざとなればあなたと一緒に商売か何かしてみれば、それだけでもわたし以上に稼げそうな気もするし……将来何かを仕事にするにしても、あなたの選択肢は軍人になるだけじゃないと思うの」

頭を撫でてやると不思議そうにそれを見て、クリシェの目が僅かに細められ、頬が柔らかく緩む。

嬉しい時の表情だった。感情表現がどこまでも控えめで、出会ったばかりの頃には何を考えているかも分からない不気味さを感じたもの。

けれど付き合いが長くなれば彼女の微細な変化も読み取れるようになり、分かったことは意外なほどに素直で、分かりやすい性格だということ。頭を撫でられると喜び、料理が好きで、甘い物を食べると幸せ。随分な甘えたがりで、常にベリーやセレネの後ろをついて回り、腕を組んだり手を繋いだり——そんな少女が血に塗れる姿を、確かにセレネもあまり見たくはなかった。

「……何よ?」

クリシェはじっとセレネを見つめ、そして小首を傾げて眉間に皺を。

そして唇を指先でなぞるように撫でた後、ぽん、と右の拳で左手を叩く。

「なるほど、セレネはクリシェを気遣ってくれてるんですね」

「あのね、わざわざ言葉にしないでちょうだい。恥ずかしいから」

頬を赤らめて目を逸らすと、ありがとうございます、とクリシェは言った。

「……確かに、セレネの言うとおり別に好きではないのですが、大丈夫です。そういうことを覚えるのはやっぱり必要なことだとクリシェは思いますし、もう後悔はしたくないですし」

「……後悔？」

「もっと上手くやっていれば、少なくともかあさまは死にませんでしたから」

何でも無いことのように、普段の調子でクリシェは言い、セレネはその言葉に目を伏せた。

「そう。……お母様のこと、好きだった？」

「はい。捨て子のクリシェにとってても良くして頂きました」

クリシェは思い出し、頷く。好きであったし、実に残念――いや、悲しいというべきなのか。

ベリーの言葉を反芻しながらクリシェは続けた。

「もちろん、クリシェはずっとベリーとお屋敷のお仕事をしたり、お料理をして暮らしたりしたいですけれど、クリシェは多分こっちの方が得意ですし、ご当主様達のお役にも立てるでしょうから、こういうお勉強もちゃんとしておいた方が良いとは思っているのです」

クリシェの中で現在最もやりたいことは料理であったし、その先駆者であり先生でもあるベリーとの時間は大切にしたい。出来ればセレネも一緒ならずっと楽しいだろう。

ただ、クリシェの恵まれた現在の生活はボーガンが成り立たせており、このアルベラン王国という共同体がその保護をしている。勉強によって知識を得て、昔より拓けた視界で見れば見るほど、多くのものに守られながら現在の料理生活は成り立っている、と感じるようになっていた。

クリシェとしては師であるベリーはもちろん大事であるし、その生活を維持してくれるボーガンとその後継者であるセレネも大事。だからこそ彼女らが危機に瀕した場合にはせめて、助けられる立ち位置に自分がいなくては、とも考えていた。

賊が襲来した際のことについて、一番の失敗はクリシェに発言力がなく、村人を指揮することができなかったという面にあったし、クリシェが治安維持の自警団にて強い力を持っていれば、易々と排除できた問題。しかしクリシェは惰性で他人の手に委ね——結果として保護者となるゴルカ、グレイスの両名を失うという悲劇が起きた。

何事もなければ屋敷でベリーと料理だけを楽しんでいればいいが、いざ何事かが起きたときに自分がそこに関われないというのはいささか問題である、というのがクリシェの結論。

そうであればこそ、ボーガンの要求に従い軍事関連の技術を覚え、自分の優秀さを周囲に見せつけておくというのはとても重要なことだろう。

感情や思考の過程は違えども、少なくともクリシェは身内を大切にする少女であった。

「将来、軍人になるかどうかはともかく……やっぱり、セレネ達が危ないときにはなるべく手の届くようなところにいて、守ってあげたいと思いますし」

「……クリシェ」

彼女には愛情というものは分からない。けれどそれが厳密には愛情などとは別のものであっても、吐き出されたものが全てであり、受け止める側が感じたことが全てである。

セレネは自分の望むようにその言葉を解釈し、ただ、愛しい妹を優しく抱きしめた。

「じゃあ、わたしも……この名に誓って」

それから笑みを浮かべて目を見つめ、

「……そんなあなたが酷い目に遭わないように、これからずっと、あなたのことを守ってあげる」

セレネがそう口にすると、クリシェはまたもや首を傾げて考え込み、口にした。

「えと、セレネはクリシェより弱いですし、どちらかと言えば守られる側だと思――うにっ？」

言葉の途中でクリシェの頬を、セレネがぐいっ、と左右に引っ張る。

「……あのね、こういう恥ずかしいこと言ってる時は、話の腰を折らないでちょうだい。あなたのそういう空気が読めないところ、なんだか腹が立つわね本当」

セレネは頬を赤らめ、睨むように告げる。

「こういうことを言われたら普通は黙っておくか、はい、か、ありがとうなの。わかった？」

「うぅ……はい。ありがとうございます……」

やや不満げな顔で告げるクリシェを見て、セレネは再び頬を引っ張る。

「ふぇれれ、ほっふぇ、いひゃいれぅ……」

「全く。それに今は弱くても、その内わたしも強くなるの。剣の稽古するから付き合いなさい」

「ふぁい……？」

セレネが頬から手を離すと、頬をさするクリシェに苦笑しながらその手を引く。

アルベランが東の大国、エルスレン神聖帝国の侵略を受けたのは、その二年後のことであった。

『お手紙配達人』

王国歴四五七年。

アルベラン王国では先年から王が大病を患い、それによる王位継承問題が勃発していた。

まだ代替わりして間もなく。完治の見込みのない病を患った若きアルベラン王は、王位の継承者に弟ギルダンスタインではなく、まだ幼き王女、クレシェンタを指名した。

王弟ギルダンスタインは当然ながらそれに反発し、自らが王位につくのが正当であると主張する。

彼が王位を継ぐことは継承権から正しく、王宮秩序という観点からは全くの正論であったものの、アルベラン王はギルダンスタインの行状を理由にそれを拒否した。

王族の威光を利用し、下級貴族の女性を辱め、自身の娯楽のために奴隷――王国では公に認められていないものの存在する――を無惨に殺すギルダンスタイン。

彼では王としての責務を果たせぬとする王の言葉には、多くの支持が集まった。

とはいえ、行状はどうあれ本来であればギルダンスタインは正統で王位の第一継承権を持つ。その規律を破ることに難色を示すもの、また、十一歳というクレシェンタの若さに懸念を覚えたものも多くあり、王宮は真っ二つに分かれた。このままでは内乱を避けられない。王は議会を招集。その決議によってクレシェンタへの王位継承を確たるものにしようとするも、数的不利にあったギルダンスタイン側は議会を開かせぬよう欠席、引き延ばしを計る。

そうした王国の内情を察知した東の大国、エルスレン神聖帝国は平和協定を破棄。機を見た彼らは十万の大軍を編成し、王国東部へと攻め入った。

中枢の麻痺したアルベラン王国は東方将軍カルメダを失い、一気にその東側を食い荒らされ、完全に戦の主導権を奪われる。

南方から駆けつけた猛将ダグレーン＝ガーカと、迅雷を渾名《あだな》される北方将軍ボーガン＝クリシュタンドによって侵攻を食い止めることには成功したが、未だ王国中枢は麻痺。

アルベラン王国は窮地に立たされていた。

訓練場で剣術指南の傍ら、教育の最中であったクリシェもまた、その大きな流れに呑まれるようにボーガンのいる戦場へと旅立つこととなる。

「キャンディは一日二つまでです。口寂しいからといっていくつも食べてはいけませんよ。すぐになくなっちゃいますから」

「た、食べません……クリシェ、そんなに食いしん坊さんじゃないですから」

屋敷の門にて、クリシェは頬を赤らめながら、ベリーから飴のぎっしりと入った小袋を受け取る。

クリシェの背丈はいくらか伸び、子供から大人へと変化しつつあった。

成長してもやはり小柄ではあったものの、胸元は少し膨らみ、腰にはくびれ。すらりと伸びた手足は長く、顔立ちもより洗練されている。

しかしその大きな瞳がその容貌を幼く見せ、女性というよりはやはり少女であり、長く煌めくような銀の髪はますますその美しさから現実感を掻き消し。

以前よりも一層妖精染みた、幻想的で妖しい魅力を纏うようになっていた。

黒と銀を基調としたシンプルなワンピースの上からは濃緑の外套《がいとう》をすっぽりと被り、肩掛けの鞄に軽食や水筒を詰め、腰には小ぶりな曲剣を一つとナイフを二つ。

今回は軍の要請で向かうわけではなく、単なる手紙の配達であった。

ただの手紙であれば軍の兵站《へいたん》部隊にでも任せてしまえばいいものであるが、貴族であるが故に当主本人が必ず目を通し、決定を下さなければならないものなどが当然ある。

クリシュタンド家が管理を任される領地に関するものなどがそうであった。

手紙には、領地での大きな取引に関してや借入金の処理についてなどが書かれており、こうした手紙は間違っても他人の手に渡っては困るし、見られるだけでも大事である。規律の行き届いた軍とは言え、他の手紙と同じように戦地に送るわけにはいかない。

通常は自分の使用人など身内の人間を使うのが普通。

つまりベリーかクリシェのどちらかが行くことが筋であった。

ボーガンが信頼できる軍人に渡すという手もあるが、今回の騒動でボーガンについてまわってしまっているためそれも出来ない。訓練の遠征となれば帰宅がいつ頃になるかもわかっているため、それまで待つという選択も出来るが、今回は本物の戦争である。

手紙は溜まっていく一方。

この辺りで一度纏めて持っていった方が良いということになり、ベリーとの話し合いの末、いざとなれば自分の身を守ることが出来るクリシェが行くこととなった。

ベリーも多少、護身術の嗜みがあったし、以前まではボーガンの妻が存命であったため、有事の際の手紙配達は元々彼女の仕事。当然難色を示したものの、クリシェとしては見目の整った彼女を治安が乱れる土地へ送るのも不安が大きい。ついでにセレネ達の様子を確認しておきたいというところもあり、どうしてもクリシェを行かせたがらないベリーを説得したのだった。

元々自分も行った方が良いのではないかと多少迷っていた所を、『あなたは残ってベリーを守ってあげなさい』とセレネに説得され、ベリーを守るという建前で屋敷に残っていたのだ。

街が戦の前と変わらず平和である現状、屋敷で料理三昧な生活をすっかり満喫していたクリシェも、流石に自分も何か働いた方が良いのではないか、という妙な罪悪感が湧いていた。

人を殺すことに躊躇さえ感じない少女であったが、妙なところで真面目な少女でもある。

仕事もせず楽しいことばかりしている自分が、セレネ達から仕事をサボっているように思われるのではないかと不安でもあった。

「クリシェ様がお強いことは知っておりますけれど、危ないと思えば一番にご自分の身を大事にしてくださいい。何かあっても変に首を突っ込んだりしませんよう、いいですか？」

「えへへ、はい」

そういう点でも『お手紙配達』は丁度良いお仕事――セレネ達の様子も見られるし、自分がサボっていたのではないと彼女達に見せることも出来る。それが終わればさっさと帰って後は気兼ねすることなくベリーと料理を満喫していれば良いのだから、まさに一矢三鳥を射貫くが如くであった。

クリシェが微笑み答えると、彼女は少し目を閉じて、それから笑みを浮かべて続けた。

「それと、その小袋に入っているキャンディ、最後の一つはわたしのものです。……きちんと持って帰って来て、わたしに食べさせてくださいませ」

早速キャンディを口の中に放り込んでいたクリシェは突然の言葉に驚き、小袋を確認する。

「え？　あの、ど、どれですか……？」

「え？　あ……ふふ、そういうことではありませんよ。ちゃんと帰ってくるおまじないというやつです。ちゃんと持って帰ってきてくださいね」

「……？　ええと、はい」

小袋の中が少し減った心地になりながら、仕方なく頷く。意味の分かっていないクリシェの様子を見て、ベリーは苦笑し、彼女の長い銀の髪を手に取った。

「それからこれも」

そうして薄紅の花飾りの付いた紙紐で、彼女の髪を二つに括ってお下げにする。

「長いと大変でしょうから。……この前買ったのですが、ふふ、やはりお似合いですね」

「えへへ、そうですか？」

「はい」

ふりふりと、二本の尾のように髪を振るクリシェを見て微笑み、門の外に止まった馬車に目を。少しの間目を閉じて、彼女の頭を撫でた。

「……到着したみたいですね。本当に、お気を付けて」

「はい。じゃあ、ベリー。ベリーも気を付けてくださいね」

「はい、もちろん。クリシェ様がお帰りになるまでに、もっと料理の腕を磨いておきますね」

「それは、うぅ……」

ベリーの料理技術には未だクリシェは追いつかない。

更に差が開くことに目を伏せたクリシェを見て、楽しそうにベリーが微笑む。

「ふふ、お帰りになったらまた、ご一緒にお料理をいたしましょう」

「はい。なるべく早く帰ります……」

「ええ、そうしてくださいませ。……一人は寂しいですから」

ベリーはそう言って、クリシェの額の髪を除け口付けると、少し離れて微笑んだ。

「お帰りをお待ちしておりますね」

「……はい」

クリシェもまた微笑みを返し、馬車に乗り込み――彼女を乗せた馬車は呆気なく、戦場へ向かって歩みを進める。

それが見えなくなるまで見送りながら、ベリー＝アルガンは目を閉じた。

祈るように、両手を組んで。


そうしてクリシェは軍の連絡馬車を使い、兵站《へいたん》拠点へと移動する。

旅程はおおよそ七日であった。

五日目にアルベラン王国北部にあるガーゲインからの旅程を終え、王国北東に位置する大樹海、その直前に築かれた兵站拠点に入る。そこから輜重《しちょう》段列の馬車に乗り、前線へ出発する。

それは六日目の日も傾き始めた辺りの小休止のこと。

五日目まで同行していたのはクリシェを何度も見たことがある兵士達であり、彼女がどういう存在であるかは知っていた。そのため、尻の下に毛布をたっぷりと敷き、景色を眺めて過ごすクリシェに話し掛けるものもおらず静かなもの。

とはいえ、六日目からは馬車も構成する人員も変化する。

彼女を噂話でしか知らないものがほとんどであった。

養子とは言え将軍令嬢。クリシェに対抗する形で軍事的才覚を発揮し始めたセレネと共に、彼女のことはうっすらとではあるが、兵士たちの中にも広まっていた。

人を選ぶクリシェであるからボーガンが表にはあまり出したがらず、社交界などへの顔見せなどはまだ行っていない。そのため勇ましく美しい将軍令嬢とされるセレネほどではなかったが、訓練場を通した噂話として彼女のことは静かに語られてはいた。

曰く並の男よりも強靱《きょうじん》な肉体を持つ悪鬼の如き女であるだとか、熟練の兵士ですら見れば足が竦んでしまうような化け物であるだとか、事実とは少し異なった噂話が大半。

クリシェの人並み外れた剣の腕――その噂話だけが先行しているのだった。

これはその体験者がクリシェの可憐な容貌を語りたがらないところに理由がある。

クリシェは華奢で可憐、妖精のような少女である。十を少し過ぎたばかりのそんな少女相手に完膚なきまでに叩きのめされたという自分の恥を、わざわざ吹聴したがる者はどこにもいない。

少女ではあるが、冷徹で恐ろしい怪物である、などと意図的に隠された情報として外へと流れ、人の口から伝わる内に噂はそうした変化を遂げていた。

そのためクリシェが外套に縫い付けられた雷と鷹の家紋を見せ、クリシェ＝クリシュタンドであると名乗れば、相手の兵士は皆が皆不思議な顔でクリシェを見る。遠巻きにクリシェを眺めていた者達が、夕暮れ時になってようやく彼女に話し掛け始めたのはそうした事情があった。

「クリシェ様は……その、クリシュタンド将軍の？」

「……？　はい。養女ですが……」

乗る前にボーガンの娘であると説明したはずだが、聞いてなかったのだろうか。

小首を傾げるクリシェであるが、その容貌も相まって実に愛らしい仕草であった。兵士の一人が木陰に座るクリシェに話し掛けると、周囲の者もまた、強い興味をそちらへと向ける。

兵士が身につけるのは革の胴鎧と手甲、脚甲《きゃっこう》。左手には小盾、腰には二尺足らずの短い剣。天に切っ先を向ける剣が刻まれた、胸元の王国紋章が革鎧の左胸に刻まれる。

頬当て付きの兜の顎紐に、黒ではなく赤が使われている場合は伍長を示し、十人の伍長を率いる兵長は兜に黒のたてがみが。二人の兵長を指揮する百人隊長は、赤いたてがみの兜を被る。

王国では血の色、赤を最も高貴な色としており、そうした区分けが為されていた。

赤い顎紐――それで定義するならば男は伍長であろう。

革鎧は打撃に強く、なまくらの剣では斬れない。槍に対しても蝋で硬化された革はその穂先を滑らせる。男が身につけているそれは比較的上等な品物で、支給品ではなく自前のものだろう。

百人隊長より上の立場にある人間は装備を自分で用意する必要があるのだが、逆にそれに満たないものは規律的行動に影響するとして自由な装備を許されておらず、原則支給されるものを身につけるようにとされている。とはいえ、支給品と変わらない形状の装備であれば特に問題はなく、商家の生まれの人間などは自前で質の良い装備を購入し、軍に入ることが良くあった。

彼も比較的裕福な家の出なのかもしれない。

「そうですか。いやぁ、噂は所詮噂ですな。こんなにもお美しい方だとは……皆、クリシェ様のような方とご同行出来て、喜んでいますよ」

鎧を着込んだ兵士。どうやって殺すのが適当だろうか。上質なハードレザーを見ながらぼんやりその脆弱部を探っていたクリシェは、ひとまずその言葉に答える。

「えと……はい、ありがとうございます。クリシェも馬車に乗せてもらえて感謝しています」

「危険が全くない道のりとは言えませんが、ご安心を。我々が命を懸けてお守り致します」

「はぁ……」

クリシェを含めて積み荷を守るのが彼等の仕事である。

なぜそんな当然のことを説明をするのかと疑問であったが、まぁいいかと頷く。

それよりも問題は、この身を襲う空腹感。毎日のようにクッキーだなんだと、食事と食事の間もベリーの餌付けにあっていたクリシェは、既に間食があること前提の体となってしまっていた。

魔力保有者は体内に取り入れた食物を分解し、魔力とする。既に体内の食物は魔力に変換され、胃腸の中は空になってしまっており、特に夕暮れ時のこの時間は空腹で仕方が無い。

水や湯を浴び体を綺麗にする機会の限られる旅の中、排泄をしないで良い体には利点もあったが、腹と背がひっついてしまうのではないかという空腹はなかなかに耐えがたいものである。

既に本日のキャンディ二つは消化済であるため、我慢するしかなく、顔には出さないものの空腹に苛まれていたクリシェは静かに尋ねた。

「……そろそろ野営でしょうか？」

「ええ、もうしばらくすれば拓けた場所に出ますから、そこで野営となります」

馬車数十台の輜重段列。野営に適した場所は限られる。森に入る手前で野営にしてくれればよかったのに、と思いながらも、同乗する身としては口出しすることなど出来ない。

仕方ない、と諦めかけたタイミングで、ぐぅ、と腹の音が鳴り響く。

クリシェは固まり、頬を染め、兵士は目を見開いた後に苦笑した。

「ぇ、あ、これは……」

「ははは、それで野営のことを。少々お待ちを」

近くにいた馬車のところへ兵士は走り、硬く焼き上げた小さめのパンを手に帰ってくる。

「どうぞ。お世辞にも美味いとは言えないパンですが気の紛れになるでしょう」

「はい……」

頬を真っ赤に染めながらパンを受け取るクリシェに、周囲の視線が集中する。

ますます恥ずかしくなりながらも、その誘惑はなかなかのもの。

受け取ってしまった以上は食べなければなるまい——容易く理性を放り投げたクリシェは羞恥に塗れた表情で、小さな口に千切ったパンを放り込む。空腹感からすればそのまま齧りつきたいところであったが、そこはクリシェの美意識がぎりぎりで待ったをかけた。

よどみなくパンを千切り、小さな口に放り込んでいく様子は、齧り付く以上に彼女の空腹を兵士達に見せつけることとなっていたのだが、それにはクリシェも気付かない。

噂話などあてにならないものだ、とそんな少女を見て男は考える。クリシェが小ぶりの曲剣を所持していることには気付いていたが、護身用だろうと誰もあまり気にも留めなかった。

それよりも彼女の美貌と愛らしさに、その日の夜は多くのものが機会を見計らっては彼女に話し掛け、そして、翌日もその調子が続いた。

その日の夜は当然ながら、翌日の朝、昼とスープは多めに入れられ、パンは二つ。

昼からしばらく経ったところでクリシェが何かを言う前にパンと冷えたスープの残りを渡される。

そのことに対し、クリシェは羞恥のあまり死にたくなったが、もらったものは仕方ない、となんだかんだで文句も言わず消化する。

気を使われながら、そうして旅路の最終日――その日暮れに事は起こった。


「敵襲、敵襲だ！　後方が狙われている！」

その声に誰より早く動いたのはクリシェであった。

輜重段列は馬車数十台。

中程にいるクリシェから最後尾までは随分あり、悲鳴は遠くから聞こえていた。

「クリシェ様はここに。大丈夫です、ご安心を――」

クリシェの世話係と化していた伍長は、言い切る前にクリシェの姿を見失い、そして一つ後ろの馬車荷の上に立ち、後方を見据えるクリシェを捉えた。

「クリシェ様……？」

クリシェは声を掛ける男を気にも留めず、襲撃への対処に思考を巡らせる。

ここはボーガンの輜重段列。

そこに被害が出れば、何よりもまず、自分の明日の食事に影響が出てしまうためだった。

冷静に前後に連なる列を見渡せば、長蛇の列――とても即応態勢などは取れない。この森は前線よりも更に後方。安全が確保された領域とされていた。

護衛兵士の数は必要最低限しかおらず、戦闘を行うにはあまりに脆弱。

敵の規模によっては持ちこたえられないだろうと、すぐさま思考を巡らせる。

——敵が前線を突破し、電撃的な侵攻を行い後方連絡線を脅かしに来た。

そうであれば情報が回っていて当然だろう。

伝令のほうが早くこの段列に到着して然るべきである。考えがたい。

——隠密裏の突破であり、こちらは一切気付いていない。

可能性は無いに等しい。もしそうであれば、こちらは中々の損害を受けることになるだろうが、とはいえ、後方連絡線を一時的に荒らすためだけにそんな行動をするというのは考えにくい。

やるならば明確な遮断か、背後からの本陣襲撃か。どちらにせよそれだけの兵力を動かすとなれば敵側リスクは大きい。後者であれば輜重段列を狙うのは不自然であった。その場合やり過ごして機を待つか、一手で伝令も飛ばせぬほどの壊滅的打撃をこちらに与える必要があるが、襲撃は最後尾であり、それもやはり考えにくい。

——元々ここに伏せられていた。

可能性はないに等しい。だが、少数であればどうか。

——なんらかの手法で戦力をここで編成。伏兵とした。

金銭やそれに準ずるもので傭兵、あるいは賊を味方につけた。工作員がいれば良く、可能性としては十二分にありえる。

可能性が高いのは少数による後方攪乱か。ともあれ、確認してみないことには分かるまい。

クリシェは跳躍し降り立つと、そのまま脇の森の中へ。

森を突っ切って走った方が早いと即座に決断し、最短で駆けた。

仮想の筋肉を構築する魔力がうねり、その体が風を切る。

優れた魔力保有者は並の馬よりも速く駆け、そしてクリシェもその例外ではなく、森の中にあってさえ、放たれる一本の矢が如く。森の中を駆けながらも、枝に服を破かぬよう身を捻って躱し、足の踏み場とルートを見極め、大地と木々を蹴るように前方へ。

最後尾への到達まで、ほんの僅かな時間であった。

目視で敵影は二十四。非統一の革鎧。汚らしい格好だった。兵士であることを示す紋章の類もなく、格好から見て賊だろう。

であれば、相手としてはやりやすい。

曲剣を引き抜くのと、払うのは同時であった。

逆手に持った曲剣で一人の首を刎ね、血が衣服を汚さぬうちに前へと抜ける。順手に持ち替え手近にいた二人を更に殺し、段列最後尾のある道へと躍り出る。

一瞬、その場の誰もがクリシェに気を取られた。

そしてそれが敵意へと変わる前に眼前の首を刎ねる。

頸骨を外し、柔らかい首の肉だけを。

鉈のような曲剣に刃こぼれ一つなく、淫らな赤に白銀が汚れていく。

血の噴水を目隠しに、クリシェは周囲の視界と意識から消え失せ——そして誰かが彼女を再び見つけた時には既に血の花が咲いた後。

襲撃してきた側、そして先ほどまで斬り殺されていた兵士達ですら、背筋に粟立つものを感じた。

汚れを嫌うクリシェ——その刃だけに濃い赤が纏わり付いていた。

濃緑の穢れなき外套に白銀の髪がさらさらと踊り、どこか場違いな美しさが奇妙に映る。

「そいつだ！　その白いのをやれっ！」

悲鳴のように賊の頭目らしき男が叫んだ時点で、クリシェは既に九人の首を刎ねていた。

あれが頭目でしょうか、と聞こえた声にそちらを眺める。

頭目の周囲には三人の男が固まっていた。

クリシェは腰からナイフを引き抜き、投擲《とうてき》する。

目にも留まらぬような速度で、回転するナイフは前面にいた男の首に突き立ち、後方の二人と頭目は倒れる男に目を見開きつつも得物を構えた。

雑魚とは違い、腕利きであるらしい。

魔力を感じはしないものの、だからと言って安全というわけではない。魔力で筋力やそのバネを補強し、反動を吸収することは出来ても、物理的耐久を底上げすることは出来ないのだ。

クリシェであっても、その首を捻られれば死ぬし、一寸程度の切創で致命傷になる。捨て身で全員に掴みかかられればそれは死と同じである。

クリシェの武器はあくまでその超人的な運動能力と、技術のみ。

相手を『安全に』殺すためには意識の隙間を抜く必要があった。

左の男は斧。

右の男は短曲刀。

頭目は直剣を右手に、左手に小盾。

瞬時に左と判断し、斧を持つ男の右脇をすり抜けるように入り込む。

男が斧を振りかざしたが想定通り。賊の大半は革鎧を着込んでいるが、胴と籠手の軽装。そしてそもそも脇の下には鎧は着込めない。

右脇を無造作に。

動脈を曲剣で引き裂きながら、男を抜けて背後に回る。それを視認した頭目の反応は速く、右の直剣をこちらを振り払うように薙いでくるが、姿勢を屈めてそれを躱し、膝の裏を斬りつけた。

頭目が崩れ落ちるのを見ることなく、引き抜いたナイフを迫りつつあった短曲剣の男の首へと投げつけ仕留め——そして倒れた頭目の背中を踏みつけ、その首筋に刃を当てた。

周囲を見渡す。

「か、頭がやられたぞ！」

「逃げろ！　捕まるぞ！」

賊の判断は早かった。

自分達が劣勢に立たされたことを認識すると、賊の男たちは脇目も振らず背を向け走り出す。

クリシェはしばらくそれを眺め、周囲から敵意が消失したのを確認すると、息を吐いた。流石にそれなりの距離を駆けたせいで、クリシェの呼吸も少し乱れている。

周囲の兵士達は呆然とクリシェを見つめていた。クリシェに話し掛けてきた顔もいくらか見られたが、その顔に浮かぶのは驚愕。

別人のような少女の異様さを、言葉を失った様子で眺めていた。

何を固まっているのかとクリシェは首を傾げながら、ひとまず頭目の抵抗力を奪うことに決めると、頭目の右肩を踏みつけ腕を掴み、

「ひ、ぎっ⁉」

——そのまま右肩を脱臼させる。

次いで左肩。再び麻袋を裂くような悲鳴が二回響いて、ようやく兵士達は我に返る。

「く、くりしぇ、さま……な、何を……？」

「……？　尋問の準備をしようかと。敵がまだいないとも限りません」

何故そんなことを聞くのかと、不思議そうに首を傾げた。

あらゆるものが血に染まった道の中——惨劇の中にあって、ただ一人美しく、小首を傾げるクリシェの姿は愛らしさを通り越して不気味であった。

クリシェは視線に構わず頭目の上から降りて、スカートを折りたたむとその前にしゃがみ込む。そして強面に涙を滲ませ、蒼白になった男に語りかけた。

「軍の輜重段列へ攻撃するのはいけないことです。知ってましたか？」

「あ、ぁ、が……」

「まぁ、知ってても知らなくてもいいです。このような場合、アルベラン王国の刑罰としてはとても重い、死が与えられることとなります」

指を一本立てて、子供に言って聞かせるような様子であった。

「あなたが敵対国、この場合エルスレン神聖帝国軍兵士であればあなたの待遇は捕虜となり、然るべき処置を行い後方送致の後拘禁。尋問は暴力を伴わないものと、その権利が聖霊協約で守られる形となるのですが……」

紫の瞳は男の全身に目を這わせる。少なくとも紋章の類はどこにも見えない。

「あなたは身分を証明するものを持ち合わせていないように見えますね。いかがですか？」

「ひ……っ」

「所持しているならば五つ数える前にその旨を。でなければ所持していないものと見なし、単なる賊として扱うこととします」

ご、よん、さん、に、いち、ぜろ。

クリシェは五つ数え上げると微笑み告げた。

「どうやらないみたいですね。本来あなたは拘束したのち処刑、という形になるのですが、幸いながら軍人には略式処刑の権利が与えられていますし、必要であれば情報入手を目的にその肉体を痛めつけ、拷問する権利も持ち合わせているのです」

別に脅しというつもりで説明しているわけではなかったが、それは明確な脅しでしかない。

硬直する男を気にした様子もなく、クリシェは側に落ちていた斧を拾って、自身の曲剣を地面に置くと、男の太い右腕を踏みつけた。

「クリシェは今からあなたの指を一本一本切り落として拷問するわけですが、アルベラン王国刑法に則った正当な法的措置として、ご理解して頂けるとクリシェは嬉しいです」

そして躊躇無く、斧で小指を切断する。

「ひ、ぎぃ、あああぁぁぁっ!?」

「先ほど逃げた方以外に仲間の方はいらっしゃいますか？」

「い、いぃ、ゆび、指が……っ！　俺の、ぎっ!?」

次は薬指を。重みのある刃は軽く叩きつけるだけでいとも容易く指を切り落とした。

「クリシェの質問に答えてくれないと困ります。この調子では靴を脱がして足の指まで切断しないといけませんから」

「ひ、ぐ、ぃ、いません……っ！」

「そうそう、その調子でお願いしますね。あなたはどちらにせよクリシェが殺すことになるですが、痛い思いをして死ぬよりは早く死ねる方が良いとクリシェは思うのです。んー、次の質問はそうですね、あなたは何故、どういう理由で軍の輜重を奪おうとしたのかでしょうか」

痛みで答えられない様子の男を無感動に見下ろし、クリシェは斧を振り下ろす。

また、悲鳴が響いた。先ほどまで戦闘の興奮にあった兵士達は、目の前の少女が躊躇なく指を切り落とす様を震えながら見ていた。

そして誰も口に出せないまま、男の右手の指は全て切断される。

クリシェの行なっていることは軍務上実に真っ当な行為であったが、拷問行為を率先して行える人間というのは非常に少ない。仲間が殺された恨みがあっても、彼女のように何の躊躇もなく喜びもなく、人の指を淡々と切断できるものはこの場に存在していなかった。

自身を殺しかけ、そして仲間を殺した敵の首魁《しゅかい》が指を切断されていく姿に溜飲を下げるものはおらず、むしろその空気に呑まれ、恐怖と憐れみの情すら湧いた。

「聞きたいのはそれくらいでした。では、ご協力感謝します」

クリシェは一仕事を終えた顔でそう告げると、男の首の付け根を踵で踏み抜く。

ぐぎょ、という不気味な音が響いて、男の体が一瞬痙攣し動かなくなったが、そうなる前に八本の指が周囲には散乱していた。

クリシェが自身の曲剣と二本のナイフを死体の首から回収すると、黒いたてがみ付きの兵士――後方を任されていたらしい兵長に近づいた。

「ひとまずこの襲撃は終わりと見て良いと思います。賊を使った後方撹乱でしょう。クリシェは戻りますけれど、綺麗な布を一枚、もらってもよろしいですか?」

「え、えぇ……」

兵長は上擦った声で布を持って来い、と手近な兵士に告げる。

命じられた兵士は慌てたように走り、白い布をクリシェに持って来て手渡した。

クリシェはその布でナイフと曲剣から丁寧に血と脂を拭き取り、外套の下の鞘に収めつつ、周囲の兵士達を見て首を傾げる。

どうにも周囲の反応がおかしいと流石のクリシェも思ってはいた。

賊を殺した。しかしここは街中ではなく、軍の輜重段列である。

クリシェのやったことは全て至極真っ当な賊の処理であって、軍の規則と理念に則った実に真っ当な仕事であり、むしろ喜ばれるべきことである。

だが、やはりそれにしては彼等の反応が少しおかしい。

そこでクリシェは、あ、と思いつき、ぽんと手を叩く。

今日のクリシェは軍人ではなく、手紙を配達しに来た単なる将軍令嬢。

要するに非番なのだと思い出したのだった。

仕事を取られた事への困惑だろうと当たりを付け、微笑を浮かべると彼に告げる。

「今の頭目の話と合わせ、ここの隊長への報告や将軍への伝令はお願いしますね。クリシェはお手紙を配達しに来ただけで、一応非番ですから、あまり出しゃばってもいけません」

そうして全く誰も気にしていないことについての気遣いを口にして、クリシェはそのまま少し小走りに、とてとてと前方へと駆けていった。

血の一滴もついていない汚れのない後ろ姿に、その場にいた全員の背筋が凍えた。


後処理に少々手間取り、夜になって森を抜け、クリシェ達は本陣へと到着する。

クリシェはどこか引き攣《つ》った顔をした輜重段列の兵士達に深々と頭を下げてお礼を言い、その足で将軍の天幕へと向かう。クリシュタンド軍自体は敵と三度ほど小競り合いがあったものの、現在は睨み合いが続いている状態でそれほど忙しいわけではない様子であった。

クリシェが人に聞きながらボーガンの天幕へ近づいていくと、途中で聞き覚えのある声。

「クリシェ！」

「わ……っ」

走り寄ってきた少女はそのまま抱きつき、クリシェに頬摺りする。

金色の髪は月明かりに濡れたように輝き、滑らかな白い頬はクリシェにも心地が良い。頭半分ほどその背丈は高く、セレネはその大きな目の端にうっすらと涙を浮かべて微笑む。

「良かった、襲撃があったって聞いてすごく心配したのよ。平気？　怪我はなかった？」

「えへへ、はい、見ての通りです。セレネも元気そうですね」

腿の少し膨らんだ、乗馬用の赤いズボン。

上は黒く布地の厚い胴衣を身につけ、金の装飾が施された赤いマントを身に纏っていた。

鎧の下に着る布のクロスアーマーと乗馬ズボンの組み合わせは軍装ではあったが、金属鎧の類はどうにも身につけていないらしい。

少なくともこの野営地が安全だということだった。

「ええ、まぁ。お父様のところにいくの？」

「はい、ひとまずお手紙を渡そうと」

「じゃ、いきましょうか。お父様もガーレン様もすっごく心配してたわ」

セレネは嬉しそうにこちらの手を取り、クリシェもひとまずその様子に安堵する。

「どうなんですか？　戦況は」

「睨み合いね。こちらからは手が出せない状況。ウルフェネイトを取られてしまったのは大きいわ」

ウルフェネイトは王国東部の城郭都市で、王都圏への入り口に位置する重要拠点であった。

街全体が高い塀と川からの水で満たされた壕で囲われており、難攻不落の城郭都市であると知られていたのだが、電撃的侵攻により攻め落とされてしまった結果、現在はこちら側にとって難攻不落の敵侵攻拠点となってしまっている。

ここを取り返すことが現状の最重要目的であった。

エルスレン側はウルフェネイトに繋がる後方連絡線をしっかりと防御しており、北のボーガンと南のダグレーンに対し、それぞれ四万の軍勢を展開させていた。

対するこちらは二万。ダグレーン側は三万の軍勢を掻き集めたようだが、しかし絶対的な戦力の差となる兵数差は大きく、防御だけならともかく、攻め入るとなれば心許ない。

ウルフェネイト攻略にはどう考えても時間が掛かる。後方を脅かしウルフェネイトを孤立させるのが最も効果的ではあったが、現状その手段は取れず睨み合いの状態。王国中央での内輪揉めのせいで中央の軍備が整わず、反攻作戦に至れていないというのが現状であった。

「中央は何をやってるのかしら。ウルフェネイトを落とさないとじり貧になることくらい誰だってわかってるでしょうに」

「んー、エルスレンは大きな国ですから、十分な兵力を既にウルフェネイトに集結させているでしょうし……そこからどう動くかはともかく、こちらは受け身となってしまいますね」

主導権はあちらにある以上、敵の可能行動はいくらでも考えられた。

このまま戦線を維持し、領土の切り取りを行なう。もしくは更なる増援を本国から送り込み、中央への侵攻、あるいは南部へ。大樹海を背後にしたこちらに攻めてくる可能性は薄いと思えたが、動こうと思えば方法はいくらでもある。

「最低だわ。敵が肥え太っていくのを待つしか出来ないだなんて」

迅雷と渾名されるボーガンの娘。セレネはその教育を受け、そして父を尊敬する。そのため彼女はどちらかというと攻め気が強く、また、そうした戦術を好む。

今の戦況はセレネにとって不愉快極まりないものだった。

「対処を誤らなければまぁ、こちらのほうがまだ優勢、と言えますけれど」

ウルフェネイトを取られたとは言え、北と南はこちらからの圧迫を受け、膠着《こうちゃく》状態――つまり現状あちらも手を出せない状況にあるということだ。この北部方面軍、南部方面軍、中央軍のいずれかが目の前の敵を打破すれば、相手は一転窮地に陥る。

「その対処を誤り続けてるのが問題なの」

「んー、そうなのかも知れませんが……」

唇を尖らせるセレネと話している内に、辿り着いたのはボーガンの天幕。

「セレネです。クリシェを連れてきました」

入ってくれ、というボーガンの声が聞こえ、セレネがクリシェの手を引くように天幕をくぐると中にいたのはボーガンとガーレン。ボーガンは鎧を身につけずセレネのそれとよく似たものであったが、ガーレンは性分か、その上から既に黒く塗った革鎧を身につけていた。

ガーレンは去年軍へと戻り、今回の戦争にもセレネと同様、将軍補佐として従軍している。

「今話を聞いていたところだ、クリシェ。大活躍だったそうだな」

天幕の中にはもう一人、輜重段列の指揮官の姿があった。

彼から話を聞いていた二人はクリシェを見ると笑みを浮かべて立ち上がり、それぞれが軽くクリシェを軽く抱きしめるが、輜重隊長だけはクリシェの姿に一瞬怯えた顔を見せた。

「いいえ、クリシェはお手伝いをしただけですから。……クリシェをここまで送ってくださり、ありがとうございました隊長さん」

「い、いえ……」

深々と、改めて頭を下げるクリシェに戸惑いながら、こちらこそ助かりました、と告げた。

「……クリシェ、何したの？」

「ああ、そうだな、クリシェ。お前の口からも将軍へ報告を」

ガーレンの言葉にクリシェは頷く。

「はい。えーと……」

クリシェの説明は簡潔だった。後方への賊の襲撃があり、これを撃滅。

賊の首魁から話を聞くところによれば、賊は恐らくエルスレンの手のものだろう工作員との金銭取引と情報提供により、輜重段列を襲撃した。賊のグループはこの森に複数あり、恐らく他のグループの所にも同じ話が行っているのではないか、と賊の頭目の話を要約してボーガンに告げる。

「賊の総数は正確ではありませんが三十人程度は確認できました。クリシェが後方に到着した段階でこちらの死傷者は七人ほど。クリシェが頭目合わせ十三人、兵士達も七人仕留めることが出来ましたので、残りは大体十人足らずだと思います」

本当だったのか、と兵站部隊の男は口にし、すぐに手で口を押さえた。実際の現場を見ていない彼は部下達からの話を聞いたに過ぎず、半信半疑であったのだろう。

「追いかけて始末しても良かったのですけれど、他に連動した襲撃がないかが少しクリシェも不安でしたので、頭目の拷問を優先しました。情報の確度は高いと思います」

「拷問って、クリシェ……?」

「時間がなかったので簡単に、指を八本切り落としたくらいですね」

当たり前のように告げるクリシェに、空気は冷え切っていた。

兵站部隊の男も取り乱すことはなかったものの、明らかな怯えをその目に宿している。

返り血一つ浴びず十数人を斬り殺し、笑顔を浮かべて淡々と、賊の指を躊躇なく切り落としていくクリシェの姿は彼にも伝わっていた。それを聞いた時には将軍の娘に対して不敬だと叱り飛ばしたが、こうして事も無げに語るクリシェの様子に、その話が脚色無い事実なのだろうと理解すれば、目の前の美しい少女が得体の知れないものに見えてくる。

他の三人の顔も少し険しいものであったが、どこか納得するような表情ではあった。

クリシェの過去を考えれば、賊を痛めつけることに良心の呵責を抱かないとしても無理はない。

そのように思っていたし、特にそれなりに付き合いの深い三人はクリシェの本質というものについて多少の理解はある。

身内には甘く、それ以外に対してはどこまでも冷酷なのだった。

セレネは少し考え込みながらも、クリシェの頭を撫でた。

「……そう。大変だったわね」

「そうですね。クリシェもまさか移動中に襲撃に遭うとは思っていませんでしたから、ちょっとびっくりでした。クリシェは軍務中ではないですしお任せしようかと思ったのですけれど……村の時みたいに手遅れになってしまうのは嫌でしたから」

「そうか。……よくやってくれた」

ボーガンは深く頷き、礼を述べた。

「報告は以上です。それとお手紙なのですが……」

「ああ、そうだな、受け取ろう。ま、二人とも座りなさい」

ボーガンは男の方に目配せする。男ははっとしたように頷き踵を打ち鳴らすと、自身の左胸に右の平手を押しつけた。

――あなたにこの身を捧げます。

軍で用いられるのは、そういう意味合いの敬礼だった。

「それでは失礼します！」

「ああ、ゆっくり休みたまえ」

そうして男が退出すると、ガーレンがポットに向かい、二つ木彫りのコップに中身を注ぐ。

黒豆茶と呼ばれる黒い飲料であった。クリシェはボーガンに手紙を渡すと、座る前にそちらへ走ってコップを受け取り、内の一つをセレネに手渡した。

そして何かを探すように目を左右に泳がせ、セレネは苦笑すると布を掛けてあった台の上から蜂蜜とミルクを取ってやり、クリシェのそれにたっぷりと注いでやる。

クリシェは顔を赤らめ頬を緩めた。

黒豆茶は苦いため、クリシェは蜂蜜とミルクをたっぷりと入れないと苦手なのである。

「ベリーは元気？」

「……はい、セレネやご当主様の心配をしていました。沢山二人でお料理を考えたのですけれど、それを早く食べてもらいたいって」

「ふふ、屋敷のほうは平和そうね。早く帰ってあげたいところだけれど」

手紙に軽く目を通したボーガンは、それらを封に戻すと頷いた。

「……確かに。ここにいるとベリーやクリシェの料理が恋しくなる。贅沢は言えぬとはいえ、戦地というのはやはり辛いものだ。早く終わらせたいものだが……」

「そうはいかんだろうな。ここまで食い込まれては。ウルフェネイトの奪還を行い、再びあそこを中心とした防衛線を築かねば安定はせぬ」

ガーレンが言った。現在は将軍補佐――ボーガンの副官に当たるが、他の兵士の目がある時を除いて二人は今まで通りであった。

貴族が強い権力を握る軍において縁故採用は多くあり、その辺りにはある程度の柔軟性が存在している。元百人隊長であった老人が将軍補佐となったことを咎めるものもいない。

優秀かつ勇猛な百人隊長であったガーレンは当時それなりに名前が知られており、その当時を知るものが現在のクリシュタンド軍で高級士官となっているものが多いという理由もあった。

百人隊長は文字通り百人を束ねる指揮官であるが、同時に兵士でもある。

その身を危険に晒すが故に、そこで得る武勲と名誉は実に大きいもので、兵士達は遥か高みの将軍よりも身近で優秀な百人隊長を尊敬するのだ。

兵卒からの叩き上げで武勲を上げ、百人隊長にまであっという間に昇り詰めたガーレンは当時、兵士達の中では英雄の一人であったと言ってもいい。

ガーレンが軍を辞めたことに対しては、多くの者が彼の不遇に憤っていたこともあり、ボーガンの副官として彼が復帰することに対して喜ぶものは多かった。それに魔力を保有し操る貴族であれば百年を超えて生きるものも多くあるが、普通の人間の寿命はそれに及ばない。既に老人であるガーレンであれば出世競争の邪魔にもならない、という点も幸いした。

セレネもまた同じ将軍補佐であったが、将軍の世襲は比較的普通のことであり、副官という立場で軍について学ぶこともそれほどおかしくはない。

ボーガンの後継者であるため、それに対し表立って文句を言うものはいなかったし、そして社交的で優秀さを遺憾なく発揮するセレネもまた軍の中では受け入れられていた。

その見目が美しく、剣の腕も立つこともあって、『剣の乙女』と噂されるほどである。

対して、問題はクリシェ――彼女だけが未だあやふやな立ち位置なのであった。

彼女の優秀さは皆の知るところではあるものの、だからと言って副官につける明確な理由は存在しておらず、だからと言ってどの階級につけるかという問題も多くある。

五人組の班長を務める伍長。十人の伍長を束ねる兵長。

そして二人の兵長を束ね、百人を指揮する百人隊長。

これらは指揮官というより兵士であり、死傷率も高く、将軍令嬢を放り込むには問題が多い。

ボーガンは下流貴族の出であったため兵長からのスタートであった。

とはいえ将軍となった今、そこに令嬢クリシェを放り込むのは外聞も悪く、才能の塊と言える彼女をそこへ配するというのはボーガン自身が否定した。

彼女の優秀さを考えればその上であるが、その上は十人の百人隊長を束ねる大隊長。

五人の大隊長を束ね、将軍直属となる四人の軍団長と、軍の兵站を一手に取り仕切る兵站長。

いずれもそのポストは埋まりきっていた。

大隊長あたりがひとまずクリシェのポストとして丁度よかったが、わざわざ新設するというのも考えがたく、結果として現状のまま『将軍令嬢』という中途半端な立場に収まっている。

ボーガンが以前から作ろうとしていた『作戦参謀部』に放り込むのが良いという結論により、軍に一応籍を置きつつ、士官教育——戦術の教練を受けているというのが彼女の現状であった。

そのため彼女に対しては軍の誰もがその扱いを計りかねており、またクリシェが令嬢として実に真っ当に振る舞うため、兵士達は彼女を『将軍令嬢』としてシンプルに捉えた。

クリシェが今回独自に軍人として動いたことに対して一切の咎めがない理由もそこにあり、彼女にとっては軍人と令嬢の立場を使い分けることが出来る、実に都合がいい立場でもある。

上下関係に一切の執着がなく、誰に対しても丁寧な口調で話すクリシェであるから、そのあやふやな自身の現状については特に気にしていなかった事も大きい。

「クリシェ、現状をどう見る？」

悩ましく難しい局面。クリシェはこういう場合、ボーガンにとってはありがたい存在であった。

彼女の発想は時に奇抜であるが得るものは多い。まだ若いセレネやクリシェを戦場に引っ張りだすことに対しては否定的であったが、同時にその有用性についてはしっかりと認識していた。

だからこそ強い期待を込めて尋ね、クリシェを見つめた。

ボーガンに問いを投げかけられたクリシェは、机に置かれた地図と駒を見ながら少し考える。

「輜重段列への攻撃はクリシェ達の所以外にも？」

「ああ、報告がいくつか上がっている。被害は少ないものの、兵が不安になっているくらいか……単なる嫌がらせと私は考えているが」

「はい、クリシェもそう思います。ちょっとした不安を煽って士気の低下を目論んでいるのでしょう。ひとまず輜重段列の警護を増やしたほうが良いかもですが……対症療法的なことしかできませんね。森中を探すのは手間です」

クリシェは敵の駒を指さす。

「兵力差に勝る現状、敵軍の取る選択肢も選び放題ですね。対してこちらは攻め入るための戦力が整っていませんから、どうしても受け身となってしまいます。そういう意味でやはり、主導権はあちらにあるのですが……クリシェならまず南を狙いますね」

「やはり、そう思うか。どうしてそう考えた？」

クリシェは頷き、たっぷりのミルクで茶色になった黒豆茶に口付けた。

満足げに口の端を僅かに上げて、答える。

「こちらの背後には樹海がありますから、クリシェならこちらは攻めません。樹海に逃げ込まれてしまえば殲滅は不可能ですし、樹海全体を監視、封鎖することも不可能。蓋《ふた》を出来ない以上こちらの再集結を防ぐことは出来ません。ご当主様はそれをお考えで、ここに本陣を構えたのでは？」

「ああ、そうだ。今言ったような手筈となっている」

「敵の総大将は十万も率いることができる立場にある方ですから、当然それくらいのことは理解できるだろうと考えます。であれば、こちらに主力を向けることはあり得ない。張り付けにするため三万を置いて一万を南へ」

一万を示す駒の一つを動かし、南へやる。

「その一万を南の防衛に残し四万の軍勢で一気に南を攻めます。こちらの中央軍がそれを助けに行こうとすればウルフェネイトの軍に側背を突かれることになりますし、それを迂回しようとすれば随分な時間が掛かります。南は平野が広がりますから行軍も早いですし、随分押し込まれてしまうでしょう。ウルフェネイトには現在、二万ほどの兵力があるのでしたか？」

「ああ、そう聞いている」

ボーガンが頷くと、クリシェは続けた。

「では、その間にウルフェネイトを攻めたところで陥落は難しい。安定してエルスレンは南東一帯を切り取ることができるでしょうね。場合によれば南のガルシャーン共和国と連携を図り、一気に王国の南側を食い荒らしてしまうことも考えられます」

クリシェ以外の三人は淡々とした彼女の言葉に眉を顰めた。

王国の北西、北東には険しい大山脈。山脈に住むものもあるが、そこに住まうのは国というより部族に近く、その領域を侵さない限り事が起こることはないだろう。

真北のアーナ皇国とは関係は非常に良好で、同盟関係にある。

これは完全に味方と考えて良く、そうした心配は存在しなかった。むしろ自国の盾となる位置のアルベラン王国が崩壊することを避けるため、既に援軍の打診があったとも聞く。

他に面するのは西と南。南のガルシャーン共和国とは戦争となった前例がいくつかある。現状関係は良好とは言え、これを機に攻め上がってくる可能性は十分にありえた。

西のエルデラント王国も同じくであるが、ガルシャーンと現在戦争中。

国力の劣るエルデラントが同時に二国を相手取って戦うことはないため、現状動く可能性があるとすれば南のガルシャーン共和国くらいだろう。

「そうなった場合、アルベラン王国が逆襲を図るのはとても難しいです。アルベラン王国南東部は支配され、必然的にそれで講和を結ばざるを得なくなるのではないでしょうか」

クリシェは表情を変えるでもなく、静かに告げた。

どうあれ、王国の北に住むクリシェにとって直接的な影響のある話ではない。

王国は北のアーナ皇国の盾でもあり、皇国は立地上、王国を必ず支援する。これ以上をとガルシャーンとエルスレンが望んでも、彼等は必然、アーナを含めた二国を相手取ることになるのだ。

要するに、彼等が王国自体を滅ぼすには甚大な労力を要するということであり、それはよほどのことがない限り、クリシェの平穏は守られる、ということを意味していた。

「なるほど、お前の意見はわかった。帝国の可能行動としては理に適っている。……何かこちらからの対応策は思いつかないか？」

ボーガンは真剣な目で尋ねた。

ガーレンとセレネも同じく、クリシェをじっと見つめる。

何度となく行われた会議の最中、ボーガン達は最もありえるであろう敵の動きとしてクリシェと近しい結論に達している。

とはいえクリシェがあっさりと明確に、多数の可能行動から同じ結論に至り、ガルシャーンとの連携を示唆したことに僅かな驚きを覚えていた。

一つ間違えば国家に多大な損害をもたらす、無数の選択肢。

そうした責任の重圧は指揮者の神経を過敏にし、無数の可能性に怯えさせ、正解への道筋を惑わせるもの。軍の指揮者は常に、己が正気であるかを疑い続けなければならない。

だからこそ可能性という森の中から一本の大樹を容易く見いだし、何の気負いもなく選び出せる、超然としたクリシェの明瞭さには知っていても驚きがある。

そしてこの先は未だ結論の出ない問い。

それ故、先の問いを容易く答えて見せたクリシェへの期待が強まった。

ボーガンの聞きたいこと。対応策。クリシェはじっと地図を眺め、仮想の軍隊を動かしていく。

「最もありえるだろう可能行動は先ほど言ったとおりです。敵はこちらが遅滞防御に入ることを見越していることはほぼ間違いありません。向こうはこちらが動き出せないよう張り付けにしておけばいいのですから、願ったり叶ったり。まずは主導権を奪い返すことが先決であると考えます」

「……しかし、どうやって」

クリシェはクリシュタンド軍とエルスレン軍、その丁度中間となる場所を指さす。

この樹海からは東南東――そこにある山からウルフェネイトに向かって流れる、アルズレン川が通る場所であった。

「現状戦闘の予想地点はここになるでしょう。アルズレン川を挟んで向かい合う位置です」

「……ああ」

「相手もそれを予想している。渡河攻撃は甚大な被害を生みますし、ここで布陣をするとこちら側からは手を出せません。それに少し川の形状もよくないです」

「川……？」

ええ、とクリシェは頷いた。

「まずは本陣を山に向かって大きく東にずらし、周辺の村や街から人夫を雇って川のせき止めに入ります。ここからウルフェネイトに流れ込むところですね」

クリシェは指先を地図の東に。

川が二本に分かれはじめる起点――山中にある小さな湖を指で押さえた。北側のアルズレン川はウルフェネイト、そしてもう一本のベーズレン川がその少し南を流れている。

「当然ながら敵も軍を東に動かします。しかし全軍ではありません。敵からすれば川のせき止めは中央軍によるウルフェネイト攻略の助攻と考えるでしょうから……そうですね、一万くらいは残すのではないでしょうか」

「それは……確かにそうだろうが。川をせき止める目的は別にある、と言いたいのか？」

はい、とクリシェが答えると、ボーガンは眉間に深い皺を刻む。

「言いたいことはわかる。切りの良いところでせき止めていた水を流し、氾濫を起こして対面に布陣した敵を押し流す。上手く行けば確かに悪くないが、博打だ。そう易々とせき止めさせてはくれんだろう。都合良く敵にだけ被害を出すというのは難しいのではないか？」

「そうですね、仰る通りでしょうか」

クリシェは頷き、三人は怪訝な顔をする。

「でもクリシェの目的はあくまで戦場作りですから、それで良いのです」

微笑を浮かべて告げられる、クリシェの言葉。

ボーガンは思わずオウム返しに尋ねた。

「……戦場作り？」

「ええ。それと相手から、主導権を取り返すこと。一方的にこちらに有利で、相手の想定していない不利な戦場へ、相手をどうやって引きずり出すかが一番重要ですから」

山から平野に流れ込むアルズレン川——その山裾に当たる平野をクリシェは指で示した。

「相手は最低でも、これをウルフェネイト攻略の助攻と考えるでしょうし、どちらにせよ相手からすれば、渡河されれば後方を遮断されかねない危険な場所です。ご当主様は川のせき止めを解消しにきた敵の軍勢とここでアルズレン川を挟んで対峙することになるでしょう」

それからアルズレン川の少し南を流れる、ベーズレン川を指でなぞる。

「こちらは相手の足元にぬかるみを作ってやればそれでいい」

丁度、敵軍が展開するであろう場所を、南から挟み込むような形であった。

「南の川の特にこの周辺は良く氾濫を起こし、一帯は泥濘となってなかなか水が引かないそうです。こちらは流量の多い北の川をせき止めてやり、意図的な氾濫を南の川に起こさせ敵の布陣する広い範囲に泥濘を作ってあげるだけ。それだけで相手の行軍や輜重段列の動きを阻害し、向こうが使う面倒な遊牧民騎兵の足を奪うことが出来るのではないでしょうか？」

ボーガンはこの時代には珍しく記録や資料の類を重視し、過去の戦闘の記録や地図、災害記録までを大金を積んで集め、クリシェの頭にはそこにある知識のほとんどが詰め込まれていた。

クリシェは週に一度程度訓練場に顔を出し軍事的教練を受けているが、彼女の教師となれる存在はすぐにいなくなり、結果として軍にあるボーガンの蔵書を読む自習が常となっていたためだ。

本の内容を全て覚えてしまえば訓練場に行かずに済み、ベリーと一緒に過ごせる。

ベリーと料理をしたい一心で、病的な知能を有するクリシェは既に膨大なボーガンの蔵書、そのほとんどを記憶し自分のものとしていた。

「……なるほど。面白い」

ボーガンはクリシェほどの頭脳を持たない。

しかしボーガンは自分が決して優れていないと知るが故に、事前の準備を欠かさない。

出陣に当たってこの辺りの資料に関しては簡単に見直しており、クリシェの言うような記録が存在していたことを思い出す。

素晴らしい、とボーガンは心中で呟く。

知識は知識でしかない。その知識をどう利用し、活用するかが肝要である。ボーガンは常々学ぶことをやめるなとセレネや配下に言い、そして学んだだけでよしとするなと繰り返していた。

知識は知恵によって運用されて初めて意味が出るものなのだ、と。

クリシェはそうしたボーガンの理想を体現している。

以前から考えにあった『作戦参謀部』の設立に力を注いだのは、彼女が理由にあった。一人では不可能でも、複数人の頭脳を束ねれば、クリシェに近しい戦略、戦術の立案能力は得られる。

兵の運用と決定にのみ各級指揮者の頭脳は集中させ、その他の部分を参謀が代替する。

そうすれば個々の指揮官、その才覚にのみ委ねられる部分をより安定させ、軍として全体的な能力を大幅に底上げ出来るのではないか、という考えであった。

貴族は軍において人を束ねる高貴な存在である。

それは比較的ポピュラーな考えで、自身の裁量で物事を進めることを重視する指揮官の多いこの時代において、ボーガンは非常に先進的な改革者であった。

個人の能力を重視せず、各級士官、将官への知識共有と教育を行い、そしてそれに合わせた責任と権力を与える仕組みもボーガンの長年の積み重ねによるもの。

精強で知られるクリシュタンド軍の強みはそこにあり、そしてそうであるが故に、ボーガン＝クリシュタンドは名将であると謳われていた。

「……まずは地形的優位を作り、相手の士気をくじく、ということか」

「はい。嫌がらせですね。……ご当主様はこの近くに簡単な砦を築きつつ、相手の渡河を阻止。時間を稼げば稼ぐほど相手の状況は悪化しますし、釣られてここに来てしまった以上は川のせき止めを解除するために攻撃を仕掛けてくるでしょう」

クリシェはアルズレン川の付け根、湖を指で示した。

「せき止めていた部分が壊されても、山の湖のそばで睨み合いをさせ、適当に奪還するそぶりを見せておけばいいです。ここの兵力はこちら側への迂回攻撃阻止、相手を釘付けにして疲弊させるのが目的ですね。今は丁度雨期ですし、雨が降ってくれればもっといいのですけれど」

クリシェは考え込むように、唇を指でなぞった。

「相手がせき止めの解除を断念しない限りはこの有利な状況は継続されますし、泥濘に入ってしまった以上、仮に相手が退却するにしてもこちらからの追撃を受け、大損害を被る覚悟が必要。ですから相手も兵力優位の内に、こちらに渡河攻撃を仕掛ける可能性の方が高いでしょうか」

渡河攻撃は例外なく、常に膨大な血量を必要とするもの。主導権をこちらが握り、相手がそれを選択せざるを得ない状況に持ち込むことがクリシェの目的だった。

「泥濘からの渡河攻撃なら防ぐのは容易、それなりに急峻な東の山に大軍を送り込んでの迂回突破は難しいでしょう。戦術的には非常に優位に立てますし、渡河攻撃での隊列維持は難しいですから、局所的な兵力優位の状態も容易に作れます」

黒豆茶へ更に蜂蜜とミルクを入れながら、クリシェは微笑む。

「そうして敵を削り取れば、後は決着を付けるだけ」

こんな感じの策はいかがでしょうか、と告げるクリシェに、ボーガンはガーレンと顔を見合わせて頷き、セレネは何やら悔しがるようにクリシェを睨んでいた。

「……良い案だ。こちらが主導権を握ることのできる戦場の作成か」

「はい。どう考えても現状、ご当主様単独で正面の敵軍を打ち破り、敵の後方連絡線を荒らすというのは賭けになってしまいます。それに、仮に成功したとしても、どうやっても中央軍の力がなければ根本的解決には至りません。であれば今最も重要視すべきはまず、敵の可能行動を阻止し、中央軍が反攻できる体勢になるまでの時間をどうやって稼ぐかであると考えました」

クリシェは敵軍とこちらを指さした。

「敵の兵站は現地調達によって大部分が維持されていますが、ここに来てひと月ほど時間が経過しています。周囲の村から賄うにしろ村の体力も限界に近く、そろそろ動きたいはずです。……本国からの兵站確立と周辺地域からの徴発を安定化させるため、このひと月睨み合いを行ってきたと考えるのが正解でしょう」

クリシュタンド軍は基本戦闘要員となる二万の兵の他、千人の兵站部隊が存在する。

必要に応じ周辺の村落や商人から人足や娼婦などを雇い入れ、兵站的問題を解決することを専門としたこれらの部隊は数学的専門教育を必要とし、維持コストこそかさむものの、こうした防衛戦の際は実に安定した補給物資の供給を実現する。

対する帝国攻撃軍は、一言で言うと大雑把。攻め入る際は適宜略奪を行う部隊が編成され、基本的には現地調達。兵站よりも電撃的侵攻と戦果拡張によって敵地に大きく切り込むことを優先する。

しかし大雑把ながらもシステム化された仕組みも当然存在した。

過去村を焼き、井戸に毒を投げ込む焦土戦術により大敗北を重ねた結果だろう。略奪を主体としながらも、長期的な戦争の場合は、兵站を確立、安定させるため事前に本国で兵站軍が編成される。

兵站軍は侵攻軍の骨子を支え、占領地での補給物資の供給を安定させることにのみ注力。

占領地では当初士気向上を目的とした略奪などが行われるが、その後はこの兵站軍によって略奪は徴発へと安定化が施されることとなる。

周囲の村々から食料と人足を集め、効率化を図るのだ。

そのため帝国では各地の村々で陵辱《りょうじょく》や虐殺を行いながらも、略奪の際も馬車や糧秣《りょうまつ》など、軍の兵站に関わる物資に対しては比較的慎重な扱いがなされていた。

大きく敵地を切り取った後、周囲の兵站を一度確立させ、次なる侵攻の橋頭堡《きょうとうほ》を築く。

それが基本的なエルスレン神聖帝国の段階的侵攻戦略であった。

ここに居合わす三人は当然その程度のことは理解している。

しかしクリシェは時間が許せばそのように、理解していて当然のことも喋る癖があった。

クリシェの当然と他者の当然は食い違っていることが多々あったため、これまで生きてくる中で学んだ処世術であり、これから拷問する賊にすら王国法を語って聞かせるほどに、クリシェは非常に『丁寧』であった。クリシェのそうした不必要な丁寧さは三人とも了解しており、改めて語って聞かされることではなくとも、誰一人口を挟まない。

「敵軍中央――ウルフェネイトに近い場所に兵站拠点が設けられていることと思いますが、その大半は南側侵攻のための物資でしょう。こちらに対する北方展開の軍に割り当てられている補給物資は少なく、東の山側で戦闘となれば彼らは本国からの直接輸入に頼るほかない」

クリシェは続け、泥濘となるベーズレン川周辺を指で示す。

「その頃には南の川周辺の地形的条件は著しく悪化しているでしょうから、敵は時間と共に兵站面でも追い詰められていく――と、まぁ、大まかにはこんなところでしょうか」

そして一息をつくと甘ったるい黒豆茶に口付け、満足げに微笑んだ。

「彼らの南部侵攻は北部の安定した膠着によって成り立つ可能行動ですから、ご当主様が北部方面に展開する四万を大きく削ってやれば彼らの戦略を頓挫《とんざ》させることも大いに可能でしょう。こちらの中央がいつ反攻の準備を整えるか、南のガーカ将軍がどれだけ持久することができるかはわかりませんけれど、相手はどうあれ、ご当主様への対処に追われる羽目になるはず」

いかがですか、とクリシェが尋ねる。納得のいく最善策を提供できたと考えるクリシェの頭は、すでに自身の空腹へと思考が移り変わっていた。

お話は終わり、じゃあご飯。お仕事は終わり、じゃあご飯。おやつ。

クリシェの頭はいつも大体そんな感じである。

対する三人は、本陣を東に移すという行動――たったそれだけの動きで相手の兵力という戦術的優位に対抗し、戦略的構想へ痛打を与えんとするクリシェの考えに驚嘆を覚えていた。

「……こうしてお前を養子として迎え入れたことを、何より嬉しく思うよ。実に素晴らしい考えだ。何も問題がなければ、お前をそれに見合った権限を持つことが出来る位置に取り立ててやりたいが……すまないな。いつまでも宙にぶら下げられたような状態は辛かろう」

ボーガンは心底そう思う。

彼女の若さと、その実力を発揮させることができない立場が悔やまれた。

「えと……ご当主様。今でもクリシェ、十分に満足しているので……」

対して、自身の現状に一切の不満を覚えていないクリシェは困ったように答えた。

権力はあれば便利だとも思うことは思うのだが、だからといって、望んで得たいとも思わない。

クリシェは基本的に真面目で努力は惜しまないが、とはいえ、クリシェが望むものは悠々自適に家事と料理だけをする生活なのである。

それが叶っている現状、出世欲などないに等しい。

「くく、まぁ、そう言うだろうな。しかし、クリシェの意見はいつも参考になる。……隊長、少し遅いが軍団長たちを招集しよう。明日には色々と動かしていきたい」

「ああ。――伝令兵！」

ガーレンが天幕を震わすような声を張り上げ、クリシェは耳を押さえる。

伝令、入ります、とすぐに一人の若い兵士が現れた。

「各軍団長と副官をすぐに招集せよ。大至急だ」

「はっ！　各軍団長、副官の招集、了解致しました！」

「よろしい。行け」

若い伝令はちら、とクリシェとセレネを見た後走り出す。

顔立ちは整い、鎧も美しい鋼を重ねたスケイルメイル。

恐らく貴族なのだろう。情報を伝える伝令は非常に重視され、特に将軍の命令を伝えるものは身分が重要だった。偽報などの混乱を与えられぬよう、身分あるものが選ばれる。

「すまないクリシェ、疲れているだろうがお前も参加してくれ」

「え？　……はい」

時刻は夜。ここについてから食べるはずであった食事はまだである。

クリシェは視線をさまよわせつつお腹に軽く触れ、それを見たセレネは苦笑して立ち上がると天幕の傍に置かれた軽食のパンをクリシェに手渡す。

それを見たボーガンとガーレンは、ああ、と納得した様子で笑った。

クリシェは顔が真っ赤だった。

「もう、お腹が空いたなら素直に言いなさい。誰も食べちゃだめなんて言ってないんだから」

「うぅ……」

「さっきの天才作戦家っぷりはどこに行ったのかしら。ほら、蜂蜜。つけるの好きなんでしょ?」

セレネに世話を焼かれながら、そうしてクリシェは居心地の悪い食事を取った。


月の一巡二十八日を基本とし、一月。

四分して七日を一週。

一日は日の出から日の入りまでを十二刻と区切り、夜間も合わせて二十四刻として季節によって変化する毎日を曖昧に区切られていた。

夏至の昼は一刻が長く、冬至の昼は一刻が短い。

魔水晶とカラクリによる時計の発明によって街では正確な時刻を知らせる鐘がなるようにはなっていたが、時計は持ち運びの容易い代物ではない。こうした街から離れた土地では正確な時刻を知る術は無く、クリシェとしてはもう夜明けなのではないかと思うほどの空腹感と眠気に苛まれていた。

日の入りから既に六刻。クリシェがいつも眠る時間はもうとうの昔に過ぎている。

「クリシェ、寝ちゃだめよ。もーちょっとだから」

「……うぅ、お腹、眠たい……」

クリシェは天幕に訪れた軍団長達に同じ説明を繰り返したが、当然それで終わりではない。

あくまでクリシェのそれは戦略的なもので、そこからはその戦術に関する会議が始まったのだ。

地図を見ながらどの軍団がどういう配置につくか——その辺りでクリシェに睡魔が訪れていたが、その度セレネに頬をつままれ起こされた。

第一軍団は総合的能力に。

第二軍団は純粋な戦闘能力に優れる。

第三軍団は野戦築城を含めた防御能力に秀でており。

第四軍団は非常に高度な戦術を巧みに操る。

それぞれ個性のある軍団をどのように運用するかという話し合いは中々に長かったが、元々この戦略行動の提案者はクリシェである。

眠たいので帰ります、などということを口に出すことも出来ず、クリシェはこの時間まで半強制的に会議へ参加させられていた。

瞼をこすりながらセレネに手を引かれ、小さな天幕の一つに入る。

軽い小物が置かれ、隅には藁に毛布の敷かれた簡素なベッド。クリシェはそのベッドに座らされ、セレネは呆れたように手に抱えた壺から器にスープを移した。一緒に持って来たパンを手にクリシェの隣に座ると、それを千切ってスープにつけ、クリシェの口に押しつけ、クリシェはもそもそとパンを噛んでは飲み込み、おいしいです、とふにゃふにゃとした声で告げる。

「はい、クリシェはスープを持って。食べさせてあげるから」

「はい……」

クリシェは日が落ちると二刻ほどで寝て、ベリーに合わせて朝早く起きるのが常である。

この時間まで起きて、その上先ほどの会議で頭脳労働まで行ったクリシェの体力は限界。

その上まともな食事を得られない時間が続いてしまったために、クリシェの理性は極めて劣悪な水準にまで落ち込んでしまっていた。

隣にいるのがセレネであることもあって、クリシェは本能のまま、されるがままである。

「本当いくつになっても甘えん坊ね。いい？　わたしやベリーはともかく、他の兵士の前でそういうところを見せちゃだめよ？」

「ん……はい」

「……全く。わかってるのかしら……？」

雛鳥のように、幸せそうにパンを食べるクリシェを見ながら、セレネはしかし楽しげに微笑んで頭を撫でる。クリシェはほんの少し、嬉しそうに目を細めた。

そうしてクリシェに食事を与え終わると外套を脱がし、装備を外して台に掛け、クリシェにそのまま毛布を掛ける。

「……まるでわたしが使用人みたいじゃない、もう。わたしはベリーじゃないのよ？」

「……？　せれねはせれねです。かんちがい、してないです」

「そういうこと言ってるんじゃないわよ。早く寝なさい」

セレネがクリシェの頬をつつくと、クリシェは不思議そうな顔をしながらもセレネの手を引く。肌寒いクリシェとしては熱源が必要なのだった。

まったく、と言いながら毛布に潜り込むと、抱きついてくるクリシェを優しく抱いて微笑む。

クリシェはそのまま幸せそうに目を閉じ、安心しきった様子ですぐに寝息を立て始めた。

「本当に寝るの早いわね……」

セレネは呆れながらもその額に軽いキスをして、そのさらさらとした髪を撫でた。

やや震える手に目を伏せ、首を振る。

――先日、セレネは初めて人を殺した。

伝令として走っている途中、軽い乱戦に巻き込まれ、殺したのは二人。

日々クリシェを相手にするセレネには容易い相手であり、その時は戦場の混乱で気にしてもいられなかったが、夜一人で眠る際思い出して震えたのだった。

肉に刃を通す感覚と、相手の浮かべた苦悶の表情。

戦場には色んな声があった。

母や恋人を呼ぶ声。死を恐れる声。失った右手を探す悲痛の叫び。

その日の食事を夜になって吐き出して、翌日になっても不調は続いた。ガーレンに気遣われたが、それでも数日の間はあまり寝付けず、今日に至ってもまだ感触が手に残っているようだった。

随分と幼く見える、クリシェの安心しきった顔を見る。

とても十三人を殺したあとの姿には思えない。無論、彼女にとってこれが初めてでないことは知っていたが、それでもあまりにクリシェは落ち着いていた。今日のディナーは何か、と説明するようないつもの口調で、賊を殺したことを語り、拷問に掛けたことを語るのだから。

怖い、というよりどこか悲しい気がした。

生まれた時からそうであったのか、両親を失ってそうなってしまったのか。

それは分からないし、問題はそこではない。

ただ、彼女はこの先もずっとそうなのかもしれない、と思うのだ。

彼女が人と違う価値観を持っていて、時折話していても、簡単なことで意思の疎通が取れなかったりすることは何度もあったし、彼女はとても優れている反面、歪であった。

彼女からすれば、セレネ達が全く違う生き物であるかのように感じているのかも知れない。

彼女は必要とあればどんなことでもする。

そのためなら迷わないし、どこまでも冷徹で心がないようにすら見える。

だから人に恐れられ、忌避される。

村人にそういう扱いを受けたと聞いた時、なんて酷い人達だ、と思った。

しかし今では理由が分かって、だからこそずっと悲しい。

「……きっと、どんなことがあってもクリシェはクリシェなんでしょうね」

他人から嫌われても、怖がられても、クリシェはいつだって普段通り。

何も変わらない。クリシェはきっと、そんなことを気にしない。

親しかった人達から避けられるようになって、独りぼっちになってもクリシェはクリシェなのだ。

そして寂しいことにも気付かず、クリシェは過ごしていくのかも知れない。

劇場で最後の一人になっても、気付かないまま踊り続ける道化のように。

顔を埋めて幸せそうなクリシェの顔を見る。

クリシェは人と寝るのが好きだった。

気持ちいいからか、安心するからか、暖かいからか、理由はわからなかったが、いつも屋敷ではベリーの後ろにひっついて甘えて過ごした。一緒に家事をして、料理をして、楽しそうだった。

けれど、もしかしたらクリシェは、それを失っても――

「……はぁ」

そうして幸せなことを失っても、悲しいとさえ思えないのは何より悲しいことだろう。

クリシェは大事な何かが抜けていて、そしてそれに気付いていていない。

大事なものがこぼれ落ちても、大事なものと気付けない。

二年も過ごして、クリシェのことは随分と分かってきた。分かるほど愛らしい部分が沢山見えて

――悲しい部分も沢山見えて、そんな彼女を守ってあげたいと思うようになっている。

母親の気分だろうか、それとも姉の気分だろうか。

セレネは考え、どちらでもいいか、と透けるような髪を指で梳く。

英雄ボーガン＝クリシュタンドの跡取りとして、というかつての目的は、明確に守りたいものを守るため、という願いへと、いつの間にか変わっていた。

クリシェは自分が不幸になっても、不幸であることにも気付けない。だから、彼女が不幸にならないよう、自分が守ってあげなければならないと思うのだ。

おこがましい、と思いながらも、自分くらいはそうであろう、とセレネは思う。

クリシェの気付いていない幸せを守ってあげるため、戦うのだ。

『――でも……わたしが知ってるクリシェ様は真面目で、お料理好きで、意外と甘えん坊さんで……とても純粋で、お優しい方なんです。だからこそ、わたしはそうした道には進んでほしくなくて』

その時のセレネは、クリシェが少し変わっているだけの少女だと思っていたから、あまりにもベリーが過保護に見えた。けれど月日が経つほど、その言葉の意味が段々と理解できるようになってきて、けれど本当の意味でその言葉を理解できたのは、今日のクリシェの言葉を聞いたときだった。

——ああ、と思った。

ベリーは誰より早く、クリシェの事を理解していたのだろう。

今の自分と、既に同じことを考えていたのだとセレネは思う。

「今はまだ、全然だけれど……」

囁くようにセレネは告げる。

「いつかは、あなたが頑張らないでいいように、わたしが守ってあげるから」

その額にキスをして、

「……お休みなさい、クリシェ」

セレネもゆっくりと目を閉じた。

書き下ろし短編

『月の見えない夜』

アルベラン王国北部、中央都市ガーゲインの屋敷。

その執務室には金の頭髪を後ろに撫で付けた堂々たる偉丈夫——王国北方将軍にして辺境伯、ボーガン＝クリシュタンドが白いシャツを身につけソファに深く腰掛ける。

考え込むように顎髭を弄び、対面のソファに座り手紙を眺める使用人を見つめた。

赤毛を肩まで伸ばした、少女というべき容姿だろう。

小柄で華奢でありながら、女らしい豊かな膨らみを白黒のエプロンドレスに包み、顔立ちは整いながらも、その大きな薄茶の瞳が一層彼女を幼く見せた。

老化の遅い貴族、魔力保有者とは言え、彼女が二十半ばと聞いて信じる者はいまい。

「賊を十数人……」

「ああ、一人で斬り殺したそうだ」

手紙は彼女の主であるボーガンの元上官、ガーレンからのものであった。

彼の村が賊に襲われ、娘夫婦を失い、その養女が残されたというもの。可能であれば顔を合わせ、彼女をクリシュタンド家で育ててはもらえないかと記されていた。

「私としては隊長の頼み、出来れば養子に迎えたいと思う。ただ……」

かつての隊長ガーレンにボーガンは数えきれぬ恩義がある。それを受けるつもりであった。

「受け入れた後、世話をするのは必然的に君となるだろう、ベリー。クリシュタンドで受け入れるかどうかを含め、まずは意見を聞いておくべきだと思ってな」

「ご当主様の決断であれば……」

「そう言うな。これは家族の問題……義妹の意見は尊重したい。正直に言っていい」

使用人――ベリー＝アルガンは困ったように視線を揺らし、手紙を眺める。

村を守るため十数人の賊を斬り殺したという子供。

事実だけを見れば立派であろう。村の救世主と言っても良い。

しかし、それが原因で村では怯えられているようだった。多くの村人が賊の襲撃で死んだこともあって、そのやり場のない感情の捌け口にされているとも。両親を亡くしたこともあり、守るものも少なく、村で居場所を無くしていると手紙には語られていた。

両親を失った子供に酷い話だと思う。ただ、人間はそういう身勝手な生き物だった。

十と少しの幼い子供がそれをやったことが、村の人間には恐ろしいのだろう。

自分と異なる人間は、理解するより拒む方が容易いものだ。

ほんの少し目を閉じて、頷く。

「わたしはご当主様に賛成です。事情が事情でございますし」

「……そうか。そう言ってくれて助かる」

「いいえ。ガーレン様には以前からお話を伺《うかが》っておりますし、他人事とは思えません。……わたしに出来ることがあるならば、遠慮なく」

働き者で、料理が好きな優しい子。ガーレンからは以前そう聞いている。

そして、天才であるとも。

そのせいか人と少し考え方が変わっていて、村では元々評価が分かれていたらしく、今回の事が切っ掛けとなって悪い方に傾いてしまったのだろう。

元々は森で拾われた子供。貴族の捨て子ではないかと昔相談されていたこともあり、会ったことこそないが、それなりに事情は知っていた。

「セレネのことも家のことも、君にはいつも苦労を掛ける。だが無理はするな。……ただでさえ君の仕事は多いんだ、君に倒れられては困る」

君の姉にも叱られてしまう、と苦笑し、ベリーも微笑む。

「お気遣いなく。使用人はわたしの天職でございますから」

「つくづく勿体ない。君ほどの人間を使用人として使うのは、いつも贅沢に思うよ」

「ふふ、買いかぶり過ぎでございますよ。わたしにはこれくらいしか出来ませんから」

くすくすと肩を揺らして、少女のように笑い、手紙を置いて立ち上がる。

「明日にでもお部屋の準備をしておきます。お嬢さまの隣でよろしいでしょうか？」

「ああ、任せる。……セレネの様子はどうだ？」

「外で剣の稽古を。この後そちらに」

そうか、と静かにボーガンは頷き、ベリーも目を伏せた。

「今回のことが良い影響となれば良いが……」

「……そうですね」

「今日は遅い。また明日にでも改めて話すつもりだが、どちらにしても怒るだろう。セレネに伝えるかどうかは任せる」

ベリーは頷き、頭を下げるとそのまま扉の外へ。

ぼんやりとした常魔灯——ガラス越しに放たれる暖色の光を眺めながら、そのまま一階に下りて、裏口から裏庭に。

満月の下、優美な金の髪を長く伸ばした少女が剣を振るっていた。

風呂上がりの白いネグリジェ姿、幼い横顔にほんの少し汗を浮かべ、青い瞳は真剣そのもの——まだ十三の子供であるが、鉄剣は鋭く風を切る。踏み込みも含めその速度は常人とは比較にもならず、『肉体拡張』特有の鋭敏な動きであった。

体に纏わり付く淡い青の光。魔力のほのかな煌めき。

貴族の血統に多く宿る才能の一つ。魔力保有者として生まれた者は、それを操ることで仮想の筋肉を作り上げ、超人的な力を手に入れることが許される。

彼女の前には並の兵士さえ相手にならないだろう。

仮想の筋肉は小さな子供にさえ、四つ足の獣さえも上回る速度と、鋼の長剣を手足のように扱わせる腕力を与える。

この力が社会における貴族と平民、人を分け隔てる理由の一つでもあった。

少女——セレネは剣を止めるとこちらに青い眼を向け、屋敷の壁に立て掛けたもう一本の長剣を指で示した。刃を潰した本身。この家では練習でも木剣ではなくそれを使った。

「もうお休みの時間ですよ、お嬢さま」

「付き合ってくれないなら寝ない」

ベリーは困ったように剣を眺め、仕方なくそれを手に取る。

夜には灯りを消すというボーガンとの約束は守っていたが、だからと言って眠ってくれる訳ではなく、眠気に負けるまで本を眺めるか、剣を振るかがセレネの日課であった。

母を産褥熱で失ってから、彼女は眠る間も惜しいとばかりにそうして過ごしている。

「一回だけですよ」

告げるが早いか、三間の間合いからセレネは踏み込む。

疾風の如くというべきか。一足で眼前に迫った彼女の剣に対し、剣を合わせて流して躱し、くるりと回るようにその背後に。セレネの背中を軽く押して体勢を崩す。

思わず転がりかけたセレネはすぐに体勢を立て直し、再び剣を構えこちらに。

年齢から考えれば鋭く速く、しかし剣筋が綺麗に過ぎた。体に纏わり付く魔力の揺らぎもまだ大きく、その偏りで次の動きも容易に読める。

魔力は意思で操るものであるが故、無意識の揺らぎを隠しきることは難しい。

振るわれる剣を躱し、いなして十と少し。軽々と剣を躱されることにセレネが眉間に皺を寄せた辺りで腕を取り、そのまま彼女を背中から抱きしめ、終わりです、と一言告げた。

セレネは不機嫌そうに唇を尖らせ、しばらくして剣を手放す。

「……本当、あなたって何だかズルいわ。練習なんか全然してないのに」

「嗜み程度には学んでましたから。年齢と経験の差でございますよ」

「どうだか」

言ってこちらを見ることなく、お父様と何を話してたの、とセレネは尋ねた。

ベリーは少し考え込むように唇を指先でなぞり、微笑んで告げる。

「お嬢さまに義妹が出来るかも知れません」

「義妹？」

子供ながらはっきりとした美貌を向けて、セレネはようやくベリーに目を向けた。

「ガーレン様のお孫さんです。先日、ガーレン様の村が賊に襲われたことは――」

そうして軽く、先ほどの話と手紙の内容を語って聞かせると、次第に彼女は眉を顰めた。

「そう。……お子様のわたしには何も聞かず、あなたなのね」

不快を滲ませた声に、ベリーは微笑み首を振る。

「……そういうことでは。今日は遅いですし、ご当主様はまた明日改めてお話をと」

彼女の髪を優しく撫でた。

「お嬢さまを仲間はずれにした訳ではありませんよ。……それに、この時間は本来であればお休みの時間。ご当主様ともそうお約束されたのでは？」

そして地面に転がる二本の剣を拾い上げ、壁際の小屋へと片付ける。それから彼女の手を引こうとすると、その手を払われた。

「……子供扱いしないで」

困ったようにその手を見て、微笑み。

「お嬢さまがきちんと決まり事を守ることが出来るのであれば、わたしに子供扱いされずに済むでしょうか。夜更かしするとわたしのように背丈が伸びませんよ」

それから冗談めかして、自分の頭を指で示した。早々に成長を止めたベリーの背丈は五尺一寸にも満たない程度。女としても小柄で、十三のセレネともそれほど変わらない。

けれどそんな言葉にさえ、苛立ったようにセレネは睨んだ。

「……わたしだって、あなたみたいに賢くて、何でも出来て、お父様に頼られるならそうするわ。でも、そうじゃないから時間がいくらあっても足りないの」

あなたにわたしの気持ちはわからない、と彼女はそのまま背を向けた。

ベリーは目を伏せて、払われた手を彷徨わせて、胸に抱く。

「ガーレン様の孫、ね。前にあのガーレン様が手放しで褒めていたのは聞いたわ。さぞ立派な子なんでしょう、わたしとは違って」

「……お嬢さま」

「部屋に戻る。お父様にもその話は聞きたくないって言っておいて頂戴」

ベリーは裏口に消えていく彼女の小さな背中を眺め、嘆息する。

病床に伏した姉にセレネを任され、その代わりにと努力をしたつもりではあった。

ただ、姉を失ってからのセレネは笑うことがなくなり、クリシュタンド家の跡取りとして日々をただ、寝る間も惜しんで勉強と稽古に費やすようになった。

明るかった姉を失ってからの屋敷は暗く沈み、どうすればいいかも分からない。

そもそも姉の代わりなど自分に務まるはずもなかったのだと、毎晩のように考える。

「……クリシェ様、か」

話でしか知らないガーレンの孫娘。彼女がこの空気を変えてくれないものかと期待して、自分の情けなさに自嘲する。両親を失った少女に何を求めているのか、と。

溜息と共に空を見上げた。

――美しい月の輝きは、雲に隠れて見えなかった。

書き下ろし短編

『お子様』

学ぶ事は多くあり、そして時間は有限であった。

朝に目覚めては素振りをして目を覚まし、家庭教師が来るまでに予習。事前に分からない部分、詰まる部分を洗い出しておけば、授業の最初に質問が出来、無駄な時間を少し減らせる。

教師達はそんなセレネの姿勢を素晴らしいと語り、流石は英雄の娘だと褒めるものだが、当然の事を当然の事としてこなしているだけ。才能のない自分には、無駄な時間などあってはならない。

朝目覚めてから眠るまで、全ての時間に意味を持たせなければ、才能ある人達には追いつけない。

努力する事は大変で、辛い事だと多くの人は言うものだが、何もせずに焦燥感に苛まれる事に比べれば、気持ちの上ではずっと楽だった。蟻《あり》のような歩みであっても、前に進んでいるという実感が、そういう感情を忘れさせてくれるから。

「セレネ、ベリーがお茶にしようって言ってます」

ノックをして、入ってきたのは最近出来た妹のクリシェ。

お下がりの白いワンピースを身につけ、何も考えてなさそうな微笑を浮かべ。

長い銀の髪、宝石のような紫の瞳が特徴的で、妖精染みた容姿の美しい少女であったが、見た目以上に幼げで、少し――いや、大分お馬鹿な所が表情にも表れていた。

「……勉強してるから邪魔しないでって言わなかった?」

「クリシェは言われてないので大丈夫って、ベリーが」

「あのね……」

近頃、あの使用人が使うのはこの妹であった。

融通が利かず、致命的に察しが悪く、一から十まで説明しないと理解出来ない。彼女との問答という不毛な時間を過ごす内、結局セレネが流されるのが常であり、それを見越してのものだろう。

クリシェは書き物机に開かれた本と、セレネが記す羊皮紙を眺めて首を傾げる。

「何してるんですか？」

「……法学の勉強。とりあえず書き写して、写本でも作ろうかと」

「えと……写本が欲しいならクリシェが書きましょうか？　この前それ、読みましたし」

「それじゃわたしの勉強にならないでしょ」

「……？」

不思議そうに首を傾げるクリシェを見て、嘆息しながら額を押さえた。

病的に頭が良い、と思っていたベリーに輪を掛けて頭が良いらしいこの少女は、パラパラと本のページを捲《めく》っただけで、一字一句余す所なくその全てを記憶する。ベリーに文字を教わった次の日には、彼女と瓜二つの流麗な字で、貴族の作法に則った手紙をセレネに書いてみせるくらいである。

何かの知識を頭に定着させるために文字を書く、というセレネのような凡人の勉強法が、この少女に伝わるとは思えない。ベリーと違い想像力というものが欠如している分、余計に性質が悪かった。

「あなたには理解出来ないだろうけれど、普通はこうやって何度も読んだり書いたりしないと本の内容なんて覚えられないの」

「なるほど、大変なんですね……」

「素直にそう言われると何だかすごく腹が立つわね……」

「うぅ……っ」

クリシェの頬をつまむ。悪気がないと分かってはいるのだが、やはり何やら腹立たしく、柔らかい頬を弄んでいると彼女は距離を開き、不満げな顔で頬をさする。

「おかしいですね。クリシェは一応、共感してみたつもりなのですが……」

「……共感？」

セレネが首を傾げると、そうです、とやや自慢げな顔で指を立てた。

「相手の立場で物事を考えたりして、足したり割ったりすることを共感というそうなのです」

「足したり割ったり……？」

「楽しいことは二倍になって、辛いことなんかは半分になるとベリーに教わって、それでクリシェはセレネの大変さを半分こしようと……」

むぅ、と首を傾げて考え込む。

「今の、何か変でしたか？」

「……おかしくはないけれど、馬鹿にされてる感じがするの」

「そんなつもりはないのですが……」

益々難解そうに首を捻るクリシェに、なんて言えばいいかしら、と嘆息する。

基本的にクリシェは、真面目で一生懸命な良い子であった。その言葉や行動には悪意など欠片もないのだが、致命的に察しの悪いこの少女に察しろというのも無茶な話に違いない。

「まぁ、気遣おうとしてくれるのは悪いことじゃないけれど、時々それは失礼というか……あっさり覚えられるあなたに、大変ですね、だなんて言われても、素直に受け取れないのが人間なの」

「なるほど……奥が深いんですね。難しいです」

「あなたに理解してもらうのは難しそうね……自分で言ってても情けなくなるし」

要するに嫉妬なのだった。努力の必要もなくやれてしまえるような人間に、分かるはずもない共感なんてされたくない、とそれだけの話。腹が立つのも結局、セレネが狭量なだけである。

この頃は一々そうしたことを解説させられるせいか、そんな自分を客観視させられる機会も多くなり、自己嫌悪ばかりが募ってしまう。

「情けなく……」

「その話は終わりにしましょ。一々腹を立てるわたしが狭量だっただけよ」

「むぅ……要するに、セレネの心が狭いから、クリシェが怒られたんですか？」

「……そうね。優しいベリーと違って、わたしの心はすっごく狭いからね」

「ぅに……っ」

再度頬を引っ張って、セレネはずい、と顔を近づけ睨み付ける。

「いくらあなたが正しくても、わたしみたいに心が狭い人間がいて、それを気にしてる場合もあるの。わざわざ藪を引っかき回して蛇を出すような真似をしちゃだめよ？」

「ふぇ、ふぇれれ、いひゃいれす……っ」

「……まったく」

はぁ、と深く嘆息して指を離すと、そのままクリシェの頬を撫でた。

「世の中には言わなくていいことがあるの。わかったかしら？」

「うぅ、はい……」

不満げに唇を尖らせるクリシェを見て、セレネは笑う。

「あなたって本当、賢いのにお馬鹿よね」

「賢いのにお馬鹿……？」

「そう。何でもあっさり覚えちゃうのに、お子様というか何というか……」

「……クリシェはお子様じゃないです」

「まさにお子様のセリフね」

笑うと益々不満そうにセレネを睨み、そこで響くはノックの音。途端に頬を緩めたクリシェが扉を開くと、現れたのはトレイを手にしたベリーであった。

「失礼します。ふふ、お待たせしました」

「……待ってないんだけれど」

「まぁ。素直じゃないですね」

睨むセレネを無視しながら、丸テーブルにクッキーを盛り付けた皿を置いて、ポットから紅茶を注いでお茶の用意を。そんな彼女の周りをくるくるぱたぱた、あっという間に機嫌を直したクリシェがそれを手伝って、セレネも嘆息しながら席に着く。

「今日は法学のお勉強ですか？」

「全然頭に入らないから、写本でも作ろうかと思ったの」

「法文は量もそうですが、書き方がややこしいですしね……丸暗記は大変だと思いますけれど」

「……そういうあなたはどうせ丸暗記してるんでしょ」

クッキーを囓りつつ、眉を顰めて告げると、彼女は椅子に座りながら苦笑する。

「まさか。そんなことはありませんよ？」

「変に気を遣われると馬鹿にされてる気分になるんだけれど」

「考えすぎですよ。クリシェ様はあっさり暗記してしまわれたみたいですけれど……」

言いながら、彼女はクリシェの頭を撫でた。クリシェは頬を緩めつつ、小首を傾げた。

「……ベリーも全部覚えてるものだと思ってたのですが」

「文脈とその解釈を簡単に覚えてるだけですよ。もちろん、クリシェ様のように一字一句覚えられたら一番ですが……わたしはそこまで頭は良くないですし」

「でも、ベリーはすっごく賢いです」

「ふふ、買いかぶりですよ。わたしの方が年上ですから、そう見えるだけです」

楽しそうに微笑を浮かべて答えつつ、そうですね、と唇を指先でなぞる。

何かを考え込むときの彼女の癖――いつ見ても、何だか少し色っぽい。

「例えば王国法第一条は王家に関するもの。王を頂点とした権力構造でアルベラン王国は成り立っている訳ですから、この権威を貶めるような発言、行動は罰せられます。それは当然でしょう？」

「……？　まぁ、そうね……」

「この場合の要点は王家の権威を守ること、そしてそのためにいくつも法が作られている訳です。そういう根っこを覚えておけば、細かい枝葉は自然と推察出来ると思いませんか？　王族へ危害を加えるのはもちろん、罵倒も許されませんし、その不利益となる行動を取ってはいけません、だなんてことは言われるまでもなく大抵の人が理解が出来ることでしょう」

後はそういう積み重ねです、とベリーは告げる。

「積み木で法が築かれていく訳ですから、わかりやすく大事で、大昔から存在していた殺人や傷害、窃盗に関しては項目の上位に偏りますし、証文取引での詐欺だとか、比較的新しくて複雑な項目は追記という形で後ろに記述されるもの。そういう流れを覚えておけば、何条の何項にどういったものが書かれているかということを覚えることも難しくはありません」

「……結構あちこちに飛んでるところがあると思うんだけれど」

「改定時に順序が整理されたり纏められたりしますから、その関係ですね。でも、逆にそういう自然な推察を阻害する部分さえしっかり覚えておけば、後は自然で論理的に推察出来る部分、という訳ですから、わざわざ丸暗記にする必要もないでしょう？　もし本格的に裁判を行なうことになっても、手ぶらで裁判をする訳でもないですし、細かい部分は改めて書を紐解けば済む話です」

そこまで言うと、紅茶を口にし彼女は微笑む。

「あらゆる学問は長い年月を掛けて育ってきたもの。一見、枝葉の多さに圧倒されてしまいますが、それがどのように発展したかを想像しながら追っていけば、いつか自然とその繋がりが見えてくるでしょう。……勉強で大事なのは、何のために、という部分を理解することですよ」

「わ……」

おもむろにクリシェの腰を掴むと膝の上に乗せ、ぎゅう、と彼女は抱きしめた。

「暗記しても結局、一つ一つの目的を理解しないと意味がありませんから、全部覚えたクリシェ様も今は丁度そのお勉強の最中ですし……ですよね、クリシェ様」

「えへへ……はい。お勉強中なのです」

だらしなく頬を緩めて身を預け、実に幸せそうな姿である。勉強中とは言うが、この所セレネはクリシェを甘やかすベリーの姿しか見ていなかった。

「その子に関してはもっと教える事あると思うんだけれど……ただでさえちょっとお馬鹿でお子様な

のに、あなたが甘やかすせいで余計に酷くなってる気がするわ」

「それを仰るならお嬢さまこそ、少し背伸びをし過ぎだと思いますけれど……クリシェ様を見習ってもう少し甘えてくださると嬉しいのですが」

「……お子様扱いしないでちょうだい」

「ふふ、まさにお子様のセリフですね」

不機嫌そうに眉を顰めるセレネを見て、話を聞いていたクリシェが微笑みベリーを見上げる。

「セレネ、さっきのクリシェとおんなじこと言ってます」

「あら、そうなんですか？」

「はい。まさにお子様のセリフだって、さっきベリーと同じこと言ってて」

「まぁ……」

「うるさいわね……」

こちらを見ながら楽しげに肩を揺らし、セレネは頬を赤らめ顔を背ける。ベリーは肩を揺らしてくすくす笑い、クリシェを抱き上げ立ち上がる。

「ベリー……？」

「……何するのよ」

それからクリシェをゆっくりと、セレネの上に座らせた。

「見事な大樹と枝葉ばかりを見ていては、根っこの部分はわかりません。大人もまた、お子様時代の積み重ね。ご当主様とてお子様時代はあったでしょう」

それから、優しい微笑に目を細め。

「空を見上げて背伸びして、それが悪いこととは申しませんが、時には足元に這う根っこを眺めることも同じくらいに大事です」

子供のような童顔で、大人のように笑いかける。

「いかがでしょう。クリシェ様は本を丸暗記してしまいましたが、お嬢さまと違って理解はまだまだ。今日からは時々ご一緒に、お茶をしながらお勉強というのは」

「……お子様同士、丁度良いって言いたいのかしら？」

睨み付けると、ベリーは悪戯な笑みを。

「ひねくれた見方は駄目ですよ。ご自分が大人だと仰るなら、尚更可愛い妹にお勉強を教えるくらいはしてあげても良いと思うのですが……自信がないと仰るなら、わたしも諦めますけれど」

「あなたね……」

腹立たしい笑みを浮かべたベリーは再び席に戻り――間の抜けた顔でこちらの様子を眺めていたクリシェは目が合うと、クッキーを手に取りセレネの口に。

「えへへ、クッキー美味しいですよ、セレネ」

焦燥感で張り詰めた肩の力も抜けるような、そんなお子様の顔を見下ろして。

「うぅ……っ」

嘆息しながら頬を引っ張り、お馬鹿と一言呟いた。

あとがき

はじめまして、賽目和七と申します。

ご存じの方もこうして手に取って下さり、本当にありがとうございます。

本作はいかがだったでしょうか――という枕から始めたいところではありますが、意外とあとがきを先に読まれる方が多いそうで、皆様はどちらのタイプでしょうか。どちらにしても、ここで内容についてあれこれ語るのはやめておき、ここでは自分の話でも。

人形遣いという作品を出してから早十年。記念すべき商業デビュー十周年の区切りを終えて、十と一年目にこうして本作を出すことが出来たことに、新たな始まりを感じています。

一の目出ても裏には六。出目があれば裏目があり、天地合わせて七となり。

人事を尽くして天命を待つという素敵な言葉がありますが、何事も最後はサイコロのようなもの。一二三が出ようと四五六が出ようと、人が出来ることはサイコロを振ることだけ。時に理不尽な結果に悲嘆することはありますが、それでも振り続けることが大切なのだと思っています。

こうして本作を十年越しに書籍という形に出来たこともまた、そうした結果の一つでしょう。

本作は元々ネット連載作品であり、好きなものを好きに書こう、を動機として書き始めました。作家として色々悩んでいたこともあり、他人が見て面白いかどうかは二の次。

キャラクターと土台の設定を作った後はプロットもふんわり程度。

読みたい本のページを開くような心地で物語を作ってみよう、自分の好きを形にしようという考えで、気持ちを切り替えるための息抜き程度のものでした。

当時は少し卑屈な心持ちだったこともあり、そんな作品では見向きもされぬことだろう、と諦観気味。けれど読んで下さった方が面白いと感想を下さり、色んな所で紹介をして下さり、いつの間にか沢山の方から応援頂けるようになりました。

サイコロを振るのが大事と言っても、人間は弱いもの。

それを継続することほど難しい事はありません。

ネット上で無事、少女と望まぬ英雄譚という作品が素敵な終わりを迎えることが出来たのはそうした読者の方々のおかげで、こうして書籍という形に出来たのもそうした応援あればこそ。

ファンの皆様には感謝の気持ちが絶えません。

また、色々と悩ましい問題が多かった本作に様々な提案を下さり、共に良い形へと仕上げて下さった編集の新城様やTOブックスの方々。本当にラフだけでも感動してしまうような、素晴らしいイラストを描いて下さったイラストレーターのハナモト様。

そしてこうして手に取って下さった皆様に、改めて深い感謝を申し上げます。

本当に、ありがとうございます。


この物語が気に入って頂けたなら是非、また次巻も手に取って頂けると嬉しいです。

CHARACTERS

鎧off + 外套
off
マントoff
セレネ
ベリー
ハナモト

NEXT STORY

君は、何のために戦っているのだ？

『アルズレン川の悲劇』へ。
凄惨な戦いとは裏腹に
クリシェの胸中は相変わらずで……？

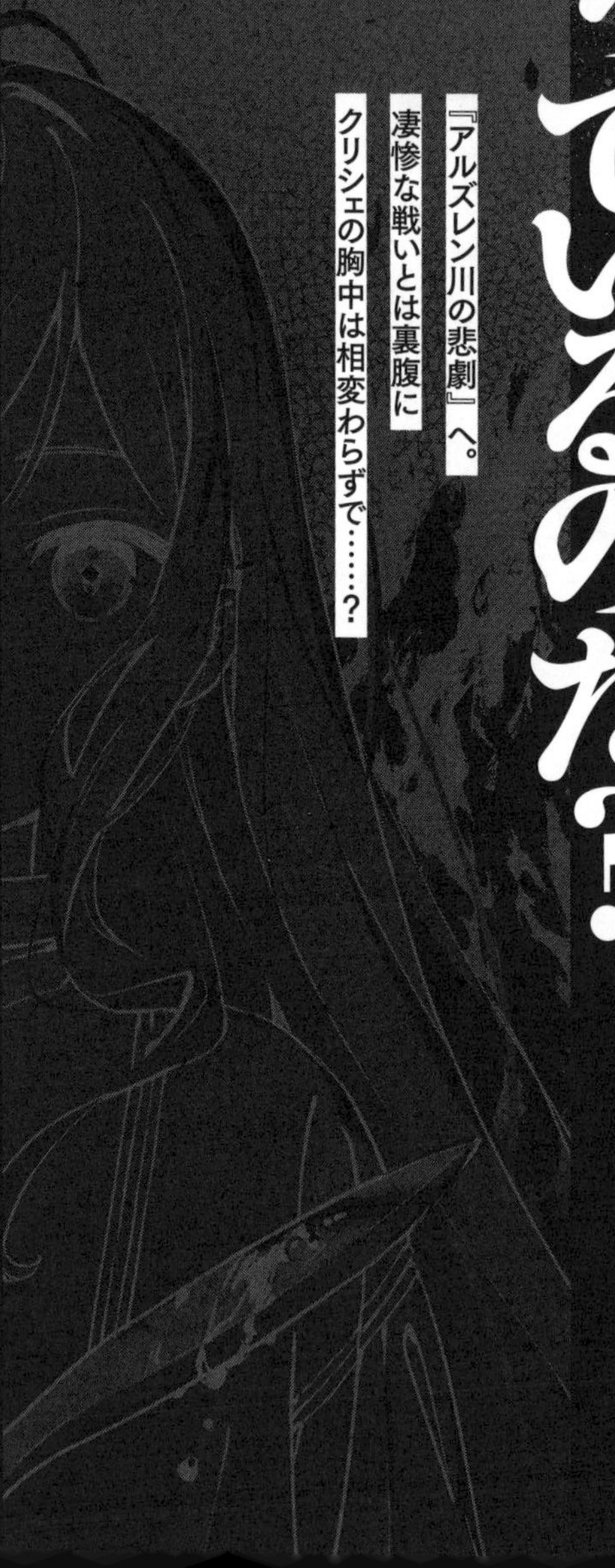

「……そうですね。
……お茶会？」
早く帰りたい……
王国最強の軍神が
幸せへの道しるべを辿っていく、
ガールズ・メメントモリー。
第2弾！
少女の望まぬ英雄譚 2
賽目和七
イラスト／ハナモト
The girl's
memento mori
2024年発売予定！

本がなければ作ればいい――
原作小説
（本編通巻全33巻）
第一部
兵士の娘
（全3巻）
第二部
神殿の巫女見習い
（全4巻）
第三部
領主の養女
（全5巻）
第四部
貴族院の自称図書委員
（全9巻）
ラインストア限定
続々発売中！
貴族院外伝
一年生
短編集
（1&2巻）
第五部
女神の化身
（全12巻）

夢物語では終わらせない
ビブリア・ファンタジー
ふぁんぶっく
1〜8巻
ドラマCD
1〜10
ミニマイングッズ
椎名優描き下ろし
本好きの
下剋上
司書になるためには
手段を選んでいられません
香月美夜
miya kazuki
イラスト：椎名 優
you shiina
TOブックスオン
書籍、グッズ
ありがとう、本好き！
シリーズ累計
1000万部
突破！（電子書籍を含む）
詳しくは原作公式HPへ
https://www.tobooks.jp/booklove

広がる
第四部
貴族院の図書館を救いたい! Ⅶ
漫画:勝木光
好評発売中
新刊、続々発売決定!
2023年
12/15
発売!
第二部
本のためなら巫女になる! Ⅹ
漫画:鈴華

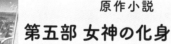

少女の望まぬ英雄譚

2024年2月1日　第1刷発行

著　者　**賽目和七**

発行者　**本田武市**

発行所　**TOブックス**
〒150-0002
東京都渋谷区渋谷三丁目1番1号　PMO渋谷Ⅱ　11階
TEL 0120-933-772（営業フリーダイヤル）
FAX 050-3156-0508

印刷・製本　中央精版印刷株式会社

ISBN978-4-86794-045-7

Printed in Japan